Les maîtres de la Lande

Éditions Terres de l'Ouest ©

Seignosse (made in Landes)

infos@terresdelouest-editions.fr

ISBN : 978-2-494231-38-2

Crédits photographiques : © - création graphique : Terres de l'Ouest Éditions à partir d'un crédit photographique adobe stock : California Forest Wilfires par © tdezenzio.

ÉLISE VALÉRO

Les maîtres de la Lande

Roman

Toute ressemblance avec des faits et des personnages existants ou ayant existé serait purement fortuite et ne pourrait être que le fruit d'une pure coïncidence.
Par ailleurs, il est précisé au lecteur que pour ces raisons, l'auteure n'a pas souhaité prendre pour cadre le nom réel d'un village landais afin d'y planter le décor de son intrigue.
Ainsi, l'action se situerait dans un petit village de la Haute Lande, qui pourrait s'apparenter à Pissos, Ychoux, ou encore Sore.

Chapitre I

— Anna Beaupré est morte hier soir.

Mon frère est le genre de personne capable de vous annoncer qu'un astéroïde est sur le point de fondre sur nous, et d'annihiler toute forme de vie terrestre, tout en gardant le ton neutre et mesuré d'une présentatrice de météo.

Je restai muette. Le choc, je suppose. Je bredouillai les phrases stupides et incohérentes que l'on prononçait toujours dans ce genre de situation :

— Quoi ? Quand ? Mais comment est-ce arrivé ? Elle a eu un accident ?

— Écoute, ma vieille, je n'en sais pas vraiment plus, j'ai reçu un texto d'Arnaud ce matin, plutôt sec, concis, à la Arnaud. Ça disait juste qu'elle était décédée hier, et j'ai pensé, eh bien, comme elle et toi vous étiez plutôt du genre inséparable quand vous étiez en primaire, que tu voudrais savoir… alors j'ai appelé.

— Tu as bien fait… Quand sera-t-elle inhumée ?

— On est dimanche…, hum… je dirais mardi ou mercredi, à Dos, sans doute, avec une cérémonie à l'église, certainement. Il y aura du monde.

Je ne sais pas pourquoi cette petite phrase anodine m'a soudain transpercée comme le poignard d'une évidence. *Il y aura du monde.* Oui. Il y a toujours du monde quand on enterre quelqu'un de jeune.

Anna était morte, elle était vraiment partie, et elle n'avait pas trente ans. J'avais déjà vécu davantage qu'elle, elle qui m'avait toujours paru me précéder, me dominer en tout. La main toujours agrippée à mon téléphone, j'entendais la voix de mon frère, mais un peu lointaine, presque ouatée, cotonneuse. Je me mordillai la lèvre sans savoir si la moiteur salée qui la baignait soudain était celle des embruns, ou celle de mes larmes.

— Tu iras ?

Ma voix me sembla dure, métallique. J'ai mis des années à peaufiner cette indifférence de surface, c'est une manière de ne pas me laisser submerger par la tristesse. C'est l'écorce qui me protège, qui m'a souvent, je le crois, sauvée, quand des chagrins plus grands que moi ont menacé de me submerger : la mort de mes parents, la trahison d'Olivier… c'est ma carapace, mon bouclier.

— Oui, je pensais y aller, tu sais, maintenant que papa et maman ne sont plus là, toi aux États-Unis, ce serait normal qu'il y ait tout de même quelqu'un pour représenter la famille.

— Oui, oui, bien sûr, tu as raison. Merci de m'avoir prévenue, je ne sais pas vraiment quoi dire, c'est un tel choc… Je vais devoir te laisser, car je vais manger chez Tom et Debbie ce soir, mais je te rappelle dès que je peux.

— Ça marche. Tout va bien, sinon ? Ta thèse ?

— Oui, ça roule. Toi aussi ?

— R.A.S.

— Bon, bye mon vieux, on se rappelle.

— Bye, Liz.

Et nous raccrochâmes. Les choses sont toujours ainsi entre mon frère et moi : nous sommes incapables de parler ; de parler vraiment, je veux dire : de nos vies, de nos sentiments, de ce qui tremble et s'agite derrière le brouillard dense de nos intériorités, de ce qui fait bouger nos lignes ; il n'y a jamais assez de places dans le décousu de nos conversations, pour nos vérités nues…

J'étais allée marcher à *Cape Code* pour la journée, je voulais profiter du retour du soleil après un hiver particulièrement rigoureux. Il était quinze heures et il me fallait bien compter trois heures de voiture avant de regagner Williston, mais je ne me sentais pas en état de faire la route, pas encore.

Car comme mon frère l'avait dit, même si la vie s'était chargée de nous séparer, Anna et moi avions été, à une période de notre vie, inséparables. Pendant des années, de la maternelle à la sixième, nous étions toujours assises à côté en classe, nous nous étions mutuellement invitées à dormir chaque week-end, avions partagé nos secrets. C'est avec elle, en CM1, que j'avais fumé ma première cigarette, à elle seule que j'avais confié que j'avais embrassé Fabien Torelli dans les toilettes à la récréation (en CM2). Je sus la première qu'elle avait eue ses règles, qu'elle avait le béguin pour Raphaël Tonnens, et qu'elle rêvait de faire les Beaux-Arts pour devenir peintre. C'était l'Amie avec un grand A ; et, de même qu'enfant j'avais cru sincèrement que l'enfance durerait toujours, j'étais persuadée que cette amitié n'aurait pas de fin, qu'on resterait toujours l'une pour l'autre ce que nous étions alors : l'unique, l'indispensable… C'est la magie de l'enfance de nous faire croire que les choses dureront toujours. Cette magie s'est évaporée, et je n'en retrouve pas la formule.

Je me suis fait d'autres amis depuis ce temps-là, je suis très proche de certains, mais rien n'a plus eu le goût de cette amitié-là.

Et pourtant j'ai perdu Anna.

Longtemps avant sa mort, on peut dire que j'avais déjà perdu Anna. À l'issue de l'école primaire, deux choix s'offraient aux enfants de Dos : le petit collège de campagne, à Seyre, proche de notre village, ou la grande cité scolaire de Sentis en Born, plus éloignée, mais qui semblait promettre à mes parents de meilleures chances de réussite. Ils choisirent pour moi, et je perdis Anna.

Au début, cette séparation me sembla presque enrichir notre relation. Nous avions mille choses à nous raconter. Dès que je rentrais du collège, je me précipitais en bicyclette chez elle pour lui raconter ma journée, mes découvertes. Nous comparions nos emplois du temps, nos devoirs, parlions des gens nouveaux que nous découvrions. D'interminables discussions au téléphone remplacèrent nos rencontres. Cela faisait enrager mes parents qui se plaignaient de notes de téléphone astronomiques. Et comme un rituel, aussi immuable que le cycle des saisons, nous passions tous nos week-ends ensemble : j'allais dormir chez elle le vendredi soir, et elle venait me rendre visite le samedi.

Quand le printemps revint, il y eut les soirs où je ne téléphonai pas, car je préparais un exposé ou parce que j'avais une tonne de devoirs à faire… puis certains week-ends durant lesquels Anna ne vint pas dormir car elle était invitée ailleurs. Puis finalement, les semaines trop remplies, les occupations diverses et variées qui ne nous permettaient pas de trouver une seule minute pour nous voir.

Trois années de collège passèrent ainsi où nous maintînmes tant bien que mal le lien entre nous, mais la fusion des années de primaire avait cédé : le monde extérieur s'était immiscé dans notre relation si singulière, et la formule *Anna et moi* avait perdu de sa puissance, peut-être même de sa magie. L'année de notre quatrième, pour le bal de la Pentecôte, quand on se retrouva dans la salle des fêtes bondée et enfumée, nous pûmes nous rendre compte que le temps avait eu raison de notre amitié. Ce soir-là, je m'en souviens parfaitement, c'était un samedi, elle est venue dormir chez moi pour la toute dernière fois. Après cette nuit-là, plus rien ne serait comme avant.

Les rayons du fragile soleil de printemps commençaient à décliner sur *Cape Cod*. Je consultai ma montre : seize heures déjà. Il était temps de rentrer. Je montai dans la vieille Buick que me prêtait Tom et je démarrai. Je n'allumai pas la radio, et me laissai bercer par les souvenirs. Quand j'arrivai enfin à Willinston, la nuit était tombée, mais la lumière émanant de la cuisine de Tom et Debbie m'enveloppa dans la chaleur et la tendresse de ces amis qui m'étaient, en quelques mois déjà, devenus si chers.

Debbie devait guetter mes phares depuis un moment car dès que je gravis les marches du perron, la porte s'ouvrit comme par magie et son visage de lutin facétieux s'éclaira de joie.

— *Darling*, mais que faisais-tu ?

Debbie s'adressa à moi dans son mélange habituel de français et d'anglais. Elle est bretonne, mais vit depuis trente ans aux États-Unis. Tom et elle se sont créé une sorte de patois qui mêle allègrement leurs langues maternelles respectives.

— Tu as flashé sur un cachalot ? Je m'inquiétais, ça fait plus d'une heure que je tourne en rond comme une toupie folle. Je n'ai pas osé appeler sur ton *cellular*, j'ai eu peur que tu aies un accident en cherchant à répondre. Tom me dit que je suis insupportable de te couver ainsi, comme une mère poule.

Tout en disant cela, elle adressa au dit Tom, qui lisait tranquillement, un regard exaspéré. Il se contenta de lui faire un clin d'œil par-dessus les lunettes abaissées sur son nez, et de lui souffler un baiser.

— Tu as rencontré le petit neveu de JFK et tu as passé l'après-midi à faire l'amour comme une folle dans une chambre de motel ? Tu as crevé ? Tu t'es fait arrêter par les *cops* ?

Debbie est quelqu'un d'extrêmement bavard, mais à l'image de beaucoup de femmes, elle sait faire mille choses en même temps ; et tout en pépiant comme un moineau, elle m'avait débarrassée de mon manteau, tendu des chaussons en laine, et fourré d'autorité un verre de vin blanc dans la main. Je ris.

— Rien de tout ça, Debbie, désolée de te décevoir. Même si je ne cracherais pas sur le petit neveu de JFK, à moins bien évidemment qu'il ne soit aussi priapique que son illustre grand-oncle.

— Mais enfin Lizzie, toutes les filles rêvent d'avoir un Priape dans leur lit, intervint Tom depuis la cuisine où il avait commencé à faire tinter les casseroles. Ne me dis pas qu'une jolie et jeune latiniste comme toi n'a jamais fantasmé sur le Priape ithyphallique de cette maison-là de Pompéi… Quel est son nom déjà ?

Je ris de plus belle.

— La maison des *Vetii*. Mais quelle horreur, Tom ! Non, je n'ai jamais, comme tu dis, « fantasmé » sur cet appendice monstrueux, et puis, en mentionnant le priapisme de JFK, je ne voulais pas tellement parler de la taille de son pénis, mais plutôt du fait qu'il ne pouvait pas s'empêcher d'aller le fourrer un peu partout. Or je pense que, depuis ce qui… enfin depuis Olivier… mon seul critère de sélection en matière d'hommes est devenu la fidélité, l'exclusivité, la monogamie quoi !

Debbie me frotta chaleureusement le bras, et je lus dans ses yeux beaucoup de compréhension, mais aucune pitié, ce qui me fut d'un grand réconfort.

— On comprend, Lizzie, on comprend.

Elle se servit à son tour un verre de vin et s'installa dans le fauteuil en face du mien.

— En fait j'ai marché, je me suis assise un long moment sur la jetée à Provincetown pour regarder les bateaux, écouter les mouettes. À midi, j'ai mangé une soupe de homard dans un petit restau face à la mer. Puis j'ai marché... encore.

Je ne leur parlai pas de l'appel de mon frère ni de la

mort d'Anna. Pour quelle raison ? Je ne saurais le dire. Peur qu'en formalisant, en mettant en mots, en phrases ce qui restait encore un concept vague et informe, tout ceci ne vienne m'exploser à la figure ?

Anna est morte, Anna est morte hier.

La petite phrase lancinait dans ma tête, mais j'étais comme anesthésiée, je ne ressentais pas d'émotion véritable, comme si une partie de moi luttait encore contre cette réalité. J'étais pourtant à l'aise avec Debbie et Tom. Cela faisait maintenant six mois qu'ils m'accueillaient chaleureusement chez eux, dans le petit garage de leur jardin transformé en maison d'amis par Tom des années auparavant. Même si au départ, c'était surtout dans l'espoir qu'elle pourrait servir de studio aux garçons, le jour où ils s'inscriraient à l'Université de Burlington. Cet espoir s'était avéré vain, puisque François et Édouard avaient choisi de faire leurs études en Californie. Ils manquaient beaucoup à Tom et Debbie, surtout à Debbie qui les appelait tous les deux jours et leur envoyait sans cesse des colis remplis de conserves qu'elle confectionnait elle-même, de pâtes de fruits, et autres chocolats artisanaux achetés au marché de Manchester-Vermont.

Et quand mon amie Odile, qui avait connu Tom et Debbie jeunes mariés en Californie, les avait un jour contactés pour leur demander s'ils accepteraient d'accueillir une pauvre hirondelle aux ailes cassées qu'elle leur envoyait depuis la France, ils avaient immédiatement accepté. J'étais donc venue occuper le studio du jardin et la place laissée vacante par François et Édouard dans le cœur maternel de Debbie.

Alors que je sirotais tranquillement mon vin blanc, tout en écoutant d'une oreille distraite le bavardage de Debbie, le carillon de la sonnette d'entrée retentit.

— Ah, tiens, tu attends quelqu'un ? demandai-je à Debbie.

— Oui, j'ai invité Will Will à venir dîner avec nous. Je ne te l'avais pas dit ?

— Je ne sais pas, peut-être, j'ai dû zapper. Mais je suis ravie. Je l'aime tellement ce cher Will.

— Tu vas finir par l'épouser, et comme ça on sera assuré de te garder pour toujours !

— Mais Deb, n'importe quoi, il est plus antique que le Colisée, et en plus il est toujours amoureux de sa femme !

Dans l'entrée, Tom avait déjà ouvert la porte et Will enlevait son vieux duffle-coat aux couleurs passées, au moment où je me précipitai pour l'accueillir.

— Élizabeth chérie, laisse-moi donc embrasser ta jolie frimousse !

Will Will avait beau être né et avoir grandi au Texas, il parlait le français avec un accent british digne d'un lord anglais.

Will Will (*son véritable nom était William Willis, mais je l'avais aussitôt surnommé Will Will*) était un éminent professeur de langue et de littérature grecque. Il était le directeur du département d'études classiques de l'Université du Vermont. Quand je débarquai à Burlington, c'est lui qui m'accueillit en personne. Il me fit visiter tout le campus en me tenant le bras et en m'appelant « ma chère » comme au XIXe siècle. Il me conduisit dans le bureau que nous devions partager durant l'année universitaire, me fit un thé brûlant à l'aide de sa vieille bouilloire crachotante et n'eut jamais l'indiscrétion de me demander ce qui expliquait que j'eusse précipitamment quitté l'Université de Bordeaux pour venir terminer ma thèse au fin fond de l'Amérique du Nord. Will fait partie de ces êtres doux, discrets, qui ne forcent jamais une confidence ou un rapport humain.

J'avais déjà pris mes marques à l'Université, et commencé à enseigner la littérature augustéenne aux étudiants de deuxième année quand, un après-midi, je me retrouvai effondrée, en larmes, entre les bras de Will. Il m'avait tapoté les épaules, avait patiemment attendu que les sanglots se calment et m'avait ensuite tendu un mouchoir.

— Comment s'appelle-t-il ?

Surprise, je le regardai avec un air circonspect face à tant de prévenance et de compréhension, avant de finir par lui répondre :

— Olivier. Il s'appelle Olivier.

Ce jour-là, je racontai tout à Will : comment j'avais connu Olivier en hypokhâgne, qu'il était mon premier amour, que nous avions été inséparables, que je n'avais jamais imaginé ma vie sans lui jusqu'au jour, quelques mois auparavant, où j'étais rentrée plus tôt que prévu de la fac et que je l'avais trouvé au lit avec Nathalie. C'est étonnant, car c'est à ce moment-là, en pleurant sur l'épaule de Will que j'avais compris la sordide banalité de cette histoire. Quelqu'un m'a dit un jour que toutes les histoires, depuis Homère, ont déjà été racontées mille fois, et c'est si vrai. Mon cœur brisé, ma trajectoire déviée, mes cris, mes pleurs, mon déménagement sous la pluie, mes cartons entassés tant bien que mal chez mon frère, les supplications de Nathalie, les dénégations d'Olivier, les livres jetés à la figure, les insomnies, tout, tout, jusqu'à mon départ pour les États-Unis, tout ça n'était qu'une histoire vieille comme le monde, déjà dite et redite par un narrateur fatigué, sans doute, de se répéter.

Quand je décidai de consacrer ma thèse à l'exil du poète Ovide, mon directeur de recherches à l'Université Bordeaux III, Phillipe de Soucy, m'avait prévenue que c'était un sujet de vieilles filles, ou de curés en retraite. Comme il était manifeste que je n'étais ni l'un ni l'autre (*il avait dit cela avec un petit sourire en coin*), il se sentait tenu de me prévenir que mes recherches occuperaient tout mon temps, envahiraient mon espace, et réduiraient la part de mes jours dévolue à mes amis, ou à mes amours. Il avait eu raison de m'en avertir. Aujourd'hui encore, je me demande s'il n'avait pas prévu que mon travail m'écarterait trop de la rive des vivants pour que je puisse à temps ramener ma barque à bon port.

Devais-je à Ovide le fiasco de ma vie sentimentale ? M'étais-je sans le vouloir éloignée d'Olivier ? Avais-je laissé le champ libre à Nathalie, notre *adorable* voisine, toujours disponible, contrairement à moi, pour un cinéma, un apéro au bar du pied de l'immeuble, pour un scrabble, un café… une partie de jambes en l'air ?

Ma grand-mère, paix à son âme, m'a toujours répété que le secret du couple pérenne, c'est *la gaudriole*[1]. Ce ne sont pas exactement ses mots, mais l'idée était celle-là ; et forte de soixante ans de ménage heureux, elle donnait gentiment ce conseil à tous les membres de la gent féminine qui l'approchaient, de près ou de loin.

J'appartenais, moi, à la catégorie des femmes dont ma regrettée aïeule eût dit qu'elles n'étaient pas *portées sur la chose*. J'étais vierge quand je connus Olivier (*il eut beau prétendre plusieurs fois le contraire, je pense qu'il l'était également*), j'avais dix-huit ans, et la première fois que nous fîmes l'amour, ce fut un fiasco intégral. Et il faut avouer que, par la suite, je n'ai pas montré un enthousiasme débordant pour *l'acte de chair*. C'est toujours au terme de négociations si serrées qu'elles feraient pâlir d'envie un responsable CGT aux prises avec un patron côté au CAC 40 qu'Olive obtenait mon consentement à ce que je vivais, finalement, comme une reddition. Je ne m'en ouvrais jamais à mes amies, mais il m'est plus d'une fois arrivé, en soirée, d'ouvrir des yeux grands comme des soucoupes, quand

1. Une sexualité épanouie.

l'une d'entre elles évoquait un orgasme si cataclysmique qu'il en avait fait trembler la charpente. Il y avait donc clairement des filles qui *aimaient ça*, et je n'en faisais pas partie. Mon tort fut de croire que *ça* n'était pas si important, et que le couple que nous formions avec Olivier était si solide, basé sur des liens si forts, que notre absence de sensualité ne pourrait lui porter préjudice. J'avais tort.

En embrassant Will ce soir-là dans la cuisine de Tom et Debbie, une bouffée d'affection m'envahit : si je guérissais un jour de mon chagrin d'amour, c'est à ces trois-là que je le devrais. Will disait souvent qu'ils aimaient se réchauffer au soleil de ma jeunesse, moi j'adorais la sensation douce-amère d'être un peu la « petite » de la bande, celle qu'il fallait conseiller, cajoler, entourer.

Debbie, Will et moi applaudîmes bruyamment quand Tom nous rejoignit dans le salon, affublé de son tablier *I kiss better than I cook* que lui avait offert Debbie au Noël précédent et les bras chargés d'un plateau contenant quatre coupes, une bouteille de champagne, des gressins, des verrines aux couleurs vives, des légumes coupés en fines lamelles, et des ramequins contenant des *dips* variés. Contrairement à ce qu'affirme son tablier (*ou alors c'est qu'il embrasse comme Rhett Butler !*), Tom est un remarquable cuisinier.

Debbie se chargea de déboucher le champagne et nous pûmes trinquer.

— Au fait, William, demanda plus tard Tom, ça chauffe toujours à l'Université ou Betty Lange est-elle ouverte aux négociations ?

— Ouverte aux négociations ? Will s'étrangla sur son gressin. La N.R.A devrait recruter cette Lange : elle tire à vue ! Elle est bien décidée à nous dévorer et elle va finir par avoir gain de cause. Tant que Simons sera président, je pense que nous pourrons sauver les meubles, mais vous verrez que d'ici quelques années, nos étudiants d'Études classiques seront obligés d'aller s'inscrire à Boston. Et moi, eh bien, je suppose que j'aurai plus de temps pour me consacrer sérieusement à la culture de mes courges…

— Simons ne te lâchera jamais, Will, le rassurai-je, tu es l'emblème de son université. Les gens viennent du monde entier pour toi. JE suis venue pour toi !

— Un emblème, un emblème… Le problème, avec les emblèmes, c'est qu'on n'a pas besoin qu'ils soient vivants. Morts, ils font tout aussi bien l'affaire. Et Simons a beau avoir baptisé son chat Virgile, il n'en demeure pas moins capitaliste. Cela fait des années qu'il trouve que nous lui coûtons trop cher. D'un autre côté, tu n'as pas tort quand tu dis qu'il va me ménager : je pense qu'il veut éviter la confrontation directe avec moi. Il va attendre que je parte à la retraite, et alors il donnera à Lange exactement ce qu'elle veut. D'ailleurs je le soupçonne de la sauter !

— Pas possible ! De qui tiens-tu cette info ?

— Elle remonte ses collants dès qu'elle sort de son bureau !

Tom éclata de rire.

— Peut-être qu'elle a juste un problème de jarretière, ou de gaine ! Sur ce, je vous propose de passer à table. Au menu ce soir, mes amis : coquilles Saint-Jacques braisées sur leur lit de fenouil rissolé.

Ce fut un succès, Tom s'était surpassé. Au dessert, il avait confectionné ses propres profiteroles (*Debbie l'avait depuis longtemps converti à la gastronomie française*) et, repus, nous nous affalâmes dans le canapé pour boire un café. Vers dix heures, Will et moi prîmes congé de nos amis. Tom avait l'air pressé de démontrer à sa femme la véracité de l'assertion floquée sur son tablier ! Will me raccompagna jusqu'à ma petite maisonnette au fond du jardin.

Il me proposa que nous regardions les corrections qu'il avait apportées aux quelques pages de ma thèse que je lui avais remises en début de semaine.

— Tu n'es pas trop fatigué ? Vu ton grand âge ? le taquinai-je.

— Mon grand âge et moi, on t'emmerde, me dit-il en mimant une révérence.

— Alors allume le feu pendant que je fais chauffer la bouilloire. Il fait un froid de canard.

Quand je ressortis de ma minuscule kitchenette avec une théière remplie de thé brûlant, le poêle ronronnait et, sur la table de bois qui me servait de bureau, Will avait étalé mes feuillets. Nous les relûmes, Will commentant chacune des annotations qu'il avait apposées dessus de son écriture fine et appliquée. Quand nos corrections furent terminées, Will enleva ses lunettes, les posa doucement sur la table et se frotta lentement les arêtes du nez. J'avais remarqué qu'il faisait toujours cela quand il se préparait à assener à son interlocuteur une vérité que ce dernier n'était pas toujours prêt à encaisser.

— C'est un travail formidable que tu accomplis, Elizabeth, vraiment je suis sincère. Mais je crains de partager l'opinion de mon collègue français. Cette thèse, c'est un sacerdoce, tu ne pourras jamais, à moins d'une découverte archéologique d'envergure, un manuscrit inédit par exemple, mettre un point final à ta quête. Tu pourras accumuler les indices, les théories, mais, à mon avis, tu ne seras jamais en mesure de percer vraiment le mystère de la relégation d'Ovide. C'est dur de dire cela, peut-être même que cela va t'étonner de la part d'un universitaire, mais il est des moments où il faut savoir arrêter de chercher. Tu as listé toutes les théories possibles, tu as dressé un état de la question qui fera date dans les études ovidiennes, tu ne peux pas faire davantage. Je pense que tu ne peux pas aller plus loin.

J'étais abasourdie. Mon espoir était-il vain de retrouver l'indice clef qui permettrait de savoir enfin pourquoi Auguste avait exilé Ovide au bord de la mer Noire deux mille ans auparavant ? Will me regarda avec tant de tendresse triste que j'eus soudain le cœur serré.

— Tu connais la légende du tonneau des Danaïdes, Lizzie ?

J'acquiesçai sans rien dire. Les cinquante filles du roi Danaos condamnées pour avoir tué leurs époux à remplir pour l'éternité un tonneau percé de mille trous…

— Quand ma femme est morte, j'ai rêvé de ce châtiment : une tâche sans fin qui absorberait tout mon temps, mon énergie, mes pensées, mon chagrin…

— Ma thèse, c'est mon tonneau des Danaïdes, c'est ça, Will ? Je consacre donc mes nuits à Ovide pour éviter de penser que j'ai vingt-six ans, plus de parents, pas de mec, pas d'enfant ?

Mon ton devait être légèrement agressif, car je vis Will lever lentement les mains, paumes ouvertes, comme un geste de supplique, ou de paix.

— Dans le courrier de recommandation que m'a adressé Philippe de Soucy, outre ton sérieux et ton implication, il a aussi mentionné que le mystère de la relégation d'Ovide te passionne depuis la classe de terminale. Or tu m'as dit avoir perdu tes parents l'année où tu passais ton baccalauréat.

— Et donc ça…

Il ne me laissa pas le temps de finir ma phrase, prit mes mains dans les siennes, les serra très fort, en me regardant droit dans les yeux, et dit :

— Une thèse, Lizzie, c'est comme un enfant. Enfin je suppose, car je n'ai jamais eu d'enfant. La thèse, on la chérit, on l'améliore, on la porte en soi des années, et puis vient un jour où il faut la laisser s'en aller, s'en séparer. On la met par écrit, on la soutient. En quelque sorte, on la met au monde…

— Et ensuite ?

Ma voix tremblait.

— Ensuite, on en commence une autre, ou bien on se met à prendre des cours de pole-dance comme mon éminent collègue Peter Templeton.

Je souris, et je vis à ses yeux qu'il avait dit cela précisément pour me faire sourire.

— Et la vie continue, Lizzie, la vie continue…

— Donc tu penses que mes cent neuf théories pour expliquer l'exil d'Ovide suffisent pour faire une thèse acceptable ? Pas besoin que je continue de fouiller pour en trouver une cent dixième ? J'ai peur que ça soit un peu léger cent-neuf quand même !

Nous rîmes tous les deux. Mais mon rire sonnait faux. Il y avait comme un malaise dans les airs.

Avait-il raison ?

Will s'était levé, avait pris nos tasses, la théière et s'était rendu dans la cuisine pour faire la vaisselle. Alors qu'il revenait au séjour, il remit son manteau et je ne pus alors m'empêcher de lui dire :

— Une de mes amies d'enfance est morte hier. Et je pense m'y rendre pour assister à ses funérailles.

— Liz, je suis désolé, qu'a-t-elle eu ?

— Je ne sais pas, mon frère m'a appelé cet après-midi, mais il n'en savait pas davantage.

— Vous étiez proches ?

— Nous l'avons été, il y a longtemps.

— Tu aurais dû nous le dire, Debbie aurait reporté le dîner.

— Tu vas me trouver atroce, mais je n'arrive pas à savoir si je suis triste. Mais là, d'un coup, en te parlant, ça devient comme une évidence, qu'il faut que je rentre en France, que je sois présente à son enterrement. Tu penses que c'est possible ? Que je m'absente ?

— Bien sûr, je te remplacerai pour ton cours de jeudi. Combien de temps comptes-tu rester ?

— Une semaine, pas plus.

— Si c'est important pour toi, il faut y aller.

— Je ne sais pas si c'est important, mais pendant qu'on évoquait Ovide, les Danaïdes, mes parents… Eh bien, j'ai eu l'impression qu'il fallait que je retourne chez moi, que ma place était là-bas.

— Alors prends le premier avion que tu trouves et rentre au pays, Lizzie chérie. Je te téléphone demain.

Sur ce, il m'embrassa et sortit.

Arrivé à sa voiture, il se retourna. Je me tenais sur le pas de la porte, frissonnant dans le froid en dépit du châle qui me couvrait les épaules.

— Ce que je t'ai dit… j'espère que je ne t'ai pas blessée, Lizzie. Un halo de buée blanche accompagna ces mots.

— Non, Will. Pour rien au monde je ne voudrais que tu t'en veuilles de m'avoir parlé avec franchise. On devrait toujours pouvoir parler aux gens ainsi, surtout à ses amis. Et tu as raison, cette thèse, sans doute que c'est une manière de retarder le temps du deuil, le deuil de mes parents, le deuil de mon histoire d'amour. Il est temps que j'y mette un point final.

Un point final… Sur cette résolution, je rentrai, allumai mon ordinateur et réservai un vol pour la France pour le lendemain matin. Le départ de Boston était prévu à huit heures, pour une arrivée à Bordeaux le lundi soir, après une escale à Londres. J'envoyai un bref texto à Tom et Debbie afin qu'ils le trouvent le lendemain à leur réveil et ne s'inquiètent pas.

Une de mes amies d'enfance est décédée. Enterrement prévu mardi ou mercredi. Je dois y être. Mon avion part de Boston à huit heures demain matin. Je resterai une petite semaine. Je vous embrasse fort, mes amis.
Lizzie

Plus tard, confortablement installée dans l'avion,

je dis au revoir aux côtes américaines sans imaginer qu'il ne s'écoulerait pas une semaine, mais des mois, voire des années, avant que je retourne un jour dans le Vermont.

Un jour, peu de temps après mon arrivée aux États-Unis, dans une petite boutique mohican de Willinston où j'avais acheté un attrape-rêve, j'avais lu cette prière indienne recopiée sur un papier jauni, encadrée et accrochée au mur : *« N'allez pas sur ma tombe pour pleurer, ce n'est pas là que je suis. »*

Je voulais aller sur la tombe d'Anna, mais pour pleurer sur quoi exactement ?

J'étais loin de me douter que ce trajet vers sa sépulture, c'était moins ma volonté qui l'accomplissait que la sienne. Elle m'avait appelée à elle, et j'étais venue, comme toujours.

Chapitre II

À l'aéroport de Bordeaux, mon frère m'attendait devant le terminal des arrivées. Il était au volant de son vieux taxi et lisait le *Canard enchaîné*. Il était si concentré qu'il ne m'entendit pas approcher. Je toquai discrètement sur la vitre à demi baissée.

— Alors Julius, les nouvelles sont bonnes ? Sarko va enfin finir en prison ? Brigitte a retapissé l'Élysée pour la modique somme de trois milliards d'euros ?

Il sursauta et ôta ses lunettes en souriant.

— Même pas. Macron se contente simplement de gentiment dézinguer tous les acquis sociaux pour lesquels nos aînés se sont battus depuis soixante ans. Bienvenue au pays ! Je suis content de te revoir, sœurette.

Tout en parlant, il s'était extrait de son siège, avait ouvert sa portière. Il me serra contre la laine râpeuse de son vieux pull, chargea ma valise dans le coffre et nous prîmes la route des Landes.

— Tu n'as pas été trop embêtée à l'aéroport, avec cette histoire de coronavirus ?

— Hein ? Non, qu'est-ce que c'est que cette histoire ?

— Laisse tomber, si c'est comme le coup de la grippe aviaire, c'est qu'on se sera emballés pour rien. Alors, comment vas-tu ?

Pendant que nous roulions, je respirai à plein poumon l'odeur rassurante de sa voiture, ce mélange unique de tabac et de café. Il est des odeurs qu'on aimerait pouvoir mettre en bouteille. On les garderait en réserve comme des grands crus et on les ouvrirait les soirs de déprime.

Le taxi de mon frère est un véritable monument historique, son pote Fredo affirme même avec beaucoup de sérieux (*Fredo a fait trois années de faculté de droit ce qui, au sein de la bande des copains de Julius, lui confère une aura indéniable ; quand il parle, ils se taisent tous !*) qu'il faudrait l'inscrire au patrimoine mondial de l'UNESCO, c'est dire !

Il faut avouer qu'une vieille Renaud Chamade avec 300 000 kilomètres au compteur, ce n'est pas tellement commun dans la faune diversifiée des taxis bordelais, tous plus flambants neufs les uns que les autres. C'était la voiture de notre père. Il en avait fait don à Julius quand ce dernier, à vingt et un ans, avait décrété qu'il cessait ses études pour devenir chauffeur de taxi, métier qui, à ses yeux, avait le double avantage de lui permettre de rester assis toute la journée et de donner libre cours à sa verve langagière quand il s'agissait d'injurier les automobilistes, les chauffeurs de bus, ou encore les cyclistes. Il possède en effet une collection de jurons à faire pâlir d'envie le capitaine Haddock et je crois que, semblable en cela au vieux loup de mer, il est heureux, au volant de son taxi, d'être le seul maître à bord après Dieu.

Julius (*de son vrai nom Jules, mais j'ai une fâcheuse tendance à latiniser les prénoms des gens que j'aime, déformation professionnelle sans doute !*) a toujours eu un problème avec l'autorité. S'il entame un jour une psychothérapie (*cela n'arrivera jamais : qu'on puisse débourser cinquante euros pour s'asseoir dans un fauteuil et raconter sa vie, c'est quelque chose qui le dépasse*), on lui rétorquera sans doute que cet esprit rebelle et ce refus de toute forme de domination sont le fruit de la relation qu'il a eue avec mon père. On m'a parfois dit que ce n'est pas facile d'être un enfant de gendarme, mais en fait, c'est être « fils de gendarme » qui n'est pas chose aisée. J'ai eu, moi, une relation privilégiée et apaisée avec un père qui, il est vrai, n'a eu de cesse de nous imposer des limites. Mais il était dans ma nature de ne pas chercher à les dépasser : j'ai toujours vu les interdictions qu'il formulait comme des jalons rassurants, des béquilles, des panneaux indicateurs. Pour Julius, ce furent sans doute des barrières, des obstacles, des barreaux de prison.

Je dis *sans doute* car Julius a huit ans de plus que moi et, du temps de sa révolte contre l'ordre parental, j'étais trop enfermée dans ma bulle d'enfance pour m'apercevoir de quoi que ce soit ; j'avais dix ans quand il partit s'installer à Bordeaux et malgré les supplications de ma mère, il revenait rarement nous voir le week-end. Quand j'eus dix-huit ans, l'âge où j'aurais été en mesure de comprendre, de partager, d'apaiser peut-être les ressentiments entre lui et mon père, nos parents moururent, et aucun mot ne fut jamais posé sur cette blessure. Dans nos conversations, nous évitâmes le mot « papa », et Julius ne vendit jamais la Renaud Chamade.

— Mais putain, regarde-moi ce naze de *Uber Eat* ! On dirait qu'il a des morpions au cul. Baisse ta vitre, Lizzie.

Je m'exécutai et Julius se pencha pour hurler au cycliste couvert de sueur qui remontait péniblement le cours de la Marne :

— Eh, pauvre cloche, tu ne peux pas rouler droit ! Tu vas renverser ta soupe !

Je lançai au malheureux livreur un regard navré tandis que mon frère le doublait avec force coups de klaxon.

— Tss, tss, je ne crois pas que ton Saint Patron approuve ce langage et cette attitude, l'admonestai-je en désignant du doigt la médaille de Saint-Christophe qui ornait son tableau de bord.

— Mais penses-tu ! Tous les chauffeurs de taxi disent des gros mots, c'est même une épreuve éliminatoire à l'examen. J'ai dû citer deux cents mots vulgaires pour désigner les organes génitaux masculins afin d'obtenir ma licence !

— Deux cents !! J'arriverais à peine à en citer dix.

— Toi tu les citerais en latin et en grec, ça fait plus classe.

— Euh Julius, tu es sûr que c'est prudent de dépasser les cent kilomètres-heure avec ton antiquité ?

La vieille Renaud faisait en effet entendre un vrombissement qui ne me semblait rien augurer de bon.

— T'inquiète, Lizz, elle se porte comme un charme. J'ai la ferme intention de lui faire franchir la barre des 500 000 kilomètres. Tu sais qu'un taxi parisien a atteint les 500 000 avec sa vieille BM. Il a eu droit à son article dans les journaux et bingo ! BMW lui a payé son dernier modèle toutes options. Tu m'étonnes ! Énorme coup de pub gratuit.

— Et tu penses sérieusement que Renaud serait prêt à te payer une Talisman pour une Chamade qui a affiché 500 000 au compteur ? Ils vont te payer une Twingo, oui. Carlos Goshn les a mis sur la paille !

L'air était frais, mais, arrivée sur la petite route nationale qui nous ouvrait la porte des Landes, je ne pus résister et j'abaissai ma vitre pour respirer l'odeur de térébenthine. Les grands pins se dressaient le long du trajet, fines silhouettes noires comme découpées sur le rose du couchant. Saluaient-ils mon retour, ou se tenaient-ils prêts à refermer sur moi le sortilège de leurs lignes aussi régulières que des barreaux de prison ?

Je me tournai vers Julius, la vue de son profil familier faisant monter en moi une vague de tendresse chaude et familière.

— Je suis heureuse de faire ce trajet avec toi, Julius.

C'est bon d'être de retour. Même si c'est pour peu de temps, et même si c'est pour une triste raison. Tu en sais davantage ? Pour Anna ? Ce qu'il s'est passé ?

— Non. J'ai rappelé Arnaud ce matin, mais il n'avait pas plus d'infos que ce que je t'ai déjà dit par texto : elle est allée marcher, on l'a trouvée morte dans les bois. Arnaud pense qu'elle a certainement fait un malaise. Ce sont des choses qui arrivent, Lizzie. Il n'avait pas eu de confirmation pour l'enterrement, il pense que ce sera demain, mais il doit nous tenir au courant.

Ce sont des choses qui arrivent... À la pensée d'Anna étendue morte, seule, sur la mousse froide de l'hiver, une tristesse infinie monta en moi, et les larmes se mirent à ruisseler sur mes joues.

Anna chaude de rires, de vie, d'énergie. Je la revoyais debout sur son lit en train d'imiter Whitney Houston dans la longue chemise de nuit de sa mère, une brosse à cheveux en guise de micro, ou dansant la *macarena* dans sa jupe en jean à la fête de l'école. Et les courses de rollers, les retours de la piscine municipale à bicyclette, quand il fallait se hâter parce que le soleil allait se coucher, mais qu'elle faisait quand même le détour pour me raccompagner jusque chez moi. Et à la fin, la solitude, le froid, la mort.

Julius me tendit un mouchoir, m'enveloppa de son bras droit et m'attira sur son épaule. Le reste du trajet se fit en silence. Il est des fois où l'on n'a pas de mot, et même si on les avait, on n'oserait pas les prononcer de peur de ne pouvoir s'arrêter de pleurer.

Nous parvînmes à Dos, le soleil se couchait. Julius m'aida à sortir la valise, et alluma le feu dans le poêle du salon. Cela faisait si longtemps que je n'étais pas revenue ici. C'était pourtant la maison familiale, la maison de mon enfance. Mes grands-parents paternels, parisiens pure-souche, avaient acheté cette vieille bâtisse bourgeoise dans les années cinquante, pour passer leurs étés sur la côte atlantique, et quand mon père, à quarante ans, après vingt ans de brigade mobile, avait enfin obtenu sa mutation pour la petite gendarmerie de Dos, il avait naturellement investi ce lieu de villégiature dans lequel il avait tant de souvenirs d'enfance heureux. Il y avait fait de nombreux aménagements avec la bénédiction de ma grand-mère (*elle était déjà veuve à cette époque*) et ma mère, tellement heureuse d'en avoir fini avec les sinistres logements de fonction, avait dépensé une énergie folle à peindre, tapisser, décorer.

Pendant que Julius s'activait devant le poêle, je me promenai dans les pièces du rez-de-chaussée, refaisant connaissance avec les objets, retrouvant les odeurs qui avaient bercé mon enfance, mais qu'il me fallait de nouveau apprivoiser. À la suite de mon baccalauréat, quelques mois seulement après que nous eûmes enterré nos parents, j'étais partie m'installer à Bordeaux pour mes études, et rares étaient les week-ends où je rentrais dans les Landes. Étrangement, ou pas d'ailleurs, ni mon frère ni moi n'avions jamais évoqué l'idée de vendre cette lourde bâtisse bourgeoise. La question de l'argent n'entrait pas en ligne de compte, car, à leur mort, nos parents nous avaient laissé une coquette somme d'argent. En outre, Julius et moi sommes ce que nous pourrions appeler des ascètes. Je ne sais si c'est par souci de purification spirituelle, par conviction écologique (*ça, c'est plutôt moi*) ou par radinerie (*ça, ce serait plutôt Julius*), mais le fait est que nous sommes très économes. Je ne m'habille que dans les braderies du secours catholique, ce qui me donne une apparence que personnellement je classe dans la catégorie « bohème chic », mais qui a souvent été qualifiée d'attentat au bon goût par différentes pestes que j'ai pu rencontrer au cours de ma vie. Quant à Julius, la dernière fois qu'il a acheté quelque chose, nous étions au vingtième siècle et on payait en francs.

Je montai au premier étage pour défaire mes valises et disposer mes vêtements dans la grande armoire en bois de mon ancienne chambre. Quand je redescendis, Julius avait déjà remis son manteau.

— Tu es bien installée ? Je vais te laisser. Je repasse te prendre la semaine prochaine. Ton vol retour, c'est prévu pour mardi, c'est ça ?

— Mais tu ne restes pas ? Si les funérailles sont bien demain matin, tu pourrais rentrer à Bordeaux en suivant.

— Non, Lizzie, tu sais, je connaissais peu Anna, et puis franchement, je déteste les enterrements.

— Non mais, sans blague ! Parce que moi j'adore ?

— Pardon, je ne voulais pas te peiner. Bien sûr que j'y aurais assisté si tu n'avais pas été là, par respect pour ses parents, et pour te représenter, mais c'est ta place, pas la mienne. Il m'embrassa sur le front. Et tu sais bien que le mercredi matin, c'est la mise en plis de Georgette, si je ne vais pas la chercher, c'est la crise cardiaque assurée !

Georgette a quatre-vingt-quinze ans et est la meilleure cliente de Julius. À elle seule, elle assure la moitié de son revenu mensuel. C'est une bourgeoise bordelaise, veuve d'un riche industriel, qui s'est toujours refusé à acheter une voiture. Elle aime prendre le taxi. C'est ainsi qu'un jour elle est montée dans la vieille Chamade de mon frère. Il l'avait autorisée à fumer ses affreuses *Dunhill* à l'intérieur et elle avait décrété qu'il était le meilleur chauffeur qu'elle ait jamais connu. Et depuis, il la trimballe de droite à gauche, aux quatre coins de Bordeaux.

— Bon, si c'est pour Miss Georgette, je t'excuse !

On s'embrassa. Je promis de l'appeler dans la semaine et il repartit dans la nuit, me laissant seule dans la cuisine.

J'envoyai un texto à Tom et Debbie et un autre à Will pour leur dire que j'étais bien arrivée. La réponse de Will me laissa songeuse.

« *Il n'est point de terre plus douce que sa propre patrie.* »

Les mots d'Ulysse pour évoquer son retour à Ithaque... Je ne savais pas comment interpréter ce message. Will m'avait-il vue comme une naufragée en terre américaine ? Et estimait-il que ce retour au pays que je pensais provisoire serait en fait définitif ? Je m'interrogeais sur la capacité qu'ont les gens qui nous aiment de savoir aujourd'hui ce que nous saurons demain sur nous-mêmes, quand une lueur au fond du jardin capta soudain mon attention.

Il me semblait apercevoir un rai de lumière filtrer sous la porte de la vieille grange en bois. Mais comment était-ce possible ? Il n'y avait pas l'électricité à l'intérieur. Un frisson remonta lentement le long de ma colonne vertébrale. D'où venait donc cette clarté ? Après avoir mentalement passé en revue quelques théories plausibles allant de l'invasion martienne à l'étrangleur de Boston, je finis par convoquer mon *Surmoi* le plus cartésien, enfilai les vieilles bottes en caoutchouc de mon père, empoignai une lampe torche d'une main, une énorme clef à molette dans l'autre, et je sortis dans le jardin.

Tout en me dirigeant vers la grange, je ne cessai de crier, à la fois pour me donner du courage, et pour effrayer mon potentiel visiteur.

— Ho ! Hé ! Il y a quelqu'un ? J'arrive et je vous préviens que vous ne me faites pas peur du tout. Aucune réponse.

Je m'admonestai à voix haute :

— Allez ma vieille, aucune inquiétude à avoir, Julius a dû venir bricoler un week-end et il aura oublié une lampe torche allumée.

Mais, dans le fond, je n'en menais pas large. En m'approchant de la remise, je captai des bruits sourds, comme ceux d'un marteau frappant contre du métal. Aucun doute n'était plus permis, j'avais clairement un visiteur. La tentation de prendre mes jambes à mon cou était grande, mais ma *Scarlett O'Hara* intérieure ne l'entendait pas de cette oreille et je me retrouvai à ouvrir, dans un bruit de grincement digne d'un manoir hanté, la lourde porte en bois.

Devant moi, il y avait le tracteur agricole dont nous nous étions toujours servis pour tondre notre immense terrain, tous phares allumés, le capot ouvert. Entre ses deux roues avant, deux longues jambes vêtues de jean élimé dépassaient, et on entendait des bruits métalliques montant des entrailles de la bête de fer.

— Mais qu'est-ce qu'il se passe ici ? criai-je en découvrant ce spectacle.

J'entendis un énorme choc causé manifestement par la rencontre brutale entre une boîte crânienne et le moteur du Massey-Ferguson, suivi d'un retentissant « Putain », prononcé par une voix grave et profonde. Aussitôt, un visage furieux, maculé de cambouis apparut entre les roues du camion.

— Merde, Bront, c'est toi ? Tu aurais pu t'annoncer, tu m'as fait une peur bleue !

— Pierre ? Ma voix était hésitante. Je n'étais pas sûre de reconnaître ce géant brun de Pierre Lafitte (*qui devait avoir neuf ans la dernière fois que je l'avais vu*) qui me toisait d'un air ébahi.

— De retour au pays, Bront ? Marre des petits bourges bordelais ?

J'avais complètement oublié ce surnom stupide qui me collait à la peau chez les jeunes de Dos depuis que j'avais eu la bonne idée, en CE2, de faire un exposé sur les sœurs Brontë. Comme personne dans ma classe n'avait jamais entendu parler d'elles, et encore moins lu un seul de leurs romans, j'étais passée immédiatement du statut d'élève intello et moyennement bizarre à celui de bête curieuse super intello et méga bizarre. Et j'y avais gagné en prime le surnom de Bront. Mais finalement Anna avait inversé la tendance, quand elle m'avait à son tour nommée ainsi. Comme Anna était populaire, « supra cool », et que tout ce qu'elle faisait était, de fait, « supra cool », mon surnom aussi était devenu « supra cool ».

— Sache, pour ta gouverne, (*j'avais sans le vouloir adopté le ton d'une institutrice des années cinquante, et je voyais les sourcils de Pierre se hausser à une hauteur vertigineuse tandis que ses yeux bruns se mettaient à pétiller furieusement.*) que je ne vis plus à Bordeaux, mais aux États-Unis depuis plusieurs mois déjà. Je suis revenue pour les funérailles d'Anna demain. Mon frère m'a appelé. C'est Arnaud qui l'a prévenu.

Pierre me regardait. A la mention d'Anna, toute trace d'humour avait déserté ses yeux.

— Pas demain, plutôt jeudi, voire vendredi…

— Pardon ? Mais elle est décédée samedi. Comment se fait-il que ce soit aussi long ?

Pierre me fixait, avec, me sembla-t-il, beaucoup de tendresse, et aussi de la tristesse. Quinze ans auparavant, Pierre avait été un démon. Il s'était plus d'une fois moqué de moi à la récréation, s'amusant notamment à me héler, puis à se cacher derrière un poteau du préau, pendant que, comme une idiote, je cherchais de longues minutes qui avait bien pu m'appeler. Un jour, il avait même mis un têtard dans mon verre, à la cantine, mais, assurément, même les démons s'améliorent avec le temps et le pire des démons lui-même n'aurait pu ignorer ce qu'Anna et moi avions été l'une pour l'autre durant les années de notre enfance.

— Bront, je suis désolé, ton frère ne t'a pas dit ?

— Mais dit quoi ?

— Anna s'est suicidée. On l'a retrouvée pendue à un chêne dans la forêt, derrière le château d'eau.

La stupeur me rendit muette et je ne pouvais que fixer stupidement Pierre. *Suicidée. Pendue.* Mais qu'est-ce que c'était que cette histoire de fous !

— Il est prévu une autopsie, tu comprends, c'est pour ça que l'enterrement n'aura lieu qu'en toute fin de semaine.

— Elle avait des ennuis ? Des malheurs ?

— C'est à moi que tu demandes ça ? Pierre semblait désorienté. Je ne sais pas, Lizzie, elle et moi on n'était pas très proches, on se croisait de temps en temps, c'est tout. Mais vous, vous n'étiez plus amies ?

— On s'était perdues de vue depuis longtemps.

— Ah.

Il n'insista pas et je lui fus reconnaissante de ne pas chercher à en savoir davantage. Anna s'était suicidée… C'était déjà si glauque, si triste de l'imaginer seule, en proie à un malaise et mourant dans les bois. Mais ça… le désespoir, la corde, le choix de l'arbre, le nœud coulant… Qu'est-ce qui avait bien pu la conduire à un tel désespoir ? Assurément Arnaud ne le savait pas, sinon il aurait prévenu Julius. Mais peut-être que les parents d'Anna n'avaient-ils pas voulu ébruiter la nouvelle. Pauvres Marie-Georges et René ! Elle était leur fille unique, et une tristesse infinie s'abattit sur moi en pensant à eux. Pierre me regardait toujours, sans parler. Je chassai mes idées noires, les gardant pour la nuit solitaire qui, je le savais, m'attendait, et m'éclaircis la gorge.

— Et donc, toi Pierre, qu'est-ce que tu fiches ici ? Tu avais l'intention de te faire un petit road trip, et tu es venu cambrioler le vieux Massey-Ferguson de papa ?

Il secoua la tête, un petit sourire aux lèvres.

— Faux, Madame, je suis votre humble employé. Enfin, plus précisément je suis celui de ton frère, je suppose, étant donné que c'est lui qui me paie. Ça doit faire un peu plus d'un an qu'il m'a embauché pour entretenir la maison, faucher le pré, m'occuper des pins ; ce soir je suis venu pour réparer le tracteur qui a quelques ratés. Mais, franchement, Bront, Jules ne te l'avait pas dit ? À part ça, il vous arrive de communiquer avec ton frère ?

Pierre semblait abasourdi, mais sa voix était chaude et avenante.

— Ben, euh, oui, on se parle, un peu… Mais la dernière fois qu'on a discuté de l'entretien de la maison, c'était encore Jean-François qui s'en occupait.

— Jean-François ? Bront, ça fait six mois que Jean-François est mort !

Cette fois-ci Pierre éclata d'un rire franc et secoua la tête en me regardant comme s'il ne savait pas trop quoi faire de moi.

Jean-François, vieux landais taciturne, béret continuellement vissé sur la tête était venu pendant des années, après la mort de mes parents, pour s'occuper des tâches forestières et agricoles qui incombent à tout propriétaire d'un vaste airial. Je n'avais pas su qu'il était mort. Peut-être, dans le fond, Pierre n'avait-il pas tellement tort en remettant en cause la qualité de la communication au sein de ma famille…

— Vraiment ? Non, je ne savais pas… Et je croyais que tu étais footballeur professionnel ou un truc comme ça ? Qu'est-ce que tu fous à tondre des prés et à éclaircir des pins ?

— Footballeur ? Bront, évite de te salir la bouche avec des gros mots, s'il te plaît. J'étais joueur de rugby. Il devina l'interrogation implicite dans mon regard. Je me suis flingué l'épaule gauche, j'ai dû arrêter.

— C'était douloureux ?

— L'épaule ? Ou arrêter le rugby ? Ses yeux pétillaient de malice. Allez rentre au chaud, Bront, tu grelottes dans ta robe de gitane, tu me fais de la peine.

Avant que j'eusse le temps de préciser que ce n'était pas une « robe de gitane », mais un magnifique spécimen de « bohème chic », il avait attrapé sa veste coincée dans une poutre de la charpente et me l'avait posée sur le dos. Il me frotta vigoureusement les épaules de ses larges mains brunes. Je songeai que c'était ainsi qu'on frictionnait un cheval fourbu mais, ma foi, ce n'était pas désagréable. Sa veste sentait bon l'herbe coupée, l'essence et l'homme. J'eus presque envie d'y enfouir mon nez, mais je me retins. Tout de même, j'avais ma dignité ! Je m'éclaircis la gorge pour dissiper ma gêne.

— Je te paie un verre, Pierre ?

— Chercherais-tu à me séduire, Bront ? Je devais être de la couleur d'une boule de houx quand j'osai relever la tête pour croiser à nouveau un regard brun plein de sous-entendus.

— Peuh, mais arrête de rêver, Lafitte. Tu as deux ans de moins que moi, j'ai beau être dans une situation sentimentale désespérée, je n'en suis pas au point de racoler dans les bacs à sable.

— Pourquoi désespérée ?

Tout en parlant, nous étions sortis de la remise. Je refermai la porte derrière nous. Nous marchions à petits pas dans le jardin plongé dans l'obscurité. Je tournai la tête pour regarder Pierre, et je vis qu'il attendait vraiment une réponse. Il n'avait pas posé la question uniquement parce que c'était la chose à faire, pas à cause d'implicites codes sociaux à la con, non, il avait posé la question parce qu'il avait vraiment envie d'avoir la réponse. J'eus soudain très envie d'être absolument sincère avec Pierre Lafitte.

— Je n'ai eu qu'un seul petit ami dans ma vie… Olivier. Je l'ai connu à dix-huit ans. Il y a dix mois, trois semaines, deux jours et…vingt-trois minutes, je l'ai trouvé au lit avec notre voisine.

— Putain, le con !

Ce fut son seul commentaire. Pas d'apitoiement, pas de grandes déclarations, juste le lapidaire de la bonne vieille insulte venue du fond du cœur. Cela me fit un bien fou. J'éclatai de rire.

— Ah ça, tu l'as dit, le sale con oui !

Nous étions arrivés devant la maison et j'insistai de nouveau pour que Pierre entrât et bût quelque chose avant de repartir chez lui. Je notai qu'il consulta sa montre avant d'accepter. J'en conclus que quelqu'un l'attendait chez lui et qu'il ne voulait pas rentrer trop tard. Nous nous installâmes dans le salon. Je rajoutai une bûche dans le poêle, le feu ronflait déjà joyeusement, mais il faisait froid dans la maison restée si longtemps fermée. Tandis que Pierre faisait ployer sous son poids le sofa défoncé qui avait appartenu à ma grand-mère, je me penchai dans le coffre à liqueurs.

— Alors, annonçai-je, niveau alcool je ne ferais pas rêver Charlie Sheen, c'est la pénurie ! Je peux te proposer une Suze, une Marie Brizard, une liqueur de mûre, un Armagnac, un alcool mystère – l'étiquette est complètement illisible – ou un rhum Négrita ! Désolée, Pierre, ça fait longtemps que je ne suis pas revenue à la maison, tout ça doit dater de la préhistoire.

— Un armagnac ce sera très bien, Bront, ne t'en fais pas.

Je nous servis donc deux armagnacs. À la première gorgée, j'eus l'impression qu'on avait arrosé mon œsophage au napalm, et les larmes me montèrent aux yeux. Pierre sirotait le sien avec une tranquille indifférence. À croire qu'il en avait tété dès le biberon, ma parole ! Pierre me souriait sans rien dire. On sentait clairement qu'il faisait partie de ces gens pour qui le silence n'est pas un poids et qui ne sentent pas la nécessité de parler quand ils n'ont rien à dire.

— Et toi, Pierre, tu as une gentille petite femme et

trois chérubins qui t'attendent sagement au foyer? lui demandai-je soudain.

Moi, en revanche, je fais partie de la catégorie de ceux qui détestent le silence et qui préfèrent parler pour ne rien dire !

Il rit.

— Non, Bront, pas de gentille petite femme. Un ex-joueur de rugby qui vit comme un ermite au fond des bois, élève ses abeilles et vend son miel sur les marchés ; je sais pas pourquoi, mais ça fait pas rêver les filles.

Ainsi il était apiculteur. En regardant sa haute silhouette, sa peau tannée par le soleil, ses cheveux bruns aux boucles souples tout emmêlés, je repensai à une illustration d'un de mes livres d'enfant préférés qui représentait un trappeur du grand Nord.

— Ah non? raillai-je. Tu as tenté *Meetic*? Au pire, il te reste toujours *l'Amour est dans le pré.*

Il eut un sourire un peu distrait, presque machinal et j'en déduisis qu'il fallait prudemment changer de sujet. Mais il renchérit soudain :

— Je ne suis pas assez photogénique !

Il avait croisé les bras, ce qui faisait encore davantage ressortir sa musculature impressionnante, et je fus tentée de lui dire que personnellement je le trouvais bien assez photogénique à mon goût ; mais j'avais peur que ce ne soit l'armagnac qui parle dans ma voix, et je m'abstins pudiquement de tout commentaire.

— Non, plus sérieusement, j'ai eu une gentille petite femme, autrefois, du temps où j'étais pro. Il s'est avéré qu'elle était d'accord pour être la femme d'un joueur célèbre qui gagnait bien sa vie, mais moins d'accord pour être celle d'un pauvre apiculteur…

Il haussa les épaules comme si ça n'avait pas grande importance, mais j'avais senti à sa manière de froncer les sourcils que la souffrance devait être encore vive.

— Putain, la connasse ! m'exclamai-je alors pour tenter d'alléger l'atmosphère. Cela fonctionna puisque le sourire de Pierre réapparut. Je songeai, en regardant ses francs yeux bruns, qu'il avait eu lui aussi sans doute, le cœur brisé. Ça nous faisait un point commun et je ressentis un grand élan d'affection envers ce géant ébouriffé assis en face de moi.

— Tu l'as dit, on devrait boire à ça ! proposa-t-il en nous resservant deux verres.

J'entrechoquai mon verre avec le sien, en déclarant solennellement :

— Aux apiculteurs fauchés et aux latinistes frigides !

Il eut l'air surpris de ma déclaration, mais ne dit rien et se contenta de trinquer en silence. J'eus moins de mal à avaler ce second verre, et j'accueillis presque en amie la brûlure désormais familière de la première gorgée. J'avais l'estomac vide, et l'alcool me monta rapidement à la tête. Pierre me parlait des difficultés qu'il rencontrait, entre les invasions de frelons asiatiques et les pesticides que répandaient allègrement les agriculteurs sur les champs de maïs ou d'asperges qui bordaient sa propriété, mais j'avais du mal à me concentrer sur ses paroles. Il me semblait que mes pensées s'échappaient pour se focaliser sur le renflement de sa lèvre inférieure, sa barbe mal rasée dont j'imaginais le râpeux sous ma paume, la tache de cambouis au-dessus de son arcade sourcilière, ses larges épaules, ses longs doigts enserrant le verre à moitié vide… Mais qu'est-ce qui ne tournait pas rond chez moi ? À peine revenue à la maison, je me mettais déjà à baver sur les copains de bac à sable, comme une limace nymphomane. Ça devait être les effets conjugués du décalage horaire, du choc d'avoir appris le suicide d'Anna et de ma consommation d'armagnac. C'était la seule explication logique.

Je pris soudainement conscience d'un silence. Je

relevai rapidement la tête. Pierre m'observait sans rien dire, sourcils levés, avec un petit sourire qui creusait une fossette sur sa joue. Mon Dieu ! Il avait dû poser une question et je n'avais rien répondu, trop occupée que j'étais à observer comment les muscles de ses bras jouaient sous sa peau dorée quand il levait le coude !

Il me prit mon verre des mains, se déplia – avec beaucoup d'élégance pour quelqu'un de si grand, ne pus-je m'empêcher de noter, et se rendit à la cuisine où il le déposa, avec le sien, dans l'évier. Puis il reprit sa veste que j'avais déposée sur le dossier d'une chaise de la cuisine.

— J'ai l'impression qu'on a assez bu pour ce soir, Bront, non ?

— Euh, ah tu crois ? bredouillai-je. J'avais réussi à me mettre péniblement debout, mais clairement le sol ne me semblait pas très stable sous mes pieds.

— Oui, Bront, tu me sembles complètement paf, j'ai même l'impression que tu louches ! Avant que j'eusse seulement le temps de protester, Pierre m'avait attrapée par les épaules, m'avait planté un doux baiser sur la joue.

— Merci pour cette bonne soirée, Bront. C'est bien que tu sois revenue. Anna serait heureuse que tu sois là pour elle. Et bienvenue chez toi.

Il ouvrit la porte et se dirigea dans le jardin sombre en direction de la remise. Je supposai qu'il s'était garé derrière. Alors que je m'apprêtais à refermer derrière lui, il se retourna.

— Au fait, Bront, les femmes frigides, ça n'existe pas, il n'y a que des hommes maladroits… Quand tu veux, je te montre !

Il me fit un clin d'œil et s'éloigna à grandes enjambées avant que j'aie eu le temps de répliquer quoi que ce soit. Mais quel culot ! Je n'en revenais pas ! Même si l'honnêteté me force à révéler qu'en entendant ses mots, une douce chaleur avait envahi, en dépit du froid nocturne, mes joues, mon ventre, et même un point situé à des latitudes inférieures que la décence m'interdirait de nommer ici.

Rentrant dans la cuisine, j'appuyai un front brûlant contre le carreau glacial de la porte en songeant que ce retour au pays m'entraînait dans des eaux inconnues, et que Pierre Lafitte avait décidément un très charmant sourire…

Encore rêveuse, j'hésitai un instant entre me faire cuire des pâtes et aller au lit, mais l'appel de l'oreiller l'emporta. Je me dirigeai vers l'escalier du vestibule tout au fond de la maison et m'assis sur la dernière marche pour délacer mes bottines. La bonne odeur de cire me monta doucement à la tête. Cela faisait peut-être quinze ans que ces marches avaient été cirées pour la dernière fois, mais la senteur persistait, vestige rassurant de l'enfance. Fermant les yeux, il me sembla revoir ma mère, à quatre pattes, faisant reluire les lattes de bois couleur miel avec de vieux chiffons. Pendant les semaines qui suivaient l'opération cirage, il fallait ensuite toujours, sous peine de mercuriales anthologiques, se déchausser avant de monter à l'étage, et revêtir des chaussons de laine destinés à parfaire le lustrage. Ma mère venait de finir de cirer les parquets quand elle est morte. Depuis, mon frère et moi n'avons jamais osé monter dans nos chambres avec nos chaussures…

Rouvrant les yeux, je fus soudain attirée par un reflet au fond du vestibule, devant moi. Je me levai, m'approchai, et vis que c'était une enveloppe qui avait été glissée sous la porte d'entrée.

Des années s'étaient écoulées depuis la dernière fois que j'avais vu cette écriture, mais je la reconnus immédiatement à la rondeur des lettres qui formaient mon prénom : Lizzie. C'était une lettre d'Anna.

J'eus du mal à analyser la fébrilité qui s'empara de

moi tandis que j'ouvrais le courrier d'une main tremblante. Sur une feuille à carreaux, sans doute arrachée à un cahier, comme quand nous étions enfants, Anna m'avait écrit à l'encre bleue :

Chère Lizzie, Bront chérie,

Je sais que quand tu liras ces lignes, tu vas certainement ouvrir de grands yeux, te demander ce qui me prend de t'écrire ainsi, alors que cela fait quinze ans qu'on ne s'est plus adressé la parole. Mais je me rends compte que dans le fond, toi et moi on n'a jamais tranché une question cruciale : est-ce que nous sommes fâchées ? Ou est-ce qu'on s'est tout simplement éloignées, perdues de vue avec le temps ? Qu'est-ce que tu en penses ? Je t'avoue que personnellement je ne sais pas trop ce qui nous est arrivé, mais je me disais que j'aimerais bien en discuter avec toi. Je n'ai pas ton numéro de téléphone fixe à Bordeaux, ni ton portable (et d'ailleurs je ne sais pas si tu habites toujours Bordeaux, mais la dernière fois que j'ai eu de tes nouvelles, tu y vivais pour tes études), et je ne connais personne à Dos qui soit resté en contact avec toi, mais Yvonne, tu sais la vieille mémé qui habite à côté de chez mes parents ? Celle qui leur vole leurs œufs de poule !, elle m'a dit dernièrement qu'elle voyait parfois les volets de la maison ouverts quand elle passait devant. J'ai pensé qu'il devait t'arriver de venir pour un week-end, de temps en temps, dans les Landes. D'où l'idée de la lettre. Je la glisserai sous ta porte, car je ne suis pas certaine que tu prennes la peine de vérifier ta boîte aux lettres quand tu es là.

J'aurais envie de te revoir, si tu es d'accord, bien sûr, Lizzie. Je suis peut-être à un moment de mon existence où je fais une sorte de bilan, qui sait ? Et je me rends compte que tu me manques énormément...

Je veux aussi te dire, mais je te l'expliquerai mieux de vive voix, si tu m'en laisses la possibilité, qu'il y a des milliers de choses que je ferais différemment si c'était à refaire... Je ne sais pas trop comment le formuler, mais si ça peut t'aider à me pardonner, je crois que ces secrets que je gardais, c'était d'abord pour te protéger, même si je comprends aujourd'hui qu'en les partageant avec toi, tant de choses auraient pu être différentes. Et je pense aussi à tes parents qui ont toujours été si gentils avec moi et je m'en veux tellement, Lizzie, si tu savais comme je m'en veux...

Il vaut mieux que je m'arrête là ; mais voilà : sache que j'aimerais beaucoup te revoir, parler avec toi de ce que je n'aurais jamais dû laisser dans l'ombre. Je ne veux pas sortir les violons, mais tu es la meilleure amie que j'aie jamais eue. Et quand parfois je suis très triste et que je me rends compte que c'est parce que tu me manques, une autre pensée m'attriste encore plus, c'est l'idée que peut-être moi aussi je te manque et que tu es triste à cause de moi...

J'ai vingt-six ans, Bront, et j'ai pris aujourd'hui la première décision adulte de toute ma vie. J'ai la sensation que je vais enfin commencer à vivre, et il me semble que la première chose à faire, la plus urgente, la plus importante, ce serait de te revoir.

Appelle-moi, viens me voir, nous avons tellement à nous dire. Je t'embrasse, ma Bront chérie.

Anna.

Je regardai la date notée sur l'en-tête : Anna avait rédigé cette lettre le vendredi. La veille de se donner la mort, Anna m'avait écrit, à moi. Était-elle si seule dans son désarroi qu'elle n'avait eu personne, hormis une ancienne amie disparue des radars, vers qui se tourner ?

Cependant un doute s'insinuait dans mon esprit : était-ce le genre de mot qu'aurait laissé une personne décidée à se donner la mort ? S'était-il passé quelque chose de terrible entre le moment où Anna avait tracé ces mots sur le papier et celui où elle avait glissé une corde autour de son cou… Ça semblait inconcevable. C'était là le message de quelqu'un tourné vers la vie. *J'ai vingt-six ans et j'ai pris aujourd'hui la première décision adulte de toute ma vie. J'ai la sensation que je vais enfin commencer à vivre…* Qu'est-ce qui l'en avait empêché auparavant? Elle évoquait des « secrets » qu'elle avait gardés. Mais de quels secrets voulait-elle donc parler? Et pourquoi cette allusion à mes parents : de quoi s'en voulait-elle? De ne pas m'avoir recontactée à l'époque? Pourtant elle était venue à leurs funérailles, m'avait embrassée à la fin de la cérémonie, avait signé le livre de condoléances d'un mot très gentil. Estimait-elle qu'elle n'en avait alors pas assez fait? Nous nous étions éloignées depuis déjà de nombreuses années à ce moment-là. Tout était confus; mon esprit, fatigué par le voyage, le décalage horaire, tout ce qui s'était passé depuis que j'avais appris sa mort, refusait d'organiser une quelconque réflexion cohérente. Il me semblait que je tenais quelque chose de précieux entre les mains, que cette lettre attendait clairement quelque chose de ma part, mais quoi? Je ne parvenais pas à répondre à cette interrogation. Le mal de tête qui battait sourdement sous mes tempes m'empêchait de penser clairement. Je montai me coucher, repoussant au lendemain le temps de la réflexion. Je me brossai les dents et enfilai une vieille chemise de nuit du temps de mon adolescence, et qui traînait dans l'armoire de ma chambre. Je grelottai un long moment sous les couvertures, me tournant et me retournant sans trouver le sommeil. De temps en temps, je caressais le papier de la missive que j'avais posée sur l'oreiller à côté de moi.

J'étais triste, si triste : ce bref moment où j'avais ouvert l'enveloppe m'avait en quelque sorte permis de *retrouver* Anna. Mais Anna était définitivement perdue pour moi. Nos retrouvailles n'auraient jamais lieu.

Elle avait entamé le chemin qui la ramènerait à moi, et je n'avais pas eu le temps de venir à sa rencontre. Je n'avais pas eu le temps… Et cette lettre, si pleine de contrition, qu'elle me semblait s'y accuser de tant de choses... Porter le poids de la fin de notre amitié. Une crise de larmes me secoua : elle me demandait mon pardon, se reprochait de m'avoir abandonnée, alors que dans le fond, c'était moi qui, la première, l'avais laissé tomber.

Chapitre III

Quand je me réveillai le lendemain matin, j'avais la bouche pâteuse, un effroyable mal de crâne et la désagréable impression de suinter l'armagnac par tous mes pores. Et dans ma tête, les pensées ne cessaient de tourner et de me ramener à Anna.

Anna s'était suicidée.

Elle s'était suicidée et, juste avant, elle m'avait écrit, elle voulait reprendre contact avec moi. Ce message était-il un appel au secours déguisé ? Si oui, je m'en voulais de ne pas avoir été là pour y répondre. Mais en même temps, une partie de moi continuait de trouver étrange la discordance entre cette lettre pleine d'espoir et son geste désespéré moins de vingt-quatre heures plus tard. Que s'était-il donc passé dans l'intervalle ? Qui pourrait me fournir des informations sur les derniers jours d'Anna ? Je ne me sentais pas la force d'interroger Marie-Georges et René, ils devaient être dévastés et n'avaient pas besoin que je vienne les embêter avec mes histoires de lettre. Peut-être Pierre ? Il ne m'avait pas semblé particulièrement proche d'Anna, mais, à la différence de moi, il vivait à Dos et saurait sans doute qui étaient les amis qu'elle avait fréquentés avant sa mort. Je me promis de l'interroger.

Je finis par me lever, mais mon rêve idyllique d'une bonne douche chaude pour conjurer ce mauvais réveil se transforma en cauchemar quand je compris que Julius et moi avions oublié, la veille, de brancher le chauffe-eau. Je me lavai à l'eau glacée et mon humeur était massacrante quand je descendis à la cuisine pour découvrir que je n'avais rien pour petit déjeuner, à part des pâtes ou du riz… Décidément…

Il fallait que j'aille au Codec faire quelques courses. J'enfilai un blouson, mes bottines à petits talons marron et pris mon sac à main. Je tendis la main vers la poignée quand je vis, accroché sur la vitre de la porte, un post-it jaune. J'ouvris, le décrochai et lus :

Suis passé tôt, tu dois encore dormir.
Enterrement, vendredi.
Pierre.

Vendredi. Il fallait donc que je repousse mon retour aux États-Unis. Je décidai de prévenir Will ainsi que Debbie et Tom dès que je reviendrais de mon expédition courses. Mais là, la priorité était de me ravitailler. Dans la grange, je remis la main sur la bicyclette et le panier de ma mère ; après quelques préparatifs et un sérieux regonflage des pneus, je fus prête à partir.

J'étais heureuse de me retrouver sur un vélo, cela faisait si longtemps que je n'en avais plus fait. Or pendant toute mon enfance et mon adolescence, ça avait été mon mode de transport favori et privilégié. En pédalant, cheveux au vent, sur les sentiers et les petites routes, j'avais la sensation de renouer avec quelque chose de précieux et qui m'avait manqué. Je croisai des gens sur mon chemin : des vieilles dames que je reconnaissais, et aussi des jeunes gens qui m'étaient parfaitement inconnus. Je les saluai tous d'un grand « bonjour », mais je voyais bien à leurs regards perplexes qu'ils se demandaient qui les apostrophait ainsi.

Au Codec, même chose, on ne me reconnut pas. Mais la vieille Mme Tréjaut, qui persistait à venir au magasin et à tenir la caisse alors qu'elle était myope comme une taupe, que cela faisait vingt ans qu'elle était retraitée et que c'était sa fille qui gérait le commerce à sa place, osa me demander à haute voix :

— Mais toi, qui es-tu ? Une étrangère ? Il me semble pourtant que ton sourire m'est familier.

— En effet Madame Tréjaut, je suis Elizabeth Dupuis, j'étais à l'école avec votre petit fils, Arthur.

— Ah voilà ! Je me disais bien... Aussitôt elle vint m'embrasser, ainsi que sa fille et deux autres employées du magasin qui m'avaient connue enfant. J'étais touchée de voir qu'elles ne m'avaient pas oubliée ; j'en vins à me demander si les racines qui me reliaient à Dos, et que je pensais superficielles, comme celles d'un acacia, ne s'enracinaient pas en réalité plus profondément que je ne le soupçonnais dans le sol sablonneux. Elles me posèrent des questions à propos de mon frère, s'enquirent de ma situation, professionnelle ET maritale et, quand il fut établi qu'à mon âge avancé j'étais *encore* une étudiante célibataire, elles me regardèrent avec des petits airs navrés. Cela me donna envie de sourire, car je pensai que ma grand-mère, si elle eût encore été de ce monde, m'eût certainement regardée avec cette même commisération attristée. Elles me demandèrent évidemment quel bon vent me ramenait au pays et, quand j'invoquai la mort d'Anna, un silence plomba l'atmosphère. Mme Tréjaut mère était connue pour sa franchise et je savais que ce serait par elle que j'apprendrais ce que les autres me tairaient. Elle secoua la tête pendant quelques secondes, comme si elle hésitait à dire ce qu'elle avait sur le cœur, puis elle finit par lâcher :

— C'est vrai que tu as été longtemps amie avec cette pas grand-chose... Franchement, entre nous, j'irai à l'enterrement, mais uniquement par amitié pour ses parents. Pauvres gens, leur faire ça. Leur unique fille, elle leur a brisé le cœur à jamais. Comment veux-tu qu'ils s'en remettent ? La mort d'un enfant, on ne peut pas s'en relever… Parfois, c'est la vie qui choisit : l'enfant a un accident, une maladie et il meurt, c'est terrible, mais c'est le destin. Alors que là, elle a choisi, elle a choisi de leur infliger ça ! J'espère que le père Édouard refusera de célébrer la messe, elle ne mérite pas de monter au ciel, cette petite égoïste.

Cette dureté me heurta, je ne m'attendais pas du tout à une telle réaction.

— Mais…mais… Mme Tréjaut, bredouillai-je, on peut penser qu'Anna était désespérée, malheureuse, je suppose que quand on se suicide, c'est que l'existence est devenue un tel fardeau qu'on n'est plus en mesure de penser à la douleur de ses proches, on ne pense qu'à échapper à sa propre souffrance. Vous voyez ce que je veux dire ?

Les yeux de la vieille dame restaient durs derrière ses lunettes et je compris que mon plaidoyer resterait lettre morte. Je vis du coin de l'œil que les employées, tout en faisant mine d'être occupées à autre chose, ainsi que quelques clients qui se concentraient d'une manière anormalement longue sur le choix d'un citron ou d'un navet, suivaient notre échange avec beaucoup d'attention. Dos était décidément un petit village, un *très* petit village…

— Désespérée ? Malheureuse ? Peuh… Tu as toujours eu trop bon cœur, Lizzie. Elle faisait la fête chaque week-end, elle allait même à Bordeaux faire la bringue, parfois. Tous les garçons lui tournaient autour. Tu trouves qu'il y a de quoi se suicider, franchement ? Elle avait un travail, une jolie voiture, elle s'achetait tout ce qu'elle désirait, ah ça oui, puisqu'elle vivait encore chez ses parents, et qu'ils se saignaient aux quatre veines, pauvres gens, pour qu'elle ait tout ce qu'il y a de mieux. Elle ne devait même pas faire son lit ni la cuisine d'ailleurs, connaissant Marie-Georges. Elle a toujours été trop gentille avec sa fille. Dès qu'elle est née, cette petite, Marie-Georges et René l'ont traitée comme la huitième merveille du monde, ils l'ont pourrie gâtée, c'est le problème des enfants uniques. Ah moi, ça, je n'ai pas voulu avoir un seul enfant ; je savais que ce n'est bon ni pour l'enfant ni pour les parents. J'aurais écouté mon mari, on se serait arrêté après la naissance de Gisèle. Il trouvait qu'un bébé c'était déjà beaucoup de tracas. Quel tracas pour un homme, franchement, hein, on se demande ? C'est moi qui me levais la nuit pour la faire téter, et il n'a jamais changé un lange de sa vie, le père Tréjaut. J'ai insisté, et on en a eu deux autres après Gisèle ; il y a bien un proverbe qui dit *ce que femme veut Dieu le veut,* et c'est ma foi vrai, j'ai eu ce que je voulais.

Elle s'arrête deux secondes pour reprendre son souffle et, dans un silence de morgue, reprend où elle en était, avec un entrain renouvelé :

— Non, non, pas d'enfant unique chez les Tréjaut. On n'est pas des Chinois ! Mais cette pauvre Marie-Georges n'a pas écouté mes conseils. Pourtant, dès qu'elle venait au magasin, et que je la voyais faire avec cette petite Anna, je lui disais : « Marie-Georges, il faut lui faire un petit frère, et sans tarder ! Ça lui fera du bien. » Elle était toujours à lui acheter un joujou, des friandises. C'est simple : tout ce que la petite réclamait à sa mère, elle l'obtenait. Pourtant, Dieu sait qu'ils ne roulaient pas sur l'or, les Beaupré. Mais ils auraient préféré manger des patates tous les jours plutôt que de décevoir leur fille.

C'est vrai qu'Anna avait été ce qu'on appelle une enfant gâtée, je me rappelais que même si mes parents avaient clairement plus d'argent que les parents d'Anna, c'était Anna et non moi qui avait toujours les plus beaux vêtements. Je possédais deux ou trois poupées Barbie quand elle en avait une cinquantaine avec une panoplie impressionnante d'accessoires : camping-car, maison avec douche et même le ranch ! Ce ranch Barbie, j'avais dû le mettre sur ma liste lors de trois Noëls successifs, avant de l'obtenir et encore, vu le coût, mes parents s'étaient associés avec ma grand-mère pour me l'acheter, alors qu'Anna l'avait obtenu pour l'anniversaire de ses sept ans, en plus d'une paire de rollers roses et d'un tableau pour jouer à la maîtresse ! J'étais toujours heureuse quand j'étais invitée chez Anna, car j'avais l'impression de pénétrer chez *Joué Club*, à la différence que l'on pouvait vraiment s'amuser avec les jouets ! J'ai mis davantage de temps à saisir que si Anna était bien plus gâtée que moi, en revanche, elle ne partait jamais en vacances, ses parents possédaient une seule voiture qu'ils devaient se partager, les ampoules pendaient nues au plafond, des pans entiers de la vieille tapisserie de leur salle à manger se décollaient, ils n'avaient pas de lave-vaisselle… Un enfant met du temps à s'apercevoir de ces choses-là, mais quand je me plaignais à ma mère qu'Anna « avait de la chance d'avoir plus de jouets que moi », elle me faisait toujours cette réponse « un jour, quand elle grandira, Anna devra apprendre que le prix à payer pour certains jouets est tout simplement trop élevé, et ce sera sans doute très difficile pour elle. Papa et moi essayons de montrer à nos enfants que le secret d'une vie heureuse c'est aussi de savoir se contenter de ce que l'on a. »

Était-ce ce qui était arrivé à Anna ? Était-elle tombée sur le « jouet » dont le prix à payer était trop élevé ? Je n'en savais rien, car, je le constatai alors avec beaucoup de mélancolie, je ne savais rien de l'adulte qu'elle était devenue.

Voyant que je ne répondais rien, Mme Tréjaut mère se radoucit et me toucha le bras :

— Pardon Lizzie, si ma franchise te choque, mais,

à mon âge, on ne prend plus la peine de déguiser ce qu'on pense, on n'a plus de temps à perdre.

— Ça c'est sûr, murmura Gisèle qui se tenait juste derrière elle. En même temps, elle leva les yeux au ciel.

La vieille madame Tréjaut était redoutée pour sa langue acérée. Mais elle était également sourde comme un pot et elle poursuivit comme si de rien n'était :

— Je sais qu'Anna et toi avez été bonnes amies, quand vous étiez enfants, mais crois-moi, elle avait bien changé en grandissant, et elle ne valait pas grand-chose, même si beaucoup n'oseront pas te le dire.

— Oh, vous exagérez, Mme Tréjaut, les hommes du village, eux, ne trouvaient pas qu'elle ne « valait pas grand-chose », comme vous dites…

Les paroles furent prononcées d'un ton traînant si empli de fiel qu'il était impossible de se méprendre sur l'insulte qu'elles contenaient. Le magasin fut soudain très silencieux. Je me retournai pour voir qui avait parlé. C'était une jolie femme d'une trentaine d'années, à la chevelure couleur feu, le visage couvert de taches de son. Elle portait un jean très serré, des cuissardes marron et, à sa moue dédaigneuse, et son regard hautain, on devinait très vite qu'elle était contente de son effet. Tous les clients présents dans le petit Codec, ils devaient être une petite dizaine, retinrent leur souffle en la regardant avec des mines abasourdies.

Le regard de la vieille Tréjaut, lui, se fit dur. Et je compris alors que sa franchise, même si elle me choquait, ne m'avait pas blessée comme le sous-entendu moqueur de cette femme rousse.

— Vos insinuations dégueulasses, je pense que vous feriez mieux de les garder pour vous.

Ma réponse avait fusé sans même que j'aie eu le temps d'y réfléchir. Je sentais la rage qui faisait trembler ma voix. La rage ou le chagrin. Comment osait-elle ?

— Oh, mais tu peux me tutoyer, Elizabeth, voyons, susurra-t-elle d'une voix suave comme un sirop trop sucré. Mais je notai que ses yeux dorés restaient froids. Tu ne me reconnais pas ? Je suis Marianne, Marianne Auclère, j'étais en classe avec ton frère.

Marianne Auclère. En effet, je revoyais vaguement une grande fille maigre aux immenses tresses rouges qui avait parfois dansé avec Julius lors des fêtes de l'école. Enfant, elle possédait déjà cette allure orgueilleuse et cette morgue de fausse grande dame. Je ne me laissai pas fléchir par le chant de la sirène.

— Très bien, donc TES insinuations dégueulasses, je pense que tu ferais mieux de les garder pour toi.

Il me sembla voir ses pupilles s'agrandir sous le choc, mais elle resta parfaitement maîtresse d'elle-même. Elle me faisait penser à une vipère. Elle afficha un air surjoué de contrition, mais sa voix sonnait aussi faux que son sourire.

— Oh, pardon Lizzie, je ne voulais bien sûr pas te blesser, ni même insulter la mémoire de cette pauvre Anna… Il n'y avait rien de méchant, je voulais juste dire qu'Anna avait… comment dire… beaucoup de succès auprès des hommes.

— Et alors ?

Je sentais que malgré mes efforts pour garder mon calme, ma voix était dure, agressive. Son regard doré soutint le mien. Une vipère, une vraie vipère, froide, sinueuse, insaisissable.

— Alors rien.

Petit sourire désinvolte aux lèvres, elle passa à la caisse pour régler ses quatre carottes et ses deux yaourts 0%. Elle sortit du magasin d'une démarche altière, et je suivis du regard l'incendie de sa chevelure jusqu'à qu'elle s'engouffrât dans une petite Fiat 500 dont elle fit crisser les pneus en s'en allant. Je ne m'étais apparemment pas fait une amie.

— Je lui ai toujours trouvé une tronche à bouffer des gâteaux secs, assena sentencieusement Mme Tréjaut mère derrière moi tout en ramenant de l'ordre dans un cageot de poireaux.

J'allai faire rapidement quelques achats qui me permettraient de « tenir » quelques jours. Quand je les déposai sur le tapis roulant de l'unique caisse du Codec, je remarquai, sur ma gauche, un petit étalage de bois couvert de pots de miel. Je lus l'étiquette de l'un d'eux : *La ruche landaise, miel de la forêt des Landes, certifié Bio* et en dessous *Pierre Lafitte* ainsi que ses coordonnées.

— Et je vais aussi prendre du miel, dis-je à l'attention de Gisèle qui avait pris place derrière la caisse et avait commencé à scanner mes achats. Elle choisit un pot sur la pile et le rajouta à mes courses.

— C'est du local. On ne peut pas faire plus local.

— Oui, oui je sais, j'ai revu Pierre hier et il m'a dit qu'il était devenu apiculteur.

— C'est un garçon très courageux, on est fier de lui dans le village. Tu sais qu'il a joué au rugby à un très haut niveau ? Il a même été sélectionné en équipe de France. Et quand il a dû brutalement arrêter sa carrière, il n'est pas resté à se lamenter sur son sort, il a réagi. Même quand son ex-copine l'a laissé tomber, jamais je ne l'ai entendu se plaindre. Et son miel a un succès fou. Maintenant, les gens veulent du bio. J'ai même des clients qui viennent de Bordeaux spécialement pour m'en acheter.

Ces paroles me firent plaisir pour Pierre. Je songeai qu'il n'avait jamais quitté Dos, qu'il était resté un « enfant du pays ». Cette perspective, quand j'étais plus jeune, me faisait frémir d'horreur. Je me répétais d'ailleurs comme un mantra les premiers mots de *Claudine à l'école* : *« je suis née à Montigny, probablement je n'y mourrai pas »* et me promettais que moi aussi, quand j'aurais dix-huit, je partirais, j'irais découvrir la ville, puis le vaste monde. Mais là, en écoutant parler Gisèle, je compris qu'il pouvait être doux aussi parfois d'être amarré, attaché. D'appartenir.

Quand je rentrai à la maison, il était déjà dix heures, j'envoyai un mail à Debbie et un autre à Will pour les informer que mon retour serait retardé de quelques jours. J'annulai également mon vol retour. Je me préparai ensuite un thé, me découpai deux magnifiques tartines dans la miche de campagne que j'avais prise au passage à la boulangerie qui continuait, ô miracle, de cuire son pain au feu de bois, et j'y étalai une généreuse couche de miel. Le goût était divin avec une âpreté un peu sauvage qui venait se heurter à la douceur du sucre. Les baisers de Pierre avaient-ils cette saveur-là ? Cette pensée importune me fit monter le rouge au visage et, machinalement, j'effleurai du doigt l'endroit de ma joue où ses lèvres s'étaient attardées la veille.

Je fis la vaisselle, les yeux dans le vague, sans même m'apercevoir que l'eau qui coulait sur mes doigts était encore glacée. Puis je décidai de m'attaquer sérieusement au ménage. Je passai l'aspirateur dans toute la maison. L'air était frais, mais un beau soleil brillait, j'ouvris donc les fenêtres. Enfin, je fis tourner une machine avec les draps qui, sans être sales, étaient poussiéreux. Personne n'avait plus dormi dans la maison depuis tant d'années.

Quand le linge fut propre, je l'entassai dans une grande corbeille, pris une poignée d'épingles à linge et m'avançai vers le fond du jardin où se trouvait la corde tendue entre trois marronniers. Je devinais en contrebas la petite maisonnette de Marthe et Joseph Boisset, nos vieux voisins. Il faudrait que j'aille les saluer.

J'avais presque fini d'étendre mes draps quand j'entendis une voix éraillée, au fort accent landais me héler :

— Ouh Ouh, qui est là ? C'est toi Lizzie ?

Je passai la tête entre deux draps. Au loin je distinguais la silhouette de Marthe. Je lui fis de grands bonjours de la main.

— Oui, Marthe, c'est bien moi, j'avais justement prévu de venir te dire bonjour dans la journée. Attends, j'arrive.

Une clôture séparait nos deux jardins, mais elle était vieille, abîmée et, par endroit, le bois avait si bien pourri qu'on pouvait facilement enjamber pour passer d'une propriété à l'autre.

Quand j'embrassai Marthe, je pus constater qu'elle n'avait pas changé depuis la dernière fois que je l'avais vue. Elle s'était peut-être davantage voûtée, mais sa voix, sa poigne et son regard étaient restés aussi fermes et droits qu'auparavant. J'ai toujours eu une admiration sans bornes pour ces vieilles gens qui ne cèdent pas un pouce de terrain au temps qui passe. Ma grand-mère a bu son verre de Suze et fumé ses deux cigarettes jusqu'au dernier jour de sa vie. Elle faisait son ménage, ses courses, et était capable de discuter des actualités du jour comme si elle était une journaliste du *Monde*. Elle allait chez le coiffeur deux fois par mois, une fois chez l'esthéticienne. Elle était fière de dire qu'elle était la seule nonagénaire de France à se faire épiler les jambes… et le reste aussi ! Un soir, elle s'est couchée et elle ne s'est pas réveillée. Ça devrait être ça la vie. Et la mort aussi d'ailleurs.

J'étais heureuse de revoir Marthe, et son accent chantant, avec ses *r* roulés, sonna agréablement à mes oreilles.

— Comment vas-tu Marthe ? Et Joseph ?

Son regard se fit triste.

— Parti. Il a cassé sa pipe l'hiver dernier. Il lisait le journal, j'étais à la cuisine en train d'éplucher les légumes pour le pot-au-feu, je lui ai posé une question, pas de réponse, je suis allé voir, il était couché sur la table. Comme ça. Elle claqua des doigts. Une lampe qui s'éteint. Tout en parlant, elle me caressait le dos comme pour me consoler, moi. Allez, viens boire un café ma petite, que ce vent est bien froid. Joseph a vécu quatre-vingt-deux ans, on a été marié pendant cinquante-sept ans, sans jamais une dispute, sauf les deux fois où il est revenu saoul du bal des pompiers, et où il a pissé contre le porte-manteau.

Un sourire apparut sur ses lèvres à l'évocation de ce souvenir mémorable, avant de ponctuer :

— On a eu huit enfants, vingt et un petits-enfants ; on ne peut guère en demander plus au bon Dieu. Les vieux, ça meurt, ma Lizzie.

Elle haussa les épaules, et nous avançâmes vers la maison. *Les vieux, ça meurt.* J'admirai Marthe qui savait voir la beauté de ce qui avait été plutôt que de se lamenter sur la tristesse de ce qui n'était plus. Je lui enviais cette sagesse, moi qui étais incapable de me remettre de la mort de mes parents et de la fin de mon histoire avec Olivier. Ou peut-être était-ce une question de tempérament. J'étais une nostalgique, quand Marthe était clairement une pragmatique ? Ou était-ce les années qui lui avaient appris une leçon que je ne connaissais pas encore ? Le temps me le dirait bien assez tôt, sans doute.

Quand nous pénétrâmes dans sa petite cuisine, je pus voir que rien n'avait changé depuis mon enfance : la même table au bois vermoulu, la même cuisinière à bois sur laquelle fumait une grande marmite en cuivre. Une douce senteur sucrée imprégnait l'atmosphère et les pots en verre étaient sagement alignés sur le plan de travail. Comme chaque année, aussi immuable que le cycle des saisons, Marthe préparait sa confiture à la pastèque. Je savais qu'elle en ferait assez pour toute l'année à venir, et surtout assez pour en distribuer à ses enfants, petits-enfants, voisins et voisines et même à ses copines de la maison de retraite à qui elle rendait visite deux fois par semaine.

Elle me fit, dans sa cafetière italienne, un café bien fort, et nous pûmes discuter de ce qui m'était arrivé depuis la dernière fois que je l'avais vue.

— Ça ne m'étonne pas de cet Olivier, m'assena-t-elle quand je lui parlai de ma rupture, j'avais tout de suite vu que vous n'étiez pas faits l'un pour l'autre.

Je me mordis la langue pour ne pas répliquer qu'elle ne l'avait vu qu'à de rares occasions (*Olivier et moi venions parfois passer un week-end à Dos et, dans ces cas-là, nous ne manquions jamais d'aller saluer Marthe et Joseph*) et que c'était un jugement un peu hâtif. Et surtout, j'avais envie de hurler que si, si, bien sûr, nous étions faits l'un pour l'autre, et que nous serions toujours ensemble si cette peste de Nathalie n'avait pas décidé de venir incruster sa blondeur dans notre lit conjugal.

— Et puis, quelle idée de rester toute sa vie avec son premier amour, c'était bon pour nous, pour les vieux, Lizzie ! Tu as eu le cœur brisé ?

Je lui fis un petit sourire triste en haussant les épaules.

— Oui. Tu as bien eu le cœur brisé. C'est excellent. Il faut avoir eu un chagrin d'amour et en avoir guéri. C'est comme une bonne varicelle, ça endurcit pour la suite. Et ne t'inquiète pas, mignonne comme tu es, tu ne vas pas rester longtemps toute seule.

La conversation nous amena évidemment à parler d'Anna et je lui racontai la scène du matin au Codec. Marthe hochait doucement la tête en m'écoutant. Elle se leva pour surveiller la cuisson de sa confiture et, en la voyant ainsi penchée sur son chaudron, auréolée de vapeur, elle m'évoqua une sorcière bienveillante.

— On ne t'en dira pas beaucoup de bien, Lizzie. Tu

sais comment sont les gens envers celles qui laissent les hommes les approcher d'un peu trop près. Mais ce n'était pas une méchante fille. Ni une fainéante, n'en déplaise à ceux qui prétendent le contraire. C'est vrai qu'elle habitait chez ses parents, c'est vrai qu'elle s'est longtemps cherchée pour ses études, qu'elle a fini par abandonner, puis elle a pris un travail ici, chez Dubernet. Et elle travaillait ! Du lundi au samedi, elle travaillait. De toute façon, tu sais bien comment est le fils Dubernet, en ça c'est le portrait vivant de son père, il n'aurait jamais gardé une tire au flanc.

« Dubernet », une institution à Dos. La vieille bâtisse grise couverte de lierre en face de l'église fait partie intégrante du paysage. L'arrière-grand-père avait commencé avec un commerce de patates, et aujourd'hui on trouvait de tout chez Dubernet : de l'essence, du tabac, la presse, des stylos, des enveloppes, des hameçons et du fil de pêche, on pouvait même y boire du café, ou de la bière. Dans mon enfance, la boutique était tenue par M. Dubernet, surnommé par mon père « Jean Nathan », car, quel que soit l'article qu'on lui demandait, s'il ne l'avait pas en rayon, il répondait invariablement : « J'en attends ». Il administra pendant quarante ans sa petite entreprise avec l'austérité d'un boutiquier de Dickens, mesurant l'huile, le feu et l'eau à ses employés. Pendant tout ce temps, sa femme dut rester vissée derrière sa caisse enregistreuse dans une semi-pénombre parce qu'il refusait de gaspiller trop d'électricité ; le magasin était toujours glacial, parcouru de terribles courants d'air qui faisaient frissonner les journaux du jour sur leurs présentoirs métalliques ; et M. Dubernet se refusa toujours à effectuer le moindre travail, ce qui fait qu'en l'an 2000, il se trouvait être le seul commerçant des Landes, – et sans doute de France, peut-être même d'Europe ! – à placer devant sa devanture au verre jauni de lourds volets de bois. Alors qu'il aurait pu, comme ses collègues commerçants, faire descendre tranquillement un store électrique.

C'était son fils, Sébastien, qui avait pris sa succession quand le vieux Dubernet avait fait valoir ses droits à la retraite. Ainsi, c'était pour lui qu'Anna avait travaillé. Un frisson me parcourut la colonne vertébrale à la pensée des longues journées qu'elle avait dû passer dans cette boutique froide et grise. Je l'imaginais, vendant des grilles de loto ou des paquets de Lucky Strike, et parfois, quand les clients se faisaient rares, ronger ses ongles en regardant passer les quelques voitures qui empruntaient la petite route de Tore. Comme dans un conte de fées, dans son enfance, on lui avait fabriqué de splendides habits dorés ; ils s'étaient avérés trop grands ou trop beaux pour elle. Elle avait été la première élève de la classe, meilleure même que moi qui avais pourtant l'étiquette d'« intello », car elle maîtrisait les mathématiques et la géométrie, pour lesquelles j'ai toujours eu la méfiance d'un chat envers une bassine d'eau froide. Madame Descoings, notre maîtresse de CE2, plaçait d'ailleurs de grands espoirs en elle. Elle lui disait souvent : « Anna, quoi que la vie te réserve, promets-moi de ne pas t'arrêter avant d'avoir fait au moins huit années d'études. Tu seras un grand médecin, un grand avocat. Et si tu t'entêtes à faire à tout prix les Beaux-Arts, eh bien, tu finiras ministre de la Culture. »

Mais Anna ne suivit pas la trajectoire stellaire prédite par Madame Descoings. L'année de notre Troisième, j'entendis parler de ses exclusions à répétitions du collège de Seyre. Un jour, c'était parce qu'elle avait fumé dans les toilettes, un autre jour parce qu'elle avait répondu à un prof. Ces récits me parvenaient aux oreilles, échos assourdis d'exploits qui me paraissaient aussi lointains que ceux d'un héros d'une antique épopée. Depuis longtemps déjà Anna et moi voguions sous des latitudes différentes.

Un soir, à Bordeaux, lors de mon année d'hypokhâgne, je l'aperçus dans un bar de la Victoire. Elle était clairement ivre, habillée d'une robe noire, pailletée, moulante et décolletée. Elle dansait sur le comptoir, entre deux garçons qui la serraient de très près. Sa tête venait s'appuyer tantôt sur le torse de l'un, tantôt sur l'épaule de l'autre, telle une boule de bilboquet en quête d'équilibre. J'avais dix-huit, je venais de rencontrer Olivier, j'étais sérieuse, pleine de certitude et de préjugés. Je pris mon manteau et sortis dans le froid de la nuit avant de croiser son regard. Avant, peut-être, d'y lire sa détresse…

C'est mon dernier souvenir d'Anna, je ne l'ai plus jamais recroisée après ce soir-là. Dans mon esprit, pour l'éternité, elle danse sur le comptoir d'un bar enfumé. Deux garçons l'entourent, la serrent, l'emprisonnent, mais elle est seule. Seule. Et je tourne les talons.

— Vas-tu aller voir Marie-Georges et René avant l'enterrement ? La question de Marthe me tira de ma rêverie.

— Je ne sais pas, j'aimerais beaucoup, mais j'ai peur de ne pas savoir quoi leur dire.

— Tu ne sauras pas quoi leur dire. Et d'ailleurs qu'y aurait-il à leur dire ? Je sais qu'ils seront heureux simplement de te voir. Ils sont très seuls… le malheur fait fuir comme s'il répandait une mauvaise odeur. Hier encore, Maryse Raguenaut m'a dit qu'elle n'osait pas aller les voir « de peur de les déranger » ! Les déranger ! Franchement ! Ils ont perdu leur fille unique, qu'est-ce qui pourrait bien « les déranger » désormais ?

En revenant de chez Marthe, ma décision était prise. Je rentrai à la maison grignoter un bol de muesli, puis j'enfourchai de nouveau la bicyclette de ma mère et pris le sentier que je n'avais pas emprunté depuis tant d'années. C'était un chemin sablonneux, et je retrouvai les sensations d'autrefois, quand il fallait pédaler en danseuse, tenir fermement son guidon, pour ne pas risquer de tomber dans les touffes de bruyère.

Je passai le petit pont de bois enjambant le ruisseau qui charriait une eau rougeâtre, serpentai encore un kilomètre entre les pins et, au détour d'un virage, la petite bâtisse familière m'apparut. C'était toujours la même façade de brique et de bois, aux volets bleus délavés tout de guingois, les mêmes rosiers écrasant sous leurs poids la barrière de bois qui avait dû être blanche autrefois. C'était une maison isolée, éloignée du centre de Dos, enclose dans la forêt de résineux. Le premier voisin était au moins à un kilomètre. Pour moi, qui vivais au bourg, cette solitude, quand je la découvris pour la première fois, avait quelque chose de fascinant. Atoll de Robinson au milieu d'une mer de pins qui nous coupait du reste du monde aussi sûrement que tous les flots du Pacifique, j'aimais, enfant, la liberté absolue qui est offerte à l'individu quand on tient la société à l'écart.

Mais aujourd'hui, Vendredi avait déserté l'île du bonheur libre et, en garant ma bicyclette contre un chêne-liège qui marquait l'entrée dans la propriété, je vis pendre les vestiges d'une balançoire en bois. Le silence m'enveloppa. Je songeai que je pénétrais dans une maison triste.

Il me fallut du courage, arrivée devant l'entrée, pour tirer la chaîne de la clochette. Quelques instants après, la porte s'ouvrit et je me trouvai face à Marie-Georges. Elle portait un vieux gilet de laine informe, ses cheveux étaient tout gris et son regard éteint. Mais il s'éclaira en me voyant.

— Lizzie, ma chérie, depuis le temps ! Elle m'attira dans ses bras et je me retrouvai à sangloter contre son épaule. Elle me caressait les cheveux, mais j'entendais qu'elle pleurait elle aussi. Je ne tentai aucune parole de réconfort ou de condoléances. Marthe avait raison, il n'y avait rien à dire.

Quand je me redressai, nous nous sourîmes à travers nos larmes. Cela faisait tellement d'années que je n'étais pas revenue dans cette maison où j'avais passé tant de journées qu'elle me parut à la fois étrangère et familière. C'était la même odeur, le même papier peint décollé, la même tablette sur laquelle était posé le téléphone, avec au-dessus l'éphéméride dont les feuillets indiquant la date n'avaient pas été arrachés depuis la mort d'Anna. Tant de choses semblables, mais le silence qui semblait peser sur les choses était nouveau, lui. Marie-Georges me prit par le bras et m'entraîna vers le salon.

— Viens, René sera si heureux de te voir.

Il était avachi sur le grand fauteuil dans lequel je l'avais si souvent vu, un journal déplié sur les genoux. Mais il était clair qu'il ne le lisait pas.

— René, regarde qui est venu nous rendre visite.

Au son de la voix de sa femme, il releva la tête. Un sourire sans joie s'afficha lentement sur son visage. Il se leva, vint m'embrasser et resta sans rien dire, à hocher tristement la tête. Pas de mot, il n'y avait pas de mots. Mais ma présence semblait avoir, pour quelques instants, secoué la poussière grise qui avait manifestement recouvert leurs jours depuis la mort d'Anna. Marie-Georges alla à la cuisine préparer du thé, René démarra une flambée pour réchauffer l'atmosphère. Ils m'installèrent dans le canapé face à la cheminée, allumèrent la petite lampe sur la table basse. Comme les valets dans le conte de la Belle au Bois dormant qui reprennent tranquillement leur tâche après un sommeil de cent ans, Marie-Georges et René sortaient de leur cauchemar éveillé et reprenaient vie. Ils me posèrent de nombreuses questions, s'inquiétèrent de moi avec la même gentillesse que je leur avais toujours connue. Les souvenirs d'enfance s'invitèrent évidemment : il y avait cette fois où Anna et moi avions recueilli un bébé sanglier qui avait terrorisé Marie-Georges, ce jour de Chandeleur où nous avions collé une crêpe au plafond et tant d'autres qui amenèrent des rires et des sourires.

— Quand mon frère m'a appelée pour m'annoncer sa mort, je n'ai pas voulu y croire…

— Quand le téléphone a sonné samedi soir, c'était la gendarmerie… On a cru que c'était une mauvaise blague. Elle sortait toujours le week-end, allait voir des amis et rentrait tard, alors on ne s'inquiétait jamais. Mais là, les chiens de Clément Boyrie se sont évadés du chenil, il est parti avec son 4x4 faire tous les chemins pour les retrouver et dans la lumière des phares, il a vu… La voix de René se brisa. Marie-Georges posa une main sur le bras de son mari. Il a appelé les gendarmes et…

— Elle allait mal en ce moment ? Elle était malheureuse ?

— Non, non. Marie Georges secoua la tête. Les inspecteurs, les gendarmes nous ont posé la même question, mais nous on n'a rien remarqué. On nous a demandé si elle n'avait pas eu une dispute au travail, ou avec nous, mais non. Elle était heureuse, gaie, toujours souriante, elle avait beaucoup d'amis, faisait la fête, s'amusait. Au début on n'y a pas cru, mais le nouveau capitaine de la gendarmerie, un jeune homme très gentil, Lizzie, vraiment, il a été formidable avec nous, nous a confirmé qu'il n'y avait aucun doute possible. Elle a laissé un mot : « pardon ». Ma petite chérie, comme si on était capables de lui en vouloir de quoi que ce soit.

— Tu oublies, Majo, qu'ils nous ont aussi demandé si elle n'avait pas eu un chagrin d'amour. Mais ça… René haussa les épaules en signe d'impuissance. Elle a toujours été très secrète. Depuis son histoire d'amour au collège avec ce bon à rien de Raphaël Tonneins, elle avait dû être échaudée, elle ne nous parlait jamais de ses affaires de cœur. Elle ne nous a jamais amené un garçon à la maison. Pourtant on se doutait qu'elle avait des prétendants, elle avait souvent des coups de fil et elle courait s'enfermer dans sa chambre pour y répondre. On a bien soupçonné le nouveau docteur, Damien Marsan, de lui courir après. Il venait souvent la chercher pour une balade, un café, un cinéma. Mais elle jurait ses grands dieux qu'ils étaient juste amis. Quand j'essayais de lui poser des questions, gentiment, ou en plaisantant, elle m'envoyait toujours balader… Alors franchement, j'ai dit au capitaine que je n'en avais aucune idée. Il a interrogé le docteur, le fils Dubernet, et puis les quelques jeunes avec qui elle sortait parfois le samedi, ça n'a rien donné non plus.

— Mais tu penses qu'elle a pu avoir un chagrin d'amour et qu'elle aurait pu être désespérée au point de se donner la mort ?

Je regardais René et Marie-Georges et je voyais bien que mes doutes se reflétaient également dans leurs yeux. Mais je ne voulais surtout pas perturber leur chagrin – il était trop tôt pour parler de deuil – par des questions qui resteraient de toute façon sans réponse. Pour la même raison, je m'abstins de tout commentaire à propos de la lettre qu'Anna avait glissée sous ma porte quelques jours avant sa mort. Inutile de soulever plus de questions qu'ils ne s'en posaient déjà.

— Peut-être… En tout cas, elle était malheureuse et nous l'a caché, à son père et à moi, pour ne pas nous inquiéter certainement. Et ça me tue de me dire qu'elle a porté seule ce fardeau pendant des semaines, peut-être des années… Le capitaine nous a demandé si par hasard elle ne tenait pas un journal intime. Mais on n'a rien trouvé, rien. Je me suis occupée de ma petite pendant vingt-six ans, Lizzie. Je n'ai jamais passé plus d'une semaine sans la voir. Je lui ai préparé son petit déjeuner tous les matins, j'ai repassé ses vêtements, ses sous-vêtements, j'ai eu des milliers de conversations avec elle, et il a suffi de dix minutes d'entretien avec ce capitaine pour comprendre que ma fille m'était une parfaite inconnue.

— Non, non, Marie-Georges, il ne faut pas dire cela. Vous connaissiez Anna mieux que quiconque, René et toi, et elle n'a pas voulu vous cacher un secret, mais plutôt vous protéger d'un chagrin. C'est ainsi que je vois les choses. Elle voulait toujours protéger les gens qu'elle aimait.

Marie-Georges acquiesça en silence, les larmes roulant sur ces joues sans qu'elle les essuyât. Plus tard, ils me raccompagnèrent jusqu'à ma bicyclette, René et elle.

— Merci de ta visite, Lizzie, me dit Marie-Georges. Quelle joie de te voir, et de parler avec toi d'Anna. Il y a des gens qui viennent, je ne les supporte pas. Avec leurs mines de croque-mort et leurs paroles de condoléances toutes faites, j'en viens même à me demander si ma fille a été un jour vivante. Mais parler d'elle avec toi, quel réconfort, Lizzie, quel réconfort. Ne te méprends pas, mais ces quelques instants avec toi, tu nous l'as un peu ramenée à la maison.

Elle m'embrassa, René aussi et je remontai sur la bicyclette pour rentrer chez moi. La nuit tombait. Je voyais à travers la fenêtre du salon le feu qui flambait dans la cheminée. La lampe sur la table basse était restée allumée.

Il y avait peut-être des mots après tout…

Chapitre IV

Le vendredi matin, je revêtis une longue jupe noire qui avait appartenu à ma mère, une blouse sombre semée de petites fleurs blanches, un gilet de laine gris et une veste couleur charbon que j'avais dénichée dans une friperie bordelaise. Je nouai autour de mon cou un foulard et me rendis à bicyclette jusqu'à l'église de Dos. Le parvis était noir de monde. Je m'installai sur un des bancs au milieu de la travée de gauche, me faisant aussi discrète que possible. Quelques personnes m'adressèrent des sourires incertains, ou de petits gestes de la main, mais la plupart des gens ne me reconnaissaient pas et ne m'accordèrent aucune attention. Cela me convenait parfaitement, car je n'étais pas sûre d'avoir envie de parler à qui que ce soit. J'aperçus Pierre, quelques bancs devant moi. Il était à côté d'une jeune femme au doux visage. Derrière ses lunettes carrées et son carré blond, il me sembla deviner les traits de Pauline Melloni qui avait été à l'école avec nous et qui avait l'âge de Pierre. Je le voyais souvent incliner sa large épaule vers elle pour lui chuchoter quelque chose à l'oreille. Ils avaient l'air très proches. Je me forçai à ignorer ce qui ressemblait étrangement à une piqûre de jalousie. Pierre ne m'était rien, n'est-ce pas ? Après tout, il avait bien le droit de susurrer ce qu'il voulait dans le cou d'une jolie blonde sans ce que cela ne m'affectât le moins du monde. Je levais les yeux vers la voûte décorée d'étoiles quand je sentis comme une brûlure légère, un picotement à la base de ma nuque.

J'avais la sensation désagréable que quelqu'un m'observait. Je me retournai discrètement. Sur un des bancs du fond, un homme me regardait. Il avait au moins une soixantaine d'années, mais portait beau. Des yeux bleu glacier, une chevelure argent, un costume d'une coupe impeccable. Tout en lui respirait l'aisance, la puissance et une pointe de morgue aussi. On vint lui serrer la main. Je détournai la tête.

— Pardon, excusez-moi, pardon.

C'était Marthe qui arrivait, tout essoufflée et qui bouscula mes voisins pour venir s'asseoir juste à côté de moi. Nous nous embrassâmes.

— Marthe, chuchotai-je à son oreille, retourne-toi discrètement. Depuis tout à l'heure, il y a un homme, assis vers le fond, qui ne me quitte pas des yeux. Qui est-ce ?

Ma vieille voisine se tourna avec la discrétion d'un acteur de vaudeville de la Belle Époque.

— Mais c'est Yves Dupin !

— Dupin, comme le notaire ?

— C'est lui, le notaire. Son père a pris sa retraite depuis des années maintenant, et est parti, Dieu sait où d'ailleurs, sans doute se dorer la pilule au soleil, ou bien alors il est mort, il doit approcher des cent ans, ce vieux grigou. C'est Yves qui gère seul l'office, et qui habite aussi la grande maison. Il est également maire de Dos depuis quatre ans. Et a de grandes chances de devenir notre futur député.

Aux lèvres pincées de Marthe et à son ton désapprobateur, je compris que cette perspective ne l'enchantait guère.

— Il ne te lâche pas du regard, Lizzie… Fais attention, cet homme, c'est Barbe bleue. Il en consomme de la chair fraîche ! On m'a raconté que…

Mais elle ne put achever sa phrase lorsque les grandes orgues firent retentir le *requiem* de Mozart sous l'immense nef. Tout le monde se leva. Le cercueil porté par quatre hommes vêtus de noir fut déposé devant l'autel. Marie-Georges et René, bras dessus, bras dessous, courbés mais dignes, prirent place au premier rang.

Le curé s'avança. Je ne le connaissais pas. Il était très jeune. Le Père Paul qui avait officié durant toute mon enfance avait certainement pris sa retraite. Peut-être même était-il mort ?

— C'est un village tout entier qui se réunit aujourd'hui pour dire au revoir à une enfant du pays…

La voix du prêtre, amplifiée par le micro et les haut-parleurs grésillants, était hésitante, presque chevrotante. Ses mains tremblaient en tournant les feuillets sur lesquels il avait rédigé son prêche, et il butait sur les mots comme un écolier malhabile s'exerçant sur une lecture particulièrement difficile. Il s'interrompit à plusieurs reprises pour éponger la sueur qui perlait sur son front. À chaque fois, il remontait ses lunettes sur son nez et jetait un regard d'excuses en direction du banc placé à la droite de l'autel sur lequel avait pris place la brochette des « grenouilles de bénitier de Dos », comme ma mère les surnommait. Les membres de ladite brochette avaient légèrement changé depuis mon enfance. Certains visages avaient vieilli, d'autres avaient disparu, remplacés par des nouveaux. Mais c'était les mêmes mises en plis, les mêmes tailleurs aux coupes rigides, les mêmes mains farouchement croisées sur de petits réticules, et surtout les mêmes regards aquilins au-dessus de besicles aux montures dorées.

Je remarquai notamment l'air courroucé que Madame Joly (*qui n'avait de joli que le nom*) jetait sur le pauvre curé à chaque fois qu'il prononçait le mot « résurrection » et le regard navré qu'il lui adressait en retour. Je repensai alors aux paroles dures de Madame Tréjaut, la veille : qu'il y eût encore, au vingt et unième siècle, tant de gens pour s'indigner qu'on accordât un enterrement chrétien à quelqu'un qui s'était suicidé me laissait sans voix.

Le prêche touchait à sa fin et il me tardait de me retrouver à l'air libre quand j'entendis soudain mon nom résonner dans l'église.

— Avant de nous quitter, les parents d'Anna ont exprimé le souhait que nous entendions la *Lettre de Saint Paul Apôtre aux Corinthiens* et ils aimeraient que ce soit l'amie d'enfance d'Anna, Élizabeth, qui nous la lise.

Tout en parlant, il scrutait l'assemblée des yeux – il ignorait clairement qui pouvait bien être cette Élizabeth – et un instant, je fus tentée de me pelotonner au pied du banc en bois, mais Marthe me donnait de petits coups de coude comme pour encourager une bête rétive. Je finis donc par me lever et remontai l'allée jusqu'à lui. Je sentais le sang battre dans mes oreilles et les joues me brûlaient. Je n'osai pas relever les yeux et me concentrai sur le tapis à mes pieds tandis que le prêtre ajustait le micro à ma taille et me désignait le passage qu'il fallait que je lise. Marie-Georges et René, face à moi, me souriaient derrière leurs larmes.

— *J'aurais beau parler toutes les langues des hommes et des anges, si je n'ai pas la charité, s'il me manque l'amour, je ne suis qu'un cuivre qui résonne...*

Je ne reconnus pas ma propre voix. Elle me parut trop forte, trop froide aussi. Je redressai la tête. Tous les yeux étaient fixés sur moi. Je me sentis soudain très seule. Ma bouche se fit sèche, ma gorge se serra. La panique m'envahit. J'avais très peur de me mettre à sangloter, car je savais que si je commençais, je ne pourrais pas m'arrêter. Je contemplai un instant le cercueil de pin blond et la nausée me saisit. Anna, toute seule, froide, rigide, dans cette boîte en bois. Comment était-ce possible ? Je me forçais à respirer calmement, mais cela ne fonctionnait pas et mon corps semblait hésiter entre s'écrouler sur l'encensoir, ou répandre le contenu de mon estomac sur le dallage de pierre. C'était un cauchemar, c'était forcément un cauchemar. C'est alors que dans la marée des visages qui me faisaient face, je croisai les profondeurs chaudes et brunes des yeux de Pierre. Je m'y arrimai. Ses épaules étaient contractées comme s'il s'apprêtait à jaillir de son banc pour voler à mon secours au moindre signe de défaillance. Il me semblait deviner sur ses lèvres un sourire encourageant, et j'y puisai la force qu'il me manquait pour terminer ma lecture.

— *J'aurais beau avoir toute la foi jusqu'à transporter des montagnes, s'il me manque l'amour, je ne suis rien.*

Ma voix se fit plus assurée. Je lisais lentement, et une forme de paix m'envahit. Vague souvenir de mes lointains cours de catéchisme, il me semble que Saint Paul était un affreux misogyne, mais en cet instant la beauté de cette prière, que j'avais pourtant entendue tant de fois, m'émouvait comme jamais. Je me surpris à me demander si dans de nombreuses circonstances de ma vie, avec Jules, avec Olivier, et avec Anna également, surtout avec Anna, je n'avais pas tout simplement manqué d'amour. Puis, je regardai les visages fermés et les moues désapprobatrices des grenouilles de bénitier sur ma droite : c'était peut-être le monde entier qui manquait d'amour. Mon regard revint se poser sur le cercueil devant moi. Anna aussi avait-elle manqué d'amour ? Entre le moment où elle m'avait écrit cette lettre et celui où elle avait passé une corde autour de son cou avant de basculer dans le vide, avait-elle fait le bilan de son existence et conclu, désabusée ou amère, que décidément cela ne valait pas la peine de continuer ?

Une fois la cérémonie terminée dans une abondance d'encens qui me chatouilla désagréablement les narines, nous suivîmes tous la lente procession jusqu'au petit cimetière à la sortie de Dos. Je donnais le bras à Marthe.

René et Marie-Georges cheminaient en tête du triste cortège, épaule contre épaule comme deux arbres qu'une tempête aurait poussée l'un vers l'autre. Sans doute si l'un s'effondrait, il emporterait l'autre dans sa chute. Ce serait cela désormais leur mariage, pour le meilleur et pour le pire, et jusqu'à ce que la mort les prenne : il faudrait tenir bon, pour l'autre, pour ne pas le laisser seul avec le poids de l'insurmontable chagrin. Oh Anna… comment avait-elle pu… ce qui attendait ses pauvres parents à présent, c'était quarante années d'une survivance qui n'aurait que la semblance de la vie. La tristesse. Et rien ni personne pour dire les mots qui consolent.

Le long corbillard noir tourna à gauche, et se gara devant l'entrée du cimetière entouré de son mur de pierres *nhioga,* comme les appellent les vieux Landais. C'était un cimetière paisible, petit, avec son clocher à l'entrée, et de grands pins majestueux qui se balançaient doucement les jours de vent et prodiguaient une ombre bienfaisante lors des grandes chaleurs.

Le cercueil fut descendu dans le caveau familial. Je le connaissais. J'avais déjà accompagné Anna quand elle venait y déposer des bouquets de bruyère à l'automne. C'était les fleurs préférées de sa grand-mère et Anna avait été très proche d'elle. Elle était morte quand nous étions en CM2. Anna en avait été très affectée.

Je jetai un regard à la tombe de mes parents un peu plus loin sur la droite. Julius avait dû venir dernièrement, car la pierre de granit luisait, pimpante, au soleil et il y avait des fleurs fraîches dans les vases. Julius. Ou Marthe, plus probablement, car il me semblait reconnaître les glaïeuls qu'elle faisait pousser dans son jardin.

Nous défilâmes tous les uns après les autres pour embrasser René et Marie-Georges qui se tenaient debout à côté du trou béant dans lequel on venait de coucher leur enfant. J'avais toujours trouvé cette coutume barbare, là elle me sembla carrément révoltante. J'imaginais la torture que ce devait être pour eux, et je fis comme la plupart des gens : je me dépêchai de les embrasser puis me hâtai dans les allées sablonneuses vers la sortie. Au moment où je posais un rapide baiser sur sa joue, Marie-Georges me glissa à l'oreille :

— Passe à la maison ce soir, Lizzie, il y a quelque chose que je voudrais te donner.

À l'entrée du cimetière, les gens s'étaient massés par petits groupes. Certains avaient allumé une cigarette, d'autres discutaient à mi-voix. Je décidai d'attendre Marthe et m'appuyai contre le tronc d'un platane en attendant de l'apercevoir.

Un jeune homme d'une trentaine d'années, aux cheveux châtain clair et à la barbe courte et soignée, s'approcha de moi avec un large sourire.

— Voici donc la perle rare.

Je me retournai, cherchant à qui il avait bien pu s'adresser. Mais apparemment, ses paroles m'étaient bien destinées.

— Je ne comprends pas…

— Vous êtes bien Élizabeth Dupuis ?

— Oui, mais…

— Vous êtes latiniste ?

— Euh oui…

— Donc vous êtes ma perle rare. Je me présente, je suis Damien Marsan. Je suis le médecin de Dos depuis trois ans maintenant, et j'ai une marotte – il dit cela avec un petit rire, s'en excusant presque – je suis passionné d'étymologie, ou plus précisément de toponymie. Je ne suis pas natif de votre beau pays – je suis né à Paris – mais j'en suis tombé amoureux et depuis, je parcours la région, souvent à bicyclette d'ailleurs. Je me dis parfois que je suis un peu un Félix Arnaudin 2. 0.

Il rit de nouveau de sa propre plaisanterie et je ne pus m'empêcher de le trouver un peu pédant. C'était donc lui qui venait parfois chercher Anna chez elle le samedi soir. Il faudrait que je tente habilement de lui poser quelques questions. Il serait peut-être en mesure de m'en dire plus. Il était intarissable sur son sujet et je dus faire un effort pour me concentrer sur ce qu'il disait :

— Je recueille tous les noms de quartiers, de lieux dits, de ruisseaux avant d'en étudier la signification. Le problème, c'est que je n'ai jamais fait de latin. Cela me fait grandement défaut. La plupart des termes que je relève ont en effet une origine latine. Or, je dinais hier soir chez les Frontin, ils m'ont parlé de vous, de votre retour au village, et aujourd'hui, dans l'église, quand vous avez lu, j'ai entendu chuchoter votre nom. J'ai interprété cela comme un signe du destin et je me suis dit qu'il fallait absolument que j'aie une conversation avec vous.

Je n'avais jamais porté dans mon cœur M. et Mme Frontin, de très riches maïsiculteurs qui avaient l'habitude de traiter tous les gens de Dos comme du petit personnel, à l'exception des quelques notables qu'ils jugeaient dignes de partager leurs déjeuners champêtres, ou leurs apéritifs dînatoires. Mais ce jeune docteur, avec son air de fils de bonne famille, me fixait avec tant d'espoir au fond des yeux, que je ne pus m'empêcher de lui proposer de jeter un œil à ses recherches. En échange, peut-être se confierait-il à moi au sujet d'Anna.

— Par pitié, mademoiselle Dupuis, dites-moi que vous avez accepté de venir en aide à notre pauvre docteur. Il nous tanne tellement depuis deux ans avec ses recherches que les gens de Dos n'osent même plus être malades de peur de se voir infliger un cours sur le nom d'une vieille bergerie, ou d'un ruisseau obscur dont personne n'a rien à faire. Vous êtes notre seul espoir.

C'était le notaire qui s'était approché de nous. Il me tendit la main.

— Maître Dupin, mais vous pouvez m'appeler Yves. Je vous ai connue tout enfant, Élizabeth, et c'est un plaisir de retrouver une aussi charmante jeune femme.

Le contact de ses longs doigts froids contre ma peau me déplut, ainsi que le lent regard appréciateur qu'il fit glisser sur toute ma personne. Dans la glace bleutée de ses pupilles, une petite flamme s'alluma. Je retirai précipitamment ma main.

— Oui, intervint le docteur Marsan, rassure-toi, Yves, je vais cesser de tous vous importuner ! Grâce à… Élizabeth – il se tourna vers moi comme pour me demander l'autorisation d'utiliser mon prénom. Ce côté vieux jeu chez un garçon si jeune aurait pu être charmant, mais il y avait quelque chose en lui qui sonnait faux et que je trouvais légèrement agaçant – je pense que je vais enfin pouvoir achever mon catalogue des noms de lieux à Dos. Quand pourrions-nous nous voir ? ajouta-t-il à mon intention.

Maître Dupin ne me quittait pas des yeux.

— Pourquoi ne viendriez-vous pas dîner à la maison demain soir, Élizabeth ? J'ai justement invité Damien et quelques amis. Notre apprenti toponymiste vous présenterait ses recherches, et au moins, si sa conversation vous assomme trop, vous pourrez toujours vous consoler avec le vin. Je gâte toujours mes convives. Demain, nous dégusterons un *Pétrus 1997*. Vous m'en direz des nouvelles.

— C'est extrêmement gentil, mais je suis ici pour peu de temps, et j'ai tant de choses à faire dans la maison, donc, euh… Je bafouillai et me sentis rougir. Je ne savais quelle excuse inventer, mais je n'avais aucune envie d'aller dîner chez cet homme qui me mettait très mal à l'aise. Je n'aurais su dire ce qui me déplaisait chez lui, mais tous mes signaux d'alerte intérieurs avaient viré au rouge, et j'entendais résonner la voix de Marthe à mes oreilles : *Barbe Bleue ; c'est Barbe Bleue*.

— Rassurez-moi, Élizabeth, vous vous nourrissez n'est-ce pas ? Et vous avez promis à Damien votre aide, alors pourquoi ne pas joindre l'utile à l'agréable ? Je vous assure que son catalogue est indigeste – il écarta d'une main les protestations du pauvre docteur quant à l'intérêt de ses recherches topographiques – il vous faudra bien un *Pétrus* pour le faire passer !

Son sourire était charmant, le ton plein d'humour, mais je sentais derrière cette légèreté de façade, la dureté du mâle qui ne supporte pas qu'on lui dise non. Or j'ai toujours eu l'esprit de contradiction et, plus il essayait de me forcer la main, plus j'étais tentée de m'entêter dans mon refus, quand il me prit de court :

— On dirait presque que vous êtes effrayée, Élizabeth. Auriez-vous peur ?

Mes joues devaient être en feu. Que répondre à cela ? Je me sentais prise au piège et surtout très vexée. Je ne voulais surtout pas me laisser impressionner par cet homme, aussi imposant fût-il. Hélas, ce regard bleu qui semblait me percer m'empêchait de réfléchir correctement. Si j'avais été en état de raisonner correctement, j'aurais pu m'apercevoir qu'il avait très habilement deviné mon caractère et m'avait lancé un défi dont il savait que je ne pourrais pas ne pas le relever. Avant que j'eusse le temps de répondre quoi que ce soit, une large main chaude vint se poser sur mon épaule.

— Bonjour Docteur, Monsieur Dupin. J'entendais que vous proposiez à Lizzie de dîner avec vous demain soir, mais le problème, c'est qu'elle est déjà invitée chez moi !

Un immense soulagement m'envahit et je levai un regard reconnaissant vers Pierre. C'était la deuxième fois qu'il venait à mon secours et c'était bien agréable d'être la demoiselle en détresse, surtout quand le sauveur sentait si bon. Un mélange d'épines de pin, de savon, de sciure et sans doute de miel. C'était une odeur rassurante, chaleureuse. Je me laissai aller légèrement contre l'épaule de Pierre. À quel poste avait-il bien pu jouer autrefois ? Il faudrait que je pense à le lui demander. Il aurait fait un excellent pilier, ne pus-je m'empêcher de songer. Solide.

Le notaire resta souriant, mais il me sembla que son regard se faisait plus dur.

— Mais c'est encore mieux, venez donc tous les deux.

Pierre me jeta un regard interrogatif, quêtant mon approbation. J'acquiesçai en silence. Avec Pierre à mes côtés, je me sentais de taille à affronter mille regards de glace.

— Très bien, nous viendrons. Vers quelle heure ?

Après l'échange des politesses d'usage, le notaire et le médecin repartirent ensemble. Je me tournai vers Pierre :

— Merci, Lafitte, tu m'as sauvée. Ce Damien Marsan m'a demandé de l'aider pour son histoire de catalogue de noms de lieux, et je ne sais comment je me suis retrouvée coincée par le notaire qui voulait absolument que je vienne dîner chez lui. Ça ne t'embête pas trop de venir avec moi ?

— Bront, je ne fais jamais rien qui m'embête. J'ai décidé depuis quelques années de ne faire que ce que j'ai envie. Ça me simplifie la vie et tu devrais essayer toi aussi. Je te voyais te débattre face à ce vieux dégueulasse, sans oser lui dire franchement non. La prochaine fois, n'hésite pas, balance-lui simplement : « Non, je n'ai pas envie » et pars. Profite, Lizzie, c'est la vague

Me too, il faut la surfer jusqu'au bout : quand un salaud t'emmerde, tu prends tes affaires, et tu te casses, point barre !

— Dis donc, maître Yoda, la vie a l'air joliment simple pour toi ! Mais peut-être que les choses seraient aussi faciles pour moi si je mesurais deux mètres et que j'avais les muscles d'Iron Man. Ce n'est pas dur de dire non quand tu sais que tu es en mesure de ratatiner même un bloc de béton.

— Un mètre quatre-vingt-quinze.

— Pardon ?

— Je ne mesure pas deux mètres, mais un mètre quatre-vingt-quinze. Et ne monte pas tout de suite sur tes grands chevaux comme ça, Bront. Tu as la crinière tout ébouriffée.

Ses yeux étaient pleins de malice.

— Mais n'importe quoi, je n'ai…

Je n'eus pas le temps de répondre car Marthe arriva sur ces entrefaites. Le cimetière s'était vidé, tout le monde était déjà rentré chez soi. Elle se hâta vers moi.

— Oh tu m'attendais, Lizzie ? Je ne savais pas, j'en ai profité pour faire un brin de toilette à la tombe de mon Joseph. Il aimait que la maison soit bien briquée, alors je me dis que même mort, il doit avoir ses petites exigences. J'ai enlevé les aiguilles de pin de la plaque et arraché les mauvaises herbes des jardinières.

— Si vous voulez, je vous ramène, Marthe, proposa Pierre. Je suis garé de l'autre côté de la route. Toi aussi, Lizzie, je te dépose ?

— Non, c'est gentil, puisque tu raccompagnes Marthe, je vais en profiter pour aller marcher un peu, et après il faut que je récupère mon vélo. Je l'ai laissé à l'église.

J'embrassai ma vieille voisine, fis un geste de la main à Pierre, mais il me surprit en déposant un baiser sur ma joue gauche.

— À demain, Bront, je passerai te chercher.

Ils s'éloignèrent, l'immense silhouette de Pierre faisant paraître Marthe encore plus minuscule qu'à l'accoutumée. J'entendais qu'il la faisait rire. Je les regardai traverser la route puis attendis qu'ils aient disparu dans le sentier sablonneux qui allait se perdre derrière le presbytère.

Je marchai lentement vers la grille du cimetière. Je l'ouvris, elle grinça dans le silence. Je m'avançai de nouveau dans les allées, cette fois-ci désertes et allai m'asseoir sur la tombe d'Anna. Elle était couverte de fleurs, mais je réussis à me faire une petite place.

— Mais qu'est-ce que tu fous là, Anna franchement ?

C'était bizarre de se trouver là, toute seule, dans un cimetière, à parler à une tombe. Bizarre, mais en même temps naturel. Nous avions tellement bavardé Anna et moi, pendant des années, de tout, de rien, au téléphone, de vive voix, par lettre. Pourquoi laisser la mort mettre fin à ce dialogue ? J'avais tant de questions auxquelles j'aurais voulu qu'elle réponde.

— Que s'est-il passé ? Tu étais malheureuse ? Tu as eu un chagrin d'amour dont tu n'as parlé à personne ? Et pourtant cette lettre que tu m'as écrite, elle était si pleine d'espoir, si pleine de vie. Oh, Anna, moi aussi, ça m'aurait fait tellement plaisir de te retrouver. Toi aussi tu m'as manqué. À chaque étape importante de ma vie, bonheur ou malheur, échec ou réussite, tu m'as manqué.

Ce n'est qu'en disant ces mots que je me rendis compte de leur profonde vérité. Si seulement j'étais revenue à Dos plus tôt, si j'avais trouvé cette lettre avant… J'aurais eu une chance de retrouver une amie, davantage même qu'une amie, de remettre la main sur les clefs du jardin de l'enfance. Anna en était le Sésame. Les larmes qui coulaient, je ne savais plus, dans le fond, si je les versais sur elle ou sur moi-même.

J'attrapai une aiguille de pin et dessinai dans le sable des petits personnages. Tout était si calme. Je regardai les sépultures autour de moi : certaines étaient entretenues, couvertes de fleurs fraîches, d'autres semblaient abandonnées, l'or de leurs plaques de porcelaine éteint sous une couche de poussière. Qui continuerait de venir fleurir la tombe d'Anna quand Marie-Georges et René ne seraient plus ? Mais c'était une pensée si triste, même pour un jour de deuil comme celui-là que je la chassai immédiatement.

Un merle siffla dans un pin au-dessus de moi. Mes regards s'arrêtèrent sur une petite tombe, à quelques pas de celle d'Anna, surmontée d'une croix blanche ornée d'une photographie en noir et blanc. Je m'approchai pour l'observer de plus près :

VIOLETTE PHILIPPARD

1939- 1949

FAUVETTE, SI TU VOLES AUTOUR DE CETTE TOMBE,

CHANTE-LUI TA PLUS DOUCE CHANSON

ET DIS-LUI QUE CHAQUE JOUR QUI PASSE

LA RAPPROCHE UN PEU PLUS DE PAPA ET MAMAN.

La fillette sur le portrait en médaillon avait un franc sourire, et de grands yeux clairs de chérubin. La poésie douce-amère de l'épitaphe me toucha profondément. Machinalement, je sortis mon téléphone de ma poche et photographiai la tombe. Qu'est-ce qui me poussa à le faire ? Je ne saurais l'expliquer. Avais-je été intriguée par la mention de la fauvette, et avais-je eu l'intention de me renseigner sur cet oiseau ? Avais-je projeté de demander à Marthe si elle avait connu cette petite fille ? Impossible de le dire aujourd'hui. Tout est flou dans ma mémoire. Prétendre qu'une force m'a conduite jusqu'à la tombe de Violette serait peut-être un peu exagéré. Pourtant j'avais dû passer des dizaines de fois devant ce triste mausolée sans le remarquer, mais ce jour-là, quelque chose m'avait attiré à lui.

Je ne savais pas encore que ma vie allait en être bouleversée à jamais...

Tandis que je ressortais du cimetière, mon téléphone vibra dans mon sac. C'était Will.

— Lizzie chérie, je voulais savoir comment se sont passées ces funérailles. Cela n'a pas été trop éprouvant ?

Tout en marchant le long de la route pour rejoindre la place de l'église où j'avais laissé ma bicyclette, je lui racontai les événements des derniers jours. Quand je mentionnai la lettre qu'Anna avait glissée sous ma porte, il se montra très étonné, ne cessant de répéter « Ça alors, mais ça alors » (*cela fait partie de ses expressions françaises préférées, avec « nom d'un petit bonhomme » et « saperlipopette ». J'ai eu beau lui expliquer deux cents fois que plus personne en France ne les employait depuis au moins la guerre de 14, il persiste à les utiliser quand il veut manifester une émotion forte*). Je sentis à ses questions que lui aussi trouvait étonnant ce suicide d'Anna, quelques jours à peine après son mot si plein d'espoir. Qu'avait-il bien pu se passer durant ces quelques jours ?

Puis vint la question que je redoutais depuis le moment où j'avais répondu au téléphone.

— Quand reviens-tu ? As-tu réservé ton vol retour ?

Je laissai le silence s'installer.

— En fait, Will, je....

— Ah, je vois. Tu ne vas pas rentrer.

Sa voix n'était ni dure ni colérique. C'était toujours la même voix douce de ce cher vieux Will. C'était un constat. Le plus étonnant, c'est que je n'avais pas eu clairement la conscience que je voulais rester avant qu'il ne formulât aussi simplement les choses. J'avais eu l'intention de plaider pour un délai supplémentaire, arguant de ma fatigue, de mon envie de rester un peu auprès de Marie-Georges et de René, mais à aucun moment, je n'avais envisagé l'option de ne pas revenir aux États-Unis. Et pourtant, quand il parla, je compris qu'en effet je n'allais pas rentrer.

— Non, Will. J'aurais du mal à te l'expliquer. J'ai déjà du mal à me l'expliquer à moi-même. Mais de la même manière que j'ai senti, pas pensé, senti qu'il fallait que je rentre pour l'enterrement d'Anna, là je sens qu'il faut que je reste. Est-ce que ce sera très gênant vis-à-vis de l'Université ? Je ressentais l'aiguillon de la culpabilité à l'idée que j'abandonnais ainsi Will en pleine tempête Betty Lange, mais il me rassura immédiatement.

— Mais non, Lizzie, au contraire, ça va apaiser la furie Lange si je lui dis que je te remplace pour la fin de l'année. L'Université va économiser ton salaire. En revanche, tu m'enverras tes notes de préparation de cours. Mon latin risque d'être légèrement rouillé.

— Même rouillé, il reste largement meilleur que le mien, Will. Merci. Tu assures. Et pour l'année prochaine ?

— Ça fait des années que Curtis me tanne pour proposer son séminaire sur les casernes de vigiles au Haut-Empire. Il va être aux anges. Ne t'inquiète pas, on va se débrouiller. Veux-tu que j'écrive à M. de Soucy pour lui annoncer que c'est lui qui aura le grand honneur de t'assister dans tes ultimes recherches ?

Je ne pus m'empêcher de rire. Pauvre Philippe de Soucy ! Décidément, les intermittences de mon cœur allaient lui sembler bien compliquées à suivre. Après l'avoir abandonné pour aller terminer ma thèse à Burlington, au fin fond du Vermont, voici que je revenais, alors que le second semestre venait à peine de commencer.

Que penserait-il de ce soudain revirement? J'allais fournir à ce vieux misogyne de nouvelles flèches pour son arc, et le conforter dans son idée que les femmes étaient toutes d'instables girouettes. Tant pis. Il faudrait que je l'appelle dans les jours à venir pour lui dire que le vent d'Ouest me ramenait dans son giron. Il serait bien obligé de m'accueillir. Tout misogyne qu'il est, il tient toujours mes travaux en haute estime.

— Non, Will, ce n'est pas la peine, je m'en chargerai. Ce pauvre Philou, il va nous faire une syncope quand il va savoir que je lui reviens en pleine tête, comme un boomerang !

Will éclata d'un rire franc qui me fit chaud au cœur, car je compris qu'il ne m'en voulait pas de ma défection et que cela n'entamerait pas notre amitié. Car étonnamment, alors que je n'avais pas de véritable ami en France, aucun depuis Anna en fait, je m'étais en quelques mois profondément attachée à Will, Tom et Debbie. Il faudrait d'ailleurs que je prévienne sans tarder ces derniers ; je savais que ce serait un coup dur pour Debbie et son cœur de mère. Dans tous les cas, je pourrais toujours aller passer un mois au Vermont cet été quand j'aurais mis les choses au clair ici.

Ma mère croyait en la vertu des voyages, elle disait que face à un chagrin insurmontable, il était bon d'aller se promener sous de nouvelles latitudes, pour modifier ses perspectives, changer de paradigme, donner à son mal de vivre un petit coup de décalage horaire. Peut-être avait-elle eu raison, bien plus que je ne le soupçonnais. Ce séjour à Burlington avait assurément posé un baume sur mes plaies, et les liens que j'avais tissés avec mes amis américains prouvaient que mon cœur était de nouveau capable de s'ouvrir.

Au moment où je m'apprêtais à raccrocher, j'étais arrivée sur la place de l'église et le soleil se couchait dans le jardin de la maison des Sœurs, Will me surprit, une nouvelle fois, par sa capacité à lire tout au fond de moi.

— Les fleurs, c'est ta réponse en quelque sorte.

— Pardon ? Les fleurs ? Je ne comprends pas. De quoi parles-tu, Will ?

— Tu m'as dit tout à l'heure que lorsque tu t'étais retrouvée toute seule dans le cimetière, tu avais été envahie de tristesse en te demandant qui continuerait de venir déposer des fleurs sur la tombe de ton amie, une fois que ses parents auraient disparu. Moi je pense que tu as su à cet instant que ce serait toi qui viendrais la fleurir. Elle t'a envoyé une lettre, elle voulait renouer les fils brisés de votre amitié. Elle est morte avant que tu puisses lui répondre. Les fleurs, ce sera ta réponse. Prends soin de toi, ma Lizzie.

Il raccrocha.

J'enfourchai mon vélo et tout en pédalant dans le soir humide, je méditai ses derniers mots. *Les fleurs, ce sera ta réponse*. Je n'ai jamais été très mystique ni très croyante d'ailleurs. Niveau foi, on pourrait dire que j'oscille, au gré de mes humeurs, entre l'agnosticisme ou le paganisme léger et l'athéisme le plus complet. Pourtant, je ne me résignais pas à laisser la lettre d'Anna sans réponse. J'avais beau me répéter qu'elle était morte, une part de moi-même ne se résignait pas. J'étais habitée par le sentiment qu'en restant à Dos, je gardais une forme de contact avec elle, même par-delà la mort. C'était une impression confuse, que j'aurais eu bien du mal à mettre en mots et qui aurait paru irrationnelle si j'avais tenté de l'exposer à quelqu'un. Pourtant les jours qui suivirent me prouvèrent que cette idée n'était peut-être pas si saugrenue…

Chapitre V

Je consultai l'heure sur ma montre. Il était presque sept heures. Je n'avais rien mangé depuis le midi, mais il fallait absolument que je me rende sans tarder chez Marie-Georges et René. Même si je redoutais cette épreuve, j'avais promis. Je m'arrêtai un instant pour enclencher la dynamo en priant pour que l'unique phare de ma bicyclette fonctionnât encore, et, miracle, ce fut le cas ! Quand je gagnai la petite route qui menait à la maison des Beaupré, le soir était tombé. Les grands pins qui bordaient le sentier avaient comme refermé le manteau de la nuit au-dessus de ma tête et je roulais dans un silence ponctué de rares hululements de chouette, suivant la lumière tremblotante qui se dépliait sous mes roues. Au moment de tirer la sonnette, je pris une grande inspiration, carrant mes épaules, me préparant à affronter l'épreuve de la douleur d'une mère qui a perdu son enfant. Mais j'aurais dû mieux connaître Marie-Georges et la générosité profonde qui la caractérisait. Quand elle ouvrit la porte, je vis qu'elle avait remplacé les habits sombres des funérailles par un jean et un gilet de laine rose pâle. Je notai qu'elle avait mis du rouge sur ses joues et elle m'accueillit avec un chaud sourire. Elle s'était préparée à ma venue et avait voulu m'épargner le spectacle de son chagrin. Sur le moment je lui en sus gré.

Aujourd'hui, quand je regarde la photographie de la statue de Niobé dans la villa Médicis – elle est accrochée juste au-dessus de mon bureau – derrière le visage de la reine de Thèbes dont on a tué tous les petits, je vois Marie-Georges, et je pleure moins sur sa souffrance que sur le courage qu'elle a montré ce soir-là en me faisant le cadeau de son sourire.

— Merci d'être venue, Lizzie. Je ne te propose pas d'aller embrasser René.

Elle désigna la porte de leur chambre au fond du couloir sur la gauche d'un geste furtif de la main, et précisa :

— Il se repose.

— Ce fut une belle cérémonie. Tout le village réuni…

— Oui, et dans l'église de Dos, où elle a été baptisée. Là où j'aurais tant aimé qu'elle se marie un jour… Enfin, c'est ainsi. Je suis déjà reconnaissante qu'elle ait pu avoir une cérémonie religieuse. Ça a grincé des dents au diocèse, mais heureusement Yves Dupin est intervenu. Je ne sais pas quel levier il a fait jouer, mais, le mardi, le curé m'annonçait qu'il se voyait au regret de refuser à Anna un enterrement chrétien et, le mercredi, il me rappelait pour me dire que grâce au notaire, toutes les difficultés étaient levées et qu'il y aurait bien une cérémonie religieuse.

— Vous êtes proches de cet Yves Dupin ?

— Oh non, pas du tout, enfin je le connais de vue. Il est né ici et moi aussi, mais nos familles ne se sont jamais fréquentées. On n'est pas du même monde ! Elle sourit en disant cela et leva les yeux au ciel. Je ne l'avais jamais particulièrement porté dans mon cœur, mais ce qu'il a fait pour Anna, je ne l'oublierai jamais. Bien sûr, il l'a fait parce que c'est une enfant du village et qu'en tant que maire il tenait à ce qu'elle ait une cérémonie digne de ce nom, mais quand même, il a agi en homme de cœur. Même René en a convenu. Je lui ai écrit une lettre pour le remercier.

Ainsi tout Barbe-Bleue qu'il pouvait être, le maire

de Dos pouvait également se montrer généreux et altruiste. La perspective d'aller dîner chez lui le lendemain me pesait moins et je me promis de trouver un moment pour lui signifier, moi aussi, ma reconnaissance pour ce qu'il avait fait. *Si j'avais su...* Marie Georges me saisit la main.

— Viens avec moi.

Elle m'entraîna dans la chambre d'Anna. Je me préparai à l'épreuve insurmontable : cette chambre où nous avions passé tant de temps à jouer ensemble, à habiller et coiffer les *Barbies*, à jouer à la maîtresse, à la marelle sur les carreaux rouges et blancs, le lit d'osier où nous nous vernissions les ongles en regardant *Beverly Hills* ; allais-je arriver à revoir tout cela sans m'effondrer ? Mais quand Marie-Georges ouvrit la porte, le choc redouté ne se produisit pas. J'eus l'impression d'entrer dans la chambre d'une inconnue. Un parquet flottant de couleur claire avait recouvert le carrelage dont j'avais gardé un souvenir si vif, la vieille commode de bois avait disparu, remplacée par un élégant secrétaire ancien. Un grand lit en fer forgé blanc trônait au centre de la pièce. Même la senteur qui flottait dans l'air ne portait aucune des notes lourdement fruitées du parfum qu'Anna avait porté de la sixième à la quatrième. C'était une odeur plus douce, moins entêtante, mêlant senteur de jasmin et de thé vert. L'odeur de quelqu'un que je ne connaissais plus...

Marie-Georges se dirigea vers une grande armoire dont elle ouvrit la porte, elle en retira un carton et me le tendit sans rien dire, avec un petit sourire.

Je soulevai un des rabats et aperçus la couverture un peu jaunie d'un exemplaire du *Dos Dos Match*, la revue mensuelle qu'Anna et moi avions créée, écrite, illustrée et imprimée (enfin plus précisément tapée sur une vieille machine à écrire qui avait d'abord appartenu à Julius) pendant trois années au moins, du CM2 à la cinquième. Chaque exemplaire était unique (nous le faisions seulement lire à nos proches) et Anna en était la gardienne. Je n'avais plus songé à ces vieux magazines, et qu'elle les ait gardés toutes ces années me fit chaud au cœur. Ces journaux étaient le fruit de longs après-midi passés à taper à la machine, découper des images dans des revues pour ensuite faire ce qui nous semblait être de subtils montages : je me souviens par exemple d'un article mémorable, dans notre rubrique *People,* consacrée à la nouvelle supposée conquête de mon frère. Nous avions découpé des photos de Brad Pitt torse nu sur lesquelles nous avions collé la tête de Julius. J'avais failli me faire pipi dessus.

Ces journaux étaient la preuve que mon amitié avec Anna avait été bien réelle. Aujourd'hui, en quelque sorte, j'en devenais la gardienne. C'était un cadeau précieux. Je remerciai chaleureusement Marie-Georges, refusai en revanche son invitation à rester boire un petit quelque chose. J'imaginais qu'elle devait avoir hâte de laisser tomber le masque de gaieté factice qu'elle avait revêtu pour me faciliter les choses. Je fixai le carton sur mon porte-bagages à l'aide du tendeur et repartis. Il n'était pas vingt heures, mais il faisait nuit noire et je ne débordais pas d'enthousiaste à l'idée de pédaler jusque chez moi. Je regrettais presque de ne pas avoir de voiture. Si mon séjour se prolongeait, il faudrait peut-être que je me renseigne pour en louer une.

Je me sentais légèrement angoissée, seule dans la forêt de pins obscure et, quand j'entendis se rapprocher derrière moi le ronronnement d'un moteur de voiture, j'envisageai sérieusement la possibilité de jeter ma bicyclette au fond du fossé et d'aller me terrer au fond des bois.

— Bront, arrête-toi, c'est moi !

Pierre ! Le soulagement me saisit. Il arrêta sa voiture à ma hauteur.

— Je suis passé chez toi il n'y avait personne, je me suis douté que tu serais venue chez Marie-Georges et René. Monte, je vais mettre ton vélo sur le plateau.

— Je ne vais pas te dire non, ma petite randonnée nocturne commençait à légèrement me faire baliser !

Je m'installai sur le siège passager pendant qu'il s'occupait de ma bicyclette. Il régnait un joyeux bordel dans la voiture de Pierre, ce qui me la rendit éminemment sympathique, tout comme son propriétaire qui venait de hisser son imposante stature à mes côtés. Enfin, sympathique n'était peut-être pas le terme le plus approprié, compte tenu de l'étrange fourmillement qui se produisait dans mon ventre à chaque fois que je le regardais. Se pouvait-il que ce superbe spécimen de l'espèce mâle fût venu jusque chez moi, juste dans l'espoir de me voir ? Je coulai un regard discret à son profil de dieu grec. Non, impossible. Mais alors pourquoi ?

Nous roulions doucement, la radio n'était pas allumée et je pus une nouvelle fois constater que le silence ne dérangeait pas Pierre. De temps en temps, il se tournait légèrement vers moi, me souriait, mais ne disait rien. Évidemment, je parlai la première.

— Et donc tu es venu à la maison ? Tu avais euh… besoin de quelque chose ?

— Non. Nouveau regard en ma direction et nouveau sourire. Ce sourire était décidément très charmant, mais je ne voulais rien laisser paraître de mon trouble. Je bénissais intérieurement l'obscurité qui devait empêcher Pierre de noter la couleur cramoisie de mon visage.

— Écoute, Pierre Lafitte, je sais qu'on a tous eu une rude journée, mais serait-ce trop te demander de faire une phrase-réponse complète avec sujet-verbe-complément ?

Il éclata de rire et je me rendis compte que j'aimais le faire rire. J'aimais même beaucoup ça.

— Je suis venu voir comment tu allais, et te proposer de venir au bal du tennis à la salle des fêtes ce soir. Je me suis dit que voir du monde, boire un peu trop, ce genre de choses..., ça pourrait te faire du bien après une journée pareille. Tout le monde prétend que c'est un truc de mec de prendre une grosse cuite quand on a du chagrin, mais c'est peut-être aussi un truc de fille, après tout. Qu'est-ce que tu en dis ?

Je restai un long moment à le fixer sans rien dire. Cette attention me sidérait. Je connaissais à peine Pierre et il avait pris la peine de venir s'assurer que j'allais bien. J'en fus émue et ma voix était légèrement voilée quand je lui répondis.

— Oui.

— Je sais qu'on a eu une rude journée, Bront, mais est-ce que ça serait trop te demander de faire une phrase-réponse complète avec sujet, verbe, complément ?

Je mimai une courbette de la tête.

— Ce serait un honneur, cher Monsieur Lafitte, d'être votre cavalière pour le bal de ce soir !

— Fais quand même gaffe à tes orteils pendant la valse !

Je souris durant tout le trajet.

Quand nous arrivâmes, de nombreuses voitures étaient garées devant la salle des fêtes et la musique résonnait à plein volume. C'était comme si tout Dos, et sans doute aussi des gens des villages voisins s'étaient donné rendez-vous ce soir-là. Les fumeurs s'étaient attroupés devant les doubles portes de l'entrée, mais grâce aux larges épaules de Pierre, nous pûmes nous frayer un chemin. À l'intérieur aussi, c'était comble. Sur la piste, des couples se déhanchaient sur un vieux tube de Francky Vincent poussé à fond. Sur les chaises le long des murs, le troisième âge échangeait plaisanteries et potins, des enfants couraient dans tous les sens tandis que des mamans tentaient de les intercepter au passage pour leur demander de se calmer, tout en discutant avec des amies. Le long du bar, c'était la cohue. Chacun tentait de poser un coude sur le comptoir pour attirer l'attention d'un des serveurs. Les tireuses à bière ne paraissaient pas connaître de répit, et des cuisines, au fond, montait un brouhaha constant, et une odeur délicieuse de ventrèche grillée embaumait la pièce. Mon ventre gargouilla soudain et je me rendis compte que j'étais affamée.

Pierre se pencha pour me parler à l'oreille et tenter de dominer le tumulte environ.

— Ne bouge pas, Bront, je vais aller nous chercher des bières. Tu veux aussi quelque chose à manger ?

— Oh que oui ! Je suis affamée ! Attends, j'ai de la monnaie.

— Tss, Tss, Bront, garde tes sous. Ce soir, c'est moi qui régale. Il balaya ma silhouette d'un regard lent, comme une caresse. Vu ta corpulence, tu seras saoule à la troisième bière, tu ne vas pas me coûter cher !

Il s'avéra qu'il avait légèrement surévalué mes capacités éthyliques, puisqu'après deux bières seulement, j'étais déjà plus que gaie. Je ressentais une douce euphorie et ma timidité naturelle s'était presque envolée. Je discutais avec tous les amis de Pierre. Beaucoup avaient été à l'école avec moi, mais je ne les avais pas vus pendant tellement d'années que je ne les aurais jamais reconnus. C'était somme toute une sensation agréable, je redécouvrais des gens avec lesquels je partageais une foule de souvenirs d'enfance.

Je conversai notamment un long moment avec Fabrice Tuilard qui avait l'âge de Pierre. Ils semblaient être très proches tous les deux. Fabrice était devenu plombier. Sa compagne, Elena, qui, elle, n'était pas originaire de Dos, était adorable. Elle semblait aussi être très proche de Pierre, et je la vis plusieurs fois nous observer ensemble, une expression songeuse sur le visage.

Pauline Melloni vint se joindre à nous. Elle était décidément très jolie. Tout en elle respirait l'élégance et la sophistication. Je ne pus m'empêcher de regarder avec admiration son carré blond au savant coiffé décoiffé, sa robe vert sombre cintrée, ses bottines de cuir et son petit perfecto. À côté d'elle, j'avais vraiment l'impression d'être Esméralda, et de sortir de la Cour des Miracles.

Elle me sourit gentiment, mais je sentais comme une forme de fébrilité, qu'il me fut alors difficile d'interpréter, dans la foule de questions qu'elle me posa.

— Et donc, Élizabeth, quand es-tu censée retourner aux États-Unis ?

— À dire vrai, plus rien ne presse. J'ai annoncé aujourd'hui à mon directeur de recherche que l'appel de la mère patrie avait été plus fort que prévu. Je vais finalement terminer ma thèse à Bordeaux.

— Ah bon ? Mais cela va être possible ? Et tu vas vivre à Bordeaux donc ?

— Je ne sais pas, c'est une décision un peu brutale. Pour l'instant je vais rester à Dos, je pense, car je ne vais plus toucher mon salaire de l'Université, donc je ne pourrai pas assumer un loyer.

— Tu vas rester à Dos ? Oh, ma pauvre, passer des États-Unis à Dos, tu vas craquer en quinze jours ! Son rire me parut sonner faux et je la voyais jeter fréquemment de petits regards furtifs vers Pierre qui enfilait ce qui devait être sa quinzième bière avec la sérénité d'un maître de taï-chi buvant un verre d'eau de source.

— Oh, tu penses ? J'y ai vécu jusqu'à mes dix-huit ans quand même et, vous, vous y vivez bien à Dos, et vous avez l'air de survivre ! Je tentai un rire, mais je voyais que le sourire de Pauline restait crispé.

— Non, non, moi je vis à Bordeaux, je suis avocate. Je passe juste mes week-ends à Dos, histoire de voir la bande ; et là, bien sûr, je suis revenue pour les obsèques d'Anna. Mais de là à vivre à Dos toute l'année…

J'avais très envie de lui rétorquer qu'elle ne serait sans doute pas contre une installation permanente à Dos si un certain charmant apiculteur de notre connaissance lui proposait de partager sa vie austère, son pain et surtout sa couche, mais je retins ma langue et orientai la conversation vers des sujets plus anodins et moins sensibles.

Cependant le malaise était là. Enfin, mince ! C'était quand même hallucinant, il ne s'était rien passé entre Pierre et moi et cette Pauline me regardait comme si j'étais Jézabel ! Mon désir de m'installer temporairement à Dos n'était en rien lié à Pierre Lafitte ; cependant je craignais, si j'expliquais à Pauline qu'une espèce de force mystique, envoyée par mon amie d'enfance décédée, me poussait à rester, qu'elle ne me fît immédiatement interner à Sainte-Anne. J'étais désespérément en train de chercher un moyen pour échapper à cette situation pesante quand ma salvation se présenta sous les traits du docteur Marsan qui avançait vers moi, un grand sourire aux lèvres.

— Ah, ma latiniste préférée ! Vous dansez ?

Je compris à ses yeux légèrement vitreux et son ton guilleret qu'il devait être ivre, mais tous les moyens étaient bons pour fuir cette Pauline et ses yeux jaloux.

— Avec plaisir, docteur Marsan.

— Ah non, non, il faut m'appeler Damien.

— Uniquement si vous m'appelez Lizzie.

Tiens, tiens, apparemment je savais flirter quand j'étais ivre !

Damien m'entraîna dans un mélange bâtard de rock, de zouk, mâtiné d'un peu de salsa que j'eus du mal à suivre, et qui me laissa complètement essoufflée. Pour se faire pardonner ses piètres talents de danseur, le docteur me proposa une bière. J'acceptai même s'il était clair que mon cavalier ne courait aucun risque de déshydratation. Il était aussi imbibé que les prunes à l'eau-de-vie de ma tante Jeannette.

— Latiniste, et bonne danseuse, tu es décidément pleine de surprise, Élizabeth. Tu es d'accord pour qu'on se tutoie ?

Je notai que ses manières de fils de bonne famille de l'après-midi s'étaient évaporées en même temps que sa sobriété, mais j'acquiesçai tout de même.

— Peut-être d'ailleurs as-tu, comme ton amie Anna, d'autres bonnes surprises à me réserver ?

Et au cas où son allusion n'aurait pas été claire, il se mit lentement, du bout de son index, à caresser mon poignet appuyé sur le comptoir du bar.

Je suis comme 99% des gens sur cette planète : c'est pile au moment où il me faudrait trouver une bonne réplique bien cinglante à balancer que je reste abasourdie à bégayer comme un nouveau-né.

Là, rien ne me vint. Le choc évidemment. Je n'en revenais pas ! Comment cet apprenti latiniste avec sa raie sur le côté en mode « Papa travaille à la banque » pouvait-il oser me faire des avances aussi lourdes ? Comment pouvait-il également, le jour des funérailles de mon amie d'enfance, parler d'elle en ces termes ! J'aurais dû lui balancer mon poing dans le nez, ou mon verre à la figure. Mais non. Je restai benoîtement plantée là comme un ficus en pot. Je me contentai de retirer mon bras et de bredouiller un pauvre :

— Euh, non, Damien, je ne suis pas vraiment le genre Kinder surprise, en fait !

Étonnamment, toute pathétique qu'elle fût, cette réplique suffit. Je vis les yeux du toponymiste du dimanche retrouver un semblant de lucidité et il rougit violemment.

— Pardon, Élizabeth, je crois que j'ai abusé de l'alcool ce soir, je dis vraiment n'importe quoi. Ne prends pas ombrage de mon délire, je ferais mieux d'aller immédiatement au lit sans passer par la case départ. On se voit demain chez Yves, merci encore d'avoir accepté de m'aider.

Et il s'en alla en bredouillant piteusement des excuses.

Cette scène m'avait mise extrêmement mal à l'aise et j'avais envie de rentrer chez moi. Je cherchai Pierre du regard, car après tout j'étais venue avec lui et je ne trouvais pas correct de m'éclipser sans même lui dire au revoir. Mais je vis qu'il était très occupé à danser un rock – plutôt bien d'ailleurs, ne pus-je m'empêcher de noter – avec une jolie fille souriante. Il ne s'apercevrait peut-être même pas de mon départ, après tout.

— Si tu restes à Dos, prépare-toi à revivre ce genre de situations. Ta copine avait, disons, sa petite réputation… Et il y aura toujours des gens pour faire l'amalgame.

Je me retournai. Un homme était accoudé au comptoir. Il me regardait fixement et ces paroles m'étaient clairement adressées.

— Pardon, je ne…

— Tu ne me reconnais pas, hein, Élizabeth ?

Il y avait comme une note de défi dans cette question, et pas l'ombre d'un sourire sur le visage de l'inconnu. Il me semblait pourtant y déceler quelque chose de familier. Ces yeux bleus, ces taches de rousseur… Où les avais-je déjà vus ?

Raphaël. C'était Raphaël Tonneins. Le premier amour d'Anna. Dire que le temps ne l'avait guère épargné était un doux euphémisme. Quinze ans auparavant, Raphaël avait été magnifique, une peau hâlée, un sourire d'une blancheur éclatante, des yeux verts scintillants, bref, un dieu grec. Aujourd'hui il tenait davantage de Rastapopoulos que d'Adonis. Ses traits s'étaient figés en un masque amer qui le vieillissait considérablement, son regard était dur et je vis que ses dents étaient toutes noircies. *Sic transit gloria mundi*[2]... Raphaël qui avait été l'idole de tous les garçons pour ses talents sur un terrain de football, son amour de la bagarre, et ses frasques à répétition, qui avait régné en divinité omnipotente sur le cœur de toutes les filles de ma génération, ressemblait maintenant à un vieil ivrogne. C'était à pleurer.

Anna était tombée amoureuse de lui en CM1. En CM2, Raphaël, lui, avait déjà trois ans de retard. C'était le *bad boy* de service : déjà musclé pour son âge, jeans troués, cheveux décoiffés. Sa mère l'avait abandonné à la naissance, il était élevé par sa grand-mère qui le laissait faire tout ce qu'il voulait. Il sortait, on disait qu'il buvait de l'alcool, qu'il fumait et Déborah Piralli nous affirma un jour avec beaucoup de sérieux qu'elle tenait de source sûre « qu'il *L*'avait déjà fait ! »

Bref, il traînait derrière lui un parfum de stupre et d'interdit et Anna, qui avait toujours été aventureuse, n'avait pas pu pas résister à ce cocktail grisant. Elle lui écrivait des lettres auxquelles il ne répondait pas, guettait le ballon de foot dans la cour de l'école pour courir le lui rapporter, trouvait mille prétextes pour aller lui parler, et surtout elle attendait avec impatience que sa poitrine se décidât enfin à pousser comme celle d'Audrey Dubart, dotée d'attributs plus que généreux, et qui se faisait copieusement peloter par Raphaël à chaque récréation.

Hélas, tous les efforts d'Anna restèrent vains, du moins tant que nous fûmes en primaire. Mais vers douze ans Anna se métamorphosa. De la petite fille maigrichonne au visage mince noyé sous une masse de cheveux sombres émergea une sirène aux yeux noirs ombrés de cils immenses. Sa chevelure fut domptée,

2. Ainsi passe la gloire du monde.

lissée, ou emprisonnée dans de savants chignons qui dégageaient au mieux l'ovale parfait de son visage. Elle grandit d'un coup et avec ses longues jambes, ses hanches pleines, et sa poitrine épanouie qui dépassa toutes ses espérances, elle se mit à promener une assurance nouvelle. À partir de cette époque, les garçons du village la couvrirent d'un regard flou et brillant quand elle venait à passer devant eux.

C'est de cette période que datent nos premiers véritables désaccords. Je voulais jouer à la maison *Playmobil* ; Anna voulait qu'on s'entraîne à embrasser, avec la langue, suivant les recommandations précises de *Girl Magazine,* contre la porte du frigidaire ; je voulais qu'on aille se balader en forêt, Anna voulait qu'on se promène dans le village, dans l'espoir de tomber sur Raphaël et sa bande qui faisaient généralement vrombir leurs mobylettes sur la place de l'église. À douze ans Anna devint une vraie femme ; moi, à l'arrière, je traînais la patte pour sortir de l'enfance.

Et un jour, je ne sais pas exactement comment cela se passa, nous étions en cinquième cette année-là, et alors qu'Anna venait chez moi en vélo, elle tomba sur Raphaël. Elle s'arrêta, lui demanda du feu (*elle s'était mise à fumer quelques mois auparavant sous le prétexte que cela faisait femme et qu'ainsi Raphaël cesserait de la traiter comme un bébé*), et l'affaire se conclut par un baiser (*avec la langue, évidemment !*).

À partir de là nos rapports, déjà distendus par la séparation de l'entrée en sixième, le fait que nous étions dans deux collèges différents, se refroidirent d'autant plus. Je n'avais jamais apprécié Raphaël, il me semblait bête, prétentieux, et je devinais en lui une violence qui me déplaisait fortement. Et moi qui avais toujours admiré Anna, sa fougue, sa vivacité, son intelligence et son humour, je ne supportais plus, dans nos brèves rencontres, de l'entendre se pâmer d'amour devant ce zéro, ce minable. Je n'avais jamais été amoureuse de ma vie ; à treize ans je n'étais pas non plus sensuelle pour deux sous, donc évidemment je ne comprenais pas l'intérêt de passer des après-midi entières à s'embrasser à pleine bouche, et à se peloter, couchés sur une vieille couverture au fond des bois. Clairement, j'avais beau essayer d'imaginer en quoi c'était aussi « merveilleux » qu'Anna le disait, je ne voyais pas ! Et ça me mettait en colère, très en colère. Je parlais souvent mal à Anna, la rembarrais quand elle me chantait trop les louanges de son « Ralph ». Anna ne prenait pas les choses au tragique, elle se contentait de rire à mes remarques, et de me dire qu'un jour je comprendrais ce qu'elle ressentait, et que je m'en voudrais de l'avoir si mal traitée.

Mais la rupture entre nous fut vraiment consommée le soir du bal de la Pentecôte de notre année de quatrième. Cela faisait déjà plusieurs mois qu'Anna sortait avec Raphaël et qu'elle me demandait régulièrement de lui servir d'alibi. En effet, ses parents avaient très mal pris la nouvelle : à la grande surprise d'Anna, qui pensait naïvement que Marie-Georges et René seraient ravis de la savoir en couple avec son amour de toujours, apprendre que leur fille de treize ans fricotait avec le mauvais génie du village de quatre ans son aîné, avait au contraire rendus les Beaupré furieux. Ils surveillaient Anna de près et elle n'était officiellement autorisée à sortir que pour me rendre visite. La conséquence de cette surveillance rapprochée, c'est qu'Anna mentait souvent à ses parents, et que je devais donc leur mentir également. Aussi, quand Marie-Georges téléphonait chez moi pour savoir si Anna était bien arrivée, étais-je toujours morte de honte de prétendre que oui, bien évidemment, elle était juste à côté de moi, alors que je savais qu'elle était en train de se rouler dans les aiguilles de pin avec son triste sire. Et là encore, quand je faisais part à Anna de ma honte, de mon malaise, moi qui détestais le mensonge et la dissimulation, elle se contentait de rire et de tourner en ridicule ma rigidité. « Merde, Bront, amuse-toi un peu, on dirait que t'as cent ans », répétait-elle à longueur de temps.

Pour le bal de la Pentecôte auquel nous avions été autorisées à assister depuis notre année de CM2, le rituel était toujours le même : Anna venait à la maison en fin d'après-midi déposer ses affaires pour la nuit. Pour l'occasion ma mère nous dépliait le canapé dans le bureau au rez-de-chaussée. Vers 19 h 30, mon père nous conduisait en voiture à la salle des fêtes. Le trajet durait en moyenne cinq minutes, mais il avait tout de même le temps, durant ce bref intervalle, de nous mettre en garde contre les pervers, les violeurs, les drogues qu'on glisse dans un verre sans que personne ne s'en aperçoive, le coma éthylique, la cigarette, la marijuana, la cocaïne, et même les zouks trop collés serrés.

Nous retrouvions alors nos amis pour manger avec eux les traditionnelles carcasses de canards grillées, nous dansions ou chahutions puis, à 23 h 45, nous sortions par la porte de derrière qui donnait sur le petit sentier à travers bois, lequel nous amenait directement à l'arrière de mon jardin. Nous courions à la lueur de nos lampes torches emportées spécialement pour l'occasion, car il fallait absolument qu'à 23h 59 au plus tard nous poussions la porte d'entrée pour entendre depuis l'étage le murmure de mon père qui ne voulait pas réveiller ma mère : « Tout va bien les filles ? Tout s'est bien passé ? ». Lui ne dormait pas, il veillait jusqu'à ce qu'on rentre à la maison. Déformation professionnelle, disait-il. Il avait dû trop souvent réveiller en pleine nuit des parents pour leur annoncer la mort de leur fils ou de leur fille dans un accident de voiture ou de scooter… Il s'était toujours juré que le malheur ne viendrait jamais le cueillir comme ça, par surprise, en plein sommeil.

Quand on sortait Julius ou moi, il bouquinait en attendant que ses enfants soient rentrés au logis.

Il était donc impensable d'avoir une minute de retard, car je savais que dans le cas contraire, il alerterait immédiatement toutes les unités de gendarmerie, de police, les pompiers et, qui sait ? Pourquoi pas le FBI ? Comme je l'en plaisantais parfois. Ce n'est pas toujours facile d'avoir un papa gendarme…

Mais cette année-là, l'ouragan Raphaël bouleversa le rituel. Ma mère déplia le canapé-lit du bureau, comme d'habitude, Anna vint, comme d'habitude, déposer ses affaires, mon père nous conduisit, comme d'habitude, à la salle des fêtes. Mais une fois à l'intérieur, Anna se précipita vers Raphaël et ne le quitta plus de la soirée. Vers 23 h 30, je m'approchai d'eux pour indiquer à Anna qu'il était temps de faire ses adieux à son Roméo. J'avais calculé que cela leur laissait largement le temps de mélanger leurs langues, puisqu'ils paraissaient trouver ce rituel humide et baveux si agréable. Mais Anna me regarda d'un air gêné :

— En fait, Lizzie, je ne rentre pas avec toi.

— Comment ça ? Mais bien évidemment que tu rentres avec moi. Tu dors chez moi je te signale, et tu sais très bien que si nous ne sommes pas à la maison à minuit mon père va alerter tous les flics du canton !

Raphaël me regardait d'un air ironique et son ton, quand il s'adressa à moi, était clairement agressif :

— Il ne les alertera pas si tu ne lui dis pas qu'Anna n'est pas avec toi. Tout ce que tu as à faire, c'est rentrer normalement chez toi, dire à ton père que tout va bien et te contenter de discrètement entrebâiller le volet, et laisser la fenêtre ouverte. Demain matin, quand tu te réveilleras, Anna sera sagement endormie à côté de toi. Tu vois ? Pas besoin d'affoler les copains flics de papounet.

Anna lui jeta un regard de reproche, et m'entraîna

à l'écart. Elle posa une main apaisante sur mon bras :

— S'il te plaît, ma Lizzie, fais ça pour moi, je te le revaudrai, je te le jure.

— Mais je ne comprends pas, tout ça pour rester plus longtemps au bal ? Et imagine si on se fait prendre ? On sera privées de sortie jusqu'à l'Université.

— Alors, ne nous faisons pas prendre. La grand-mère de Raphaël n'est pas chez elle ce soir donc, tu comprends, on va en profiter…

— En profiter pour faire quoi ?

Elle leva les yeux au ciel.

— Pour baiser, Lizzie ! Ça fait six mois que Ralph attend ça, il dit qu'il n'en peut plus. Dans les bois on peut se tripoter, mais on n'a jamais pu aller plus loin… Trop peur de se faire surprendre. Là on va enfin être tranquilles.

— Tu veux dire que là ce soir, tu vas *Le* faire avec Raphaël ? Pour de vrai !

Je n'en revenais pas. Bien sûr, Anna m'avait confié qu'ils faisaient plus que s'embrasser tous les deux, qu'ils se touchaient de manière parfois très intime, mais de là à imaginer qu'ils allaient aller plus loin ! Et elle m'annonçait une nouvelle pareille avec un tel détachement !

— *Le* faire. Arrête de parler comme si tu avais huit ans, Lizzie, franchement ! On va baiser, oui ! La crudité du mot me fit sursauter et je regardai machinalement autour de moi pour vérifier que personne ne pouvait surprendre notre conversation. Il y a pas mort d'hommes, arrête de me regarder comme ça. Allez file, tu vas être en retard !

Déjà Anna s'éloignait, mais elle se retourna soudain, et me serra fort contre elle avant de s'élancer vers Raphaël qui ne l'avait pas lâchée des yeux durant tout notre échange

Je partis donc seule dans la nuit, légèrement sonnée.

Je courus tout le long du chemin, le sang battant à mes oreilles. Arrivée à la maison, j'entrouvris la porte et j'entendis immédiatement résonner dans la cage d'escalier la voix de mon père qui chuchotait depuis l'étage :

— Tout va bien les filles ? Vous vous êtes bien amusées ? Je sentis mon cœur se serrer.

— Oui, papa, tout va bien. Bonne nuit.

Dans le bureau je déverrouillai discrètement la fenêtre et entrebâillai le volet, puis je me couchai. Mais je ne pus trouver le sommeil. Je ne cessais d'allumer la lumière pour regarder l'heure sur l'imposante franc-comtoise dont le tic-tac sonore semblait prendre un malin plaisir à mettre mes nerfs à vif. Il était presque sept heures du matin quand Anna se glissa par la fenêtre avec l'agilité d'une chatte de gouttière. Elle se contenta d'ôter ses chaussures et se faufila sous les couvertures à côté de moi. Elle sentait la cigarette, la nuit et autre chose aussi, l'*after shave* bon marché de Raphaël. Cette odeur, dans mon lit, me choqua, comme une agression. Je me forçai à respirer lentement pour ne pas montrer à Anna que j'étais réveillée.

Le lendemain, vers midi, ses parents vinrent la chercher sans que nous eussions échangé un seul mot sur ce qui s'était passé la veille ; et dans les semaines qui vinrent, je développai des stratégies pour ne plus la voir ni lui parler. Je ne l'appelais plus ; quand elle téléphonait, je faisais dire à mes parents que je n'étais pas là. Les rares fois où elle se risqua à venir me voir à vélo, je me cachai dans la grange.

Que reprochais-je exactement à Anna ? À l'époque c'était confus, la colère en moi faisait entendre un grand tumulte, et je n'avais pas l'oreille assez fine pour y distinguer quelque chose. Je dirais aujourd'hui, avec le recul, que j'en voulus à Anna de m'avoir forcé à faire, par amour pour elle, ce que je n'avais jamais fait pour moi-même : mentir à un père que j'adorais, à qui je m'étais juré d'être toujours loyale.

J'avais trop vu mes parents souffrir des frasques à répétition de Julius, je les avais vus se torturer l'esprit, s'inquiéter, quand il ne rentrait pas, quand il sentait l'alcool, la cigarette, quand le lycée appelait pour annoncer qu'il avait « encore » séché les cours… C'était comme un engagement tacite que j'avais passé avec eux : ils s'étaient suffisamment inquiétés pour leur fils aîné, leur fille cadette ne leur donnerait jamais le moindre motif d'alarme et ne les décevrait jamais.

Je ne pardonnais pas à Anna de m'avoir poussée à renier ce pacte, surtout pour un aussi triste prétexte qu'une partie de jambes en l'air avec Raphaël Tonneins.

Et, à présent, le temps ne semblait pas avoir amoindri l'hostilité entre lui et moi. Je lui répondis avec autant de froideur que je le pus.

— Raphaël, c'est bien ça ? En effet, j'ai eu un peu de mal à te reconnaître. Tu as beaucoup changé.

À l'éclair de colère qui s'alluma dans ses pupilles vertes, je compris que mon coup avait porté. Après tout, il devait bien avoir un miroir et, s'il était resté aussi vaniteux que du temps de son adolescence, il devait mal vivre la perte de sa beauté insolente.

— Toi pas trop en revanche, t'es toujours aussi mal fagotée. Pourquoi tu es revenue ? Juste pour l'enterrement d'Anna ? Vous n'étiez pourtant plus amies depuis longtemps.

— Nous avons été amies, il y a longtemps, et rien qu'en mémoire de ça, je me devais d'être là. J'ai été étonnée de ne pas t'y voir, d'ailleurs…

Il éclata d'un rire mauvais.

— Qu'est-ce que j'aurais été foutre à l'enterrement d'Anna, franchement ?

— Vous êtes sortis ensemble pendant trois ans.

Tu étais son premier amour, vous avez été très amoureux l'un de l'autre, j'aurais trouvé normal que tu sois présent.

— Mais putain, Élizabeth, tu es toujours aussi gourde qu'à douze ans ! Je n'ai jamais été amoureux d'Anna, je l'ai sautée, comme pas mal de gars après moi… et aussi comme pas mal de gars avant moi, d'ailleurs !

Il cracha presque cette dernière remarque. Je le regardai, éberluée par tant de fiel. Je me mis à trembler d'une rage que je ne me savais pas posséder. Comment pouvait-il ? Comment ce salopard pathétique avec ses dents pourries osait-il parler ainsi d'Anna ? Quand je pus parler, ma voix vibrait de rage et je l'entendis presque claquer comme un fouet.

— Comment peux-tu dire ça ? Tu sais très bien qu'Anna n'a jamais aimé que toi, et tu es bien placé pour savoir que tu étais le premier, alors arrête de colporter des saloperies sur elle !

Il secoua la tête, me regardant avec un air de mépris apitoyé et lâcha :

— Désolé de gâcher tes illusions, Élizabeth, mais Anna n'était pas vierge quand elle a couché avec moi. Tu sais ce que ça veut dire, ça ? Ça veut dire qu'elle avait déjà écarté les cuisses pour quelqu'un d'autre et, crois-moi, elle était déjà une bonne petite salope !

Sur ce, il leva son verre comme pour porter un toast et se mit tranquillement à finir sa bière. Une deuxième l'attendait sur le comptoir.

Un voile rouge recouvrit lentement mes yeux tandis que le son dans mes oreilles s'atténuait. J'avais envie de le tuer. Voir son sang couler apaiserait peut-être la fureur qui s'était emparée de moi et me faisait vibrer comme une corde de violon trop sensible. Pourtant, ma main ne trembla pas quand j'attrapai le verre plein. Mes gestes étaient lents, mesurés, Raphaël me regarda d'un air légèrement étonné, mais il dut penser que j'allais trinquer avec lui, car il ne réagit pas. Je tendis mon bras en avant, et lui balançai toute la bière au visage.

— Et ça, ça veut dire laisse les morts reposer en paix, connard !

J'avais hurlé.

Le temps était suspendu. J'eus vaguement conscience d'un mouvement autour de nous, du silence aussi, la musique s'étant tout à coup arrêtée, et puis tous les regards braqués sur nous. Une pause, une respiration, le regard ahuri de Raphaël derrière ses mèches dégoulinant de bière.

— Espèce de sale pute !

Il se leva brusquement, renversant son tabouret, fit un pas vers moi et me balança une gifle si violente qu'elle envoya heurter ma tête contre le comptoir. Je m'écroulai à terre, comme une poupée de chiffon. Raphaël fit mine de courir vers moi pour me chausser au sol de coups de pied sans doute, mais avant que j'eusse le temps, dérisoire protection, de placer mes mains devant mon visage, il me sembla que mon agresseur s'envolait dans les airs. C'était Pierre. Il le souleva d'un seul de ses bras puissants, serrant son cou si fort que je crus presque voir les yeux de Raphaël sortir de leurs orbites, puis il lui administra un magistral coup de poing dans le nez. Raphaël s'effondra sur le sol en se tenant le visage à deux mains.

— La prochaine fois que tu la touches, je te tue.

Pierre s'avança vers moi, posa un genou à terre devant moi, me fit basculer contre sa poitrine et se releva, me serrant fort contre lui.

— Allez viens, Bront, je te ramène.

J'enfouis mon visage dans son cou et éclatai en sanglots. Pierre se contentait de me caresser doucement les cheveux. Contre mon oreille, j'entendais les battements sourds et réguliers de son cœur. Je n'avais plus envie qu'il me lâche. Jamais. Je me sentais tellement en sécurité entre ses bras. Il marcha à grandes enjambées vers sa voiture, comme s'il avait porté un simple oreiller de plume, et non une gironde jeune femme dont le poids avoisinait les soixante kilos. Il me déposa sur le siège passager, puis fit le tour pour venir s'installer au volant. Il se pencha pour attraper un kleenex dans sa boîte à gants et le plaqua sur mon sourcil.

— Fais un point de compression, Bront.

Je ne m'étais même pas rendu compte que je saignais.

Au carrefour, il tourna à gauche.

— Pierre qu'est-ce que tu fiches ? Ma maison est de l'autre côté.

— Je sais, mais on va d'abord chez moi histoire que je désinfecte cette plaie. Ce n'est pas bien méchant, mais il ne faut pas la laisser s'infecter.

— Je te signale qu'il doit bien rester chez moi de la Bétadine quelque part.

— Périmée depuis 2002 ? Tu trouves que ta vie manque de piment, Bront ? Tu as envie de te choper un bon petit Tétanos histoire de corser un peu les choses ?

— Fort bien, allons chez toi, docteur Quinn. Mais si tu crois que je vais me laisser cautériser au fer blanc, je te préviens tout de suite que ce sera non !

Le trajet fut bref, et la voiture tourna dans un petit sentier défoncé qui débouchait dans une immense airial.

Pierre se gara à côté d'une ancienne bergerie en pierre *niogha.*

— Nous y voilà ! Attends, ne bouge pas, je vais t'aider à descendre.

— Ça va, j'ai mal à la tête, mais je peux marcher.

— On ne sait jamais, il faut rester prudents après un choc sur le crâne. Crois-moi, j'en sais quelque chose.

Il m'aida à descendre et je m'appuyai contre lui pour marcher jusqu'à la maisonnette.

— C'est chez toi ? C'est magnifique !

Pierre haussa les épaules.

— Bof, ce n'est pas grand-chose. J'ai grandi ici, tu sais. Tu vois là-bas ? Il désignait à l'autre extrémité de l'airial, derrière un bouquet de pins parasols, une maison typiquement landaise, avec son toit à trois pentes, et son auvent tapissé de vigne vierge. C'est la maison de mon père. La bergerie tombait en ruine et quand j'ai décidé de m'installer à mon compte, il me l'a donnée et j'ai commencé à la retaper. Ce n'est pas Versailles, mais je m'y sens bien.

Je levai les yeux sur Pierre. Je me rendais compte que je le connaissais fort peu en réalité. Je connaissais de vue son père. Il avait élevé seul son petit garçon. J'avais su par les ragots du village que la mère de Pierre était partie, quand il avait trois ans, et n'avait plus jamais donné signe de vie. Marthe m'avait dit un jour : « Elle était magnifique, jamais de ma vie je n'ai vu une femme aussi belle, mais elle n'était pas d'ici, c'était une gitane… Les gitans ne restent jamais assez longtemps au même endroit pour qu'il leur pousse racines aux pieds. » J'imaginais la tristesse d'un petit garçon qui grandit sans présence maternelle, mais je n'osai pas aborder le sujet avec Pierre, cela me semblait indiscret.

— Je ne savais pas que tu avais grandi ici, je crois même que je n'étais jamais venue dans ce quartier. C'est un petit paradis sur terre, loin de tout.

— Ouais. Quand j'étais jeune, je trouvais que c'était l'enfer de vivre si loin du bourg, loin de mes copains. J'en voulais à mon père. Lui te dirait que je devrais lui être reconnaissant, car ça me forçait à faire au moins trente bornes de vélo par jour pour rejoindre mes potes. Il est convaincu que c'est grâce à ça que je suis devenu un sportif de haut niveau !

Il ouvrit la porte, alluma la lumière et je découvris un grand séjour avec de vieilles tomettes rouges au sol.

Pierre me fit asseoir sur un canapé recouvert d'un plaid face à une immense cheminée en briquettes qui montait jusqu'au plafond.

— Il ne fait pas chaud, j'allume un petit feu et après on s'occupe de cette blessure, Bront.

— Ok, Isaiah. Tu as besoin d'aller fendre du bois ou tu as des réserves ?

— Toujours prêt, comme les Scouts ! affirma-t-il en sortant des bûches d'un coffre attenant à la cheminée.

Quand le feu crépita joyeusement, Pierre alla chercher une trousse de premiers secours. Il s'assit à côté de moi sur le canapé, ôta délicatement le kleenex que je tenais toujours pressé contre mon arcade sourcilière. Il était plein de sang. Pierre le balança dans le feu.

Il me désinfecta avec une compresse imprégnée d'alcool. Je tentai de rester stoïque, mais la brûlure me surprit et je me raidis en poussant un cri étouffé.

— Ça va, Bront, tu veux qu'on fasse une petite pause ? Finalement j'aurais peut-être dû tuer directement ce fils de pute.

— Disons que je pense l'avoir un peu cherché…

— Quoi que tu aies pu lui dire ou faire, ça ne valait pas ce qu'il t'a fait. Ce type a toujours été un gros con prétentieux, et en plus il joue au foot !

— Non sérieusement, Pierre, je l'ai traité de connard, je lui ai jeté ma bière à la figure. C'était impulsif et bête de ma part. Je savais qu'il allait mal réagir.

— La vraie question dans tout ça, Bront, c'est pourquoi ?

— Comment ça pourquoi ?

— Pourquoi lui as-tu balancé ton verre à la gueule. Je te connais, Bront, tu n'aurais jamais fait ça sans une bonne raison.

— Il m'a dit des trucs sur Anna...

— Quel genre de trucs ?

Pierre avait fini de désinfecter ma plaie et avait

appliqué un pansement. Il rassembla la compresse souillée, les emballages qu'il jeta dans le feu puis revint s'asseoir à côté de moi.

— Quel genre de trucs, Bront ? répéta-t-il en me regardant.

— Il a dit qu'Anna était une salope, en gros qu'elle s'était envoyée en l'air avec tous les gars du coin et aussi… Je m'interrompis un instant avant de reprendre. Et aussi qu'elle n'était pas vierge quand elle avait couché avec lui.

— Le bâtard, il n'a jamais supporté qu'elle l'ait quitté. Mais quel besoin avait-il de te dire tout ça ?

— Donc tu penses que c'est vrai ?

Pierre se passa une main dans les cheveux, ébouriffant encore un peu plus sa tignasse qui ne devait pas croiser les ciseaux d'un coiffeur plus de deux fois l'an.

— Bront, je ne sais pas trop quoi te dire… Il était embêté. Cela se voyait. Une chose est sûre, elle ne s'est pas envoyée en l'air avec TOUS les gars du coin. Elle ne s'est pas envoyée en l'air avec moi, par exemple !

— Dis-moi sérieusement, Pierre.

— Sérieusement ? Oui, Anna était connue pour avoir pas mal d'amants. Et tu sais comment sont les gens dans les petits villages ; on pardonne tout à un type qui se lève cinquante filles par soirée, c'est un Casanova, le héros du patelin, mais dès qu'il s'agit d'une femme, alors là c'est le drame, c'est une pute et plus personne ne lui parle. Où est le problème, Bront ? Franchement, tu vaux mieux que ces minables langues de vipère. Tu découvres que ton amie d'enfance aimait la gaudriole, et soudain c'est la catastrophe et tu voudrais la renier ?

— Mais, pas du tout, c'est pas ça, c'est juste que…

— Dis-moi franchement, Bront, tu as balancé ton verre à la gueule de Ralph parce que tu ne voulais pas qu'il mente sur ton amie, ou parce que tu ne supportais pas l'idée qu'il ait pu dire la vérité ? Oui, Anna avait une sale réputation dans le village, mais ça ne l'empêchait pas d'être une chouette fille. Et je ne vois pas ce que les paroles d'un connard comme Raphaël Tonneins peuvent enlever à l'amitié qui vous a unies.

Pierre parlait sans colère, mais aussi sans concession. Ce mélange de franchise et de douceur me donnait, à moi aussi, l'envie d'être absolument sincère.

— Je dois te sembler aussi prude qu'une Mère Supérieure. C'est toi qui as raison bien sûr, mais en fait, je crois surtout que je n'ai pas supporté qu'il me dise qu'elle n'était pas vierge quand il l'a connue, car si c'est vrai, et il avait l'air diablement sûr de lui, alors ça veut dire qu'elle a gardé ce secret. Elle ne me l'avait jamais dit. J'ai toujours cru que Raphaël était son premier… euh… Enfin, était son premier, quoi. Je sais, tu vas trouver ça débile, mais pour moi, si elle a gardé ce secret, ça signifie qu'on n'était peut-être pas les meilleures amies que je croyais que nous étions ; et d'un coup je ne sais plus trop pourquoi je suis revenue…

— Bront, tu ne crois pas que tu accordes trop d'importance à quelque chose qui dans le fond ne l'est peut-être pas tant que ça ? Anna avait peut-être couché avec un autre type avant Ralph et n'avait pas voulu t'en parler, peut-être parce qu'elle avait honte, ou peut-être parce qu'elle a pensé que ça n'avait aucun intérêt de te le dire. Franchement, Bront, la première fois que j'ai couché avec une fille, je n'ai pas lancé une dépêche A.F.P !

C'était bien là une remarque typiquement masculine. Évidemment Pierre ne pouvait pas comprendre, mais il me paraissait impensable qu'Anna m'ait caché un secret aussi énorme. Il restait donc la possibilité que Raphaël ait menti. Pourtant, il m'avait paru sincère. Et s'il avait dit la vérité, cela impliquait qu'il y avait eu un autre garçon, dont je ne soupçonnais pas l'existence.

Je fixai un instant les flammes en silence, soudain consciente que je n'avais peut-être connu d'Anna que la surface émergée, quand tout un pan de sa personnalité demeurait enfoui sous les eaux profondes du mystère.

J'étais alors loin de me douter de l'immensité de l'iceberg auquel je me heurterais les jours suivants. Je décidai de garder ce nouveau mystère pour plus tard et souris machinalement à Pierre :

— Oui, tu as sans doute raison, je fais une montagne de pas grand-chose. Tu me fais visiter ta maison ?

— Avec plaisir. Il se leva et me tendit la main pour m'aider à me relever. Je me sentais encore légèrement groggy. Tu sais, ça va être vite fait, ce n'est pas très grand. Donc, comme tu peux le constater, tu es dans la pièce principale qui fait à la fois office de cuisine, salon, salle à manger et bureau.

Il désigna une mezzanine dans un coin de la cheminée à laquelle on accédait par une échelle de bois tout vermoulu. Il ouvrit ensuite une première porte qui donnait sur une salle de bain comme je n'en avais jamais vu. Au sol, les mêmes tommettes que dans le séjour, des murs blanchis à la chaux, une vieille baignoire sabot au milieu. Pour le lavabo, une bassine de zinc, surmontée d'une robinetterie ancienne, avait été fixée sur un tonneau. J'étais ébahie.

— C'est magnifique, Pierre, c'est toi qui as fait tout ça ?

— Oui, j'aime énormément l'idée de donner une seconde chance aux objets. Et puis, ajouta-t-il en me faisant un clin d'œil, être apiculteur, c'est un emploi fictif, ce sont les abeilles qui font tout le boulot, alors il me reste plein de temps pour bricoler !

Je n'ajoutai rien, car les compliments avaient l'air de mettre Pierre mal à l'aise, mais ce que j'avais sous les yeux ne s'apparentait pas du tout à du bricolage. Pierre était extrêmement doué de ses dix doigts. Mes yeux tombèrent malgré moi sur ses grandes mains brunes et une vague de chaleur soudaine m'envahit quand je les imaginai plaquées sur ma peau nue. Il fallait que j'arrête ça tout de suite !

La dernière pièce dans laquelle nous entrâmes était sa chambre. Un immense lit en bois – je le soupçonnais de l'avoir fabriqué lui-même à sa taille – une armoire, et une table de chevet. C'était une pièce très simple et cette simplicité m'émut. J'étais clairement dans de sales draps. Tout ce que je découvrais sur Pierre Lafitte me plaisait, me plaisait même beaucoup. Cette constatation me terrifiait et je ne savais plus dire si le poignard qui me transperçait le ventre était celui de la peur ou du désir. Pierre n'avait pas prononcé une parole depuis qu'il avait ouvert la porte de la chambre. Je l'entendais respirer calmement derrière moi, et moi, j'avais soudain l'impression de manquer d'air. Pour me donner une contenance, je m'approchai de sa table de chevet et pris le livre qui était posé dessus.

— *Walden*, de Thoreau ? Tu aimes ?

J'entendis sa voix grave derrière moi :

— Oui, je dirais même que c'est ce livre qui m'a tout appris. Je sentis sa voix se faire plus taquine. Tu sais, Bront, Thoreau conseille de n'avoir que trois chaises chez soi, une pour la solitude, une seconde pour l'amitié, et une troisième pour la société. Moi comme tu vois, j'ai tout misé sur le lit.

Tout en parlant, il s'était approché de moi. Je sentais son souffle effleurer mon cou. Mes membres étaient soudainement devenus liquides.

— Euh, oui c'est sûr que vu sa grandeur, tu pourrais y loger au moins trois personnes. Nulle, cette remarque était complètement nulle ! Qu'est-ce qui m'avait pris de dire un truc aussi nul ! Mon cerveau semblait s'être changé en bouillie informe. J'étais pétrifiée sur place, n'osant bouger, ne sachant plus d'ailleurs si mes jambes auraient été en mesure de me porter.

Ses lèvres brûlantes vinrent se poser sur le lobe de mon oreille, et il murmura en riant doucement :

— Bront, je rêve ou tu me proposes un plan à trois ? Je suis choqué ! Je pensais que pour ce soir, on pouvait être conventionnels, et se contenter d'être deux !

Mais avant que j'eusse le temps de protester, il se mit à déposer des baisers tout le long de la ligne de mon cou, descendant jusqu'à mon épaule, qu'il dénuda lentement tandis que sa main droite venait enserrer ma taille. Je sentais dans mon dos les muscles durs de ses abdominaux et de sa large poitrine, tandis que contre mes fesses se pressait la preuve massive de son désir à mon égard.

Il me fit lentement pivoter vers lui et captura ma bouche. Ses lèvres pleines et douces vinrent épouser les miennes, les picorant d'abord de petits baisers légers et doux comme des ailes d'oiseau, puis, peu à peu, les dévorant, plus profondément, plus avidement. Personne ne m'avait jamais embrassée ainsi et, un instant, je restai interdite, ne sachant comment répondre, mais je sentis bientôt que je lui rendais ses baisers. Je m'agrippai aux épaules de Pierre, de peur sans doute de tomber à la renverse et il en profita pour me serrer plus fort encore. Il me souleva dans ses bras puissants et écarta impatiemment la couette pour me déposer au creux de son immense lit. Il se pencha pour délacer mes bottines et enfouit son visage dans mon décolleté. Ce fut avec des doigts fébriles, légèrement tremblants qu'il déboutonna ma robe et dégrafa mon soutien-gorge. Il abaissa sur ma poitrine découverte des yeux enflammés. Je sentis ses lèvres se refermer sur mon téton gauche en dessous duquel mon cœur battait furieusement tandis qu'il caressait mon sein droit en murmurant contre ma peau frissonnante.

— Bront, quelles autres merveilles caches-tu sous

ces haillons de diseuse de bonne aventure ?

Je lui donnai un coup sur l'épaule en guise de protestation, mais ne parvins même pas à émettre une parole intelligible. Mes hanches n'étaient plus reliées à mon cerveau et, douées d'une volonté propre, elles se levaient frénétiquement, cherchant à entrer en contact avec les hanches de Pierre, tandis qu'entre mes cuisses, un point brûlant cherchait, appelait, quémandait.

La tête brune de Pierre poursuivit sa lente exploration pour se perdre plus au sud de mon hémisphère. Il retroussa ma jupe sur ma taille, abaissa ma petite culotte sur mes chevilles et sa langue vint délicatement se poser sur le bourgeon enflammé dans lequel toute mon énergie vitale semblait s'être concentrée. Je bondis, tentai de protester. Il n'allait quand même pas m'embrasser, là ! Apparemment si ! C'était précisément ce qu'il comptait faire !

— Chut, Lizzie, reste tranquille, j'ai trop envie de te goûter. Fais-moi confiance, tu vas aimer.

Sa tête disparut de nouveau entre mes cuisses et sa langue vorace se mit à sucer, lécher, savourer ; mes mains éperdues vinrent s'accrocher à ses boucles brunes. La chambre était emplie de gémissements, et je mis un moment avant de saisir que cette voix mourante aux sanglots suppliants était bien la mienne.

Des vagues successives semblaient monter à l'assaut de mes membres alanguis, toujours plus hautes, toujours plus intenses, et à chaque nouvelle crête, mon corps, que seules les larges mains de Pierre arrimaient au matelas, se tordait un peu plus sous la puissance du désir qui paraissait me consumer tout entière. Quand Pierre cessa cette délicieuse torture, il écarta plus largement mes cuisses et vint se positionner au-dessus de moi. Je voyais les muscles puissants de ses bras saillir dans l'effort qu'il faisait pour ne pas m'écraser. Il captura de nouveau ma bouche, avec plus de douceur, tandis que son sexe, lentement, me pénétrait. Centimètre par centimètre, comme une coulée de lave brûlante, je le sentis prendre possession de moi, me marquer, me revendiquer.

— Ça va, Bront, tout va bien ? Sa voix était rauque, essoufflée, et ses yeux penchés sur moi étaient pleins de quelque chose que je ne sus pas définir, de la tendresse, mais aussi de l'inquiétude, et toujours ce merveilleux petit sourire en coin.

Je n'étais même plus en état de parler, je me contentai d'acquiescer, tentant de mettre dans mon regard toute la tendresse que je ressentais à cet instant. Cette réponse dut lui suffire, car il se mit à se mouvoir en moi, à un rythme d'abord lent, puis de plus en plus rapide. Des picotements naquirent à la pointe de mes pieds, remontèrent lentement le long de mes jambes, mon ventre, mes bras, jusqu'au bout de mes doigts, puis ces picotements se muèrent en langues de feu qui faisaient bouillonner mon sang. Une déflagration intense se produisit au plus profond de mon être et m'arracha un long cri surpris. Je me convulsai en sanglotant le nom de Pierre. Je le sentis aussitôt se raidir contre moi et je compris qu'il jouissait, m'inondant de sa semence brûlante.

Il s'alanguit contre moi, appuyant son front sur le mien tandis que nous reprenions tous deux difficilement notre souffle, comme deux lutteurs au terme d'un combat. Il finit par rouler sur le côté, m'attira sur sa poitrine en me serrant fort contre lui. Il rabattit la couette sur nous. Je ne sentais plus mes jambes et de légers picotements continuaient d'agiter mon corps de doux frissons. Sous son menton, je relevai la tête. Il avait les yeux fermés, mais ses lèvres souriaient.

— Alors c'est ça un orgasme ?... On m'en avait parlé, mais je pensais que c'était une légende, un peu comme le trésor des templiers… Merci, Lafitte.

Mon ton faussement désinvolte et badin dut sonner faux : je ne voulais surtout pas montrer que ce qui s'était produit me bouleversait au-delà des mots. J'avais peur, si je me laissais aller, de ne plus jamais vouloir sortir de ce lit, ni de ces bras.

Pierre fut-il déçu de mes paroles ? Il n'en laissa rien paraître.

— Mais de rien, Bront. À ton service ! se contenta-t-il de répliquer en déposant un baiser sur mon crâne.

Quelques minutes après, il dormait comme un bienheureux. Je restai allongée quelques instants, cherchant moi aussi le sommeil. Mais après de longues minutes passées à me tourner dans tous les sens comme une anguille, il m'apparut clairement que je serais incapable de trouver le sommeil. J'avais besoin de retrouver le calme de ma chambre pour réfléchir, me recentrer. Je me sentais à vif, traversée par des émotions qui menaçaient de me submerger et de déborder sous forme de larmes ou de fou rire, je ne savais même plus. La seule chose à peu près nette dans mon esprit c'était qu'il fallait que je prenne la fuite et d'urgence !

Je ramassai mes vêtements avec des précautions de Sioux, précautions bien inutiles d'ailleurs, car l'Orient-Express aurait pu traverser la chambre sans que rien ne vînt troubler le sommeil de Pierre Lafitte dont le souffle régulier soulevait la large poitrine avec la régularité d'un métronome.

Je me faufilai hors de la chambre, me chaussai, enfilai ma veste, mais, quand je sortis sur le perron, en pleine nuit, baignée par la seule clarté des étoiles, je pris conscience que j'avais non seulement passé une folle nuit de débauche avec un homme que je connaissais à peine, et que je n'avais pas embrassé une seule fois avant ce soir, chose qui ne m'était jamais arrivée auparavant (*et dont j'aurais pu jurer, seulement quelques heures auparavant qu'elle ne m'arriverait jamais*) ; mais en plus, il avait fallu, pour assouvir mon désir bestial, que je choisisse celui qui vivait au fin fond d'une clairière digne du Moyen-Âge, à trois kilomètres du village ! Enfourchant ma vieille bicyclette que j'avais retrouvée à l'arrière du pick-up de Pierre, pédalant, ahanant sous l'effort, je me maudissais entre mes dents serrées.

— Lizzie, la prochaine fois que tu couches avec le premier venu, tu en prends un qui vit au bourg, bordel !

J'imaginais le spectacle que je devais offrir aux chouettes chassant sur la lande déserte et aux chevreuils en maraude… Tout le long du trajet, je ne cessai de repenser aux bras forts de Pierre, à ses lèvres chaudes, à sa poitrine sur laquelle il aurait été si doux de reposer, et à me demander ce que je faisais là, seule, dans la nuit froide, sur mon vélo grinçant, plutôt que dans son lit douillet, enclose dans son étreinte rassurante.

Et la lune au firmament, éclairant de sa face ronde mon équipée nocturne, avait l'air de bien rire de moi.

Chapitre VI

Je me réveillai le lendemain en sursaut et totalement confuse. Il me fallut un moment pour comprendre que je me trouvai dans mon lit, dans ma chambre d'enfant. Je restai allongée un moment, à regarder la lumière matinale jouer dans mes rideaux de mousseline blanche. À douze ans, pour mon entrée en sixième, mes parents avaient intégralement fait refaire ma chambre. Je relisais alors *Autant en emporte le vent* pour peut-être la trentième fois et j'avais supplié ma mère, à défaut de posséder des robes d'organdi et des capelines ornées de rubans verts, d'avoir des rideaux de mousseline blanche gonflant au vent chaque fois que j'ouvrirais mes fenêtres. Quinze ans après, la lumière se faufilant dans leur transparence chatoyante me procurait toujours autant de plaisir.

Je m'étirai lentement et tandis que je déroulais le film ô combien riche en émotion de la veille, je plaquai deux mains sur mes joues brûlantes au souvenir de ce qui s'était passé chez Pierre.

La sonnerie du téléphone dans le couloir me fit sursauter. Qui pouvait bien m'appeler sur mon téléphone fixe ? J'avais peur de connaître la réponse et j'éprouvai une curieuse sensation au creux de l'estomac et des fourmillements au bout des doigts quand je décrochai.

— Allô ?

— Bront, je ronfle ou quoi ?

— Euh, quoi ?

— Je devais ronfler vraiment fort pour que tu aies

préféré te taper trois kilomètres à pédaler en pleine nuit sur ton vieux *gleuil* dégueulasse plutôt que de rester dormir chez moi !

J'étais mortifiée, honteuse. La voix pleine de rires de Pierre me fit me sentir encore plus misérable. Je devais lui sembler ridicule.

— Pardon, Pierre, j'imagine ce que tu dois penser de moi…

— Oh, Oh, du calme, Bront, je ne pense rien du tout de toi. Enfin si, je pense plein de choses de toi. D'abord, que tu as la peau douce, partout, et surtout au creux du dos, enfin plus précisément dans cet endroit si particulier où le dos se transforme en autre chose.

J'émis un rire qui devait ressembler à un bêlement.

— Que tu sens très bon, que tu as les jambes d'Artémis et les seins d'Aphrodite, que..

Je me raclai la gorge pour l'interrompre. La conversation prenait un tour bien trop dangereux et il fallait absolument que je garde les idées claires.

— Et par rapport à ce qui s'est passé hier soir ? Ça ne te donne pas une mauvaise image de moi ? Ma voix était presque un murmure, j'avais l'impression d'être une gamine de douze ans, mais c'était plus fort que moi, il fallait que je lui demande.

— Une mauvaise image de toi ? J'entendis son rire franc. Mais, Bront, on est au vingt et unième siècle, bordel ! Tu n'as commis aucun crime, d'accord ? Tu as couché avec un garçon célibataire après une soirée mouvementée et bien arrosée. Ce qui s'est passé hier soir me donne juste l'impression que tu es une jeune femme en pleine santé, dotée d'un appétit sexuel tout à fait normal. Et puis c'est bien connu que je suis irrésistible, Bront. Tu n'avais aucune chance.

— Bon, d'accord, tu as gagné, je me sens complètement ridicule. Ce genre de choses doit tout le temps t'arriver, alors que pour moi, c'était totalement inédit.

Je l'entendis soupirer.

— Non, non, Bront, ce genre de choses ne m'arrive pas « tout le temps », comme tu dis. Et quand je suis assez chanceux pour que « ça » m'arrive, mes conquêtes restent toute la nuit avec moi et au matin m'apportent un petit déjeuner au lit. Bon, pour cette fois, je t'excuse. J'ai fait une fournée de muffins, donc si tu veux, je passe te chercher, je te fais déjeuner, et après on retourne au lit, histoire que tu me présentes tes excuses pour ce lâche abandon en plein milieu de la nuit. Moi qui ai des terreurs nocturnes en plus !

Mais sa plaisanterie ne m'arracha qu'un sourire sans joie et je n'entrai pas dans le jeu. J'avais décrété depuis le jour de mon retour que Pierre Lafitte méritait la vérité et, en outre, je n'avais pas le cœur de poursuivre plus avant ce marivaudage.

— Merci Pierre, vraiment merci d'essayer de me faciliter à ce point les choses, j'apprécie, mais je ne suis pas… comment te dire… à l'aise et, non, vraiment, je ne crois pas du tout que ce soit une bonne idée que je revienne chez toi. Hier soir, j'avais bu, il y a eu cette histoire avec Raphaël, bon bref, je ne me cherche pas d'excuse, mais je crois que je n'étais pas tout à fait dans mon état normal et clairement je vis mal le lendemain de fête, je pense.

Mais comme souvent, c'est lorsqu'on prétend dire la vérité qu'on déguise le plus ses véritables pensées. Si j'avais été parfaitement sincère avec Pierre, je lui aurais dit que j'étais terrifiée, terrorisée par la puissance de ce que j'avais ressenti la veille et la crainte que ce sentiment ne soit pas réciproque. Cette désinvolture même qu'il affichait au téléphone me heurtait, car elle me montrait trop à quel point il devait être un habitué de ces situations. Évidemment les femmes tombaient toutes dans les bras du beau Pierre Lafitte et moi je n'avais pas les épaules pour vivre un autre « Olivier Gate ».

Quand il reprit, sa voix trahissait un léger agacement :

— Bront, mais je ne facilite rien du tout, juste je ne comprends pas que tu fasses un drame pour si peu.

— Ah d'accord, donc je suis ravie de savoir que ce qui s'est passé hier soir se résume, dans ton univers à *si peu* ! Au moment où je prononçai ces mots, je voulais déjà les reprendre, mais c'était trop tard.

J'entendis à l'autre bout du fil Pierre émettre un léger sifflement surpris. Quand il parla, j'entendis qu'il faisait des efforts pour garder son calme.

— Bront, ce n'est pas du tout ce que j'ai voulu dire et je pense que tu le sais très bien. Peut-être que le mieux ce serait que tu me dises exactement de quoi tu m'en veux, car là, depuis dix minutes, j'ai l'impression qu'on tourne autour du problème.

J'appuyai mon front contre la rambarde en bois de l'escalier jusqu'à sentir les rosaces sculptées s'incruster dans mon front. Je pris une grande inspiration avant de me lancer :

— Pardon, je ne t'en veux de rien et si je te dis que c'est à moi que j'en veux, tu vas encore t'énerver et me dire que je vis au Moyen-Âge, donc…

— Mais arrête, Bront, ce n'est pas du tout ce que…

Je ne le laissai pas terminer.

— Arrête, Pierre, je n'ai vraiment pas envie de me disputer avec toi.

— Mais on ne se dispute pas, on discute, et pendant ce temps les muffins refroidissent !

Je ris pour tenter d'alléger l'atmosphère.

— Lafitte, est-ce que ça te semblerait envisageable que toi et moi… on fasse comme si… rien ne s'était passé ?

Le silence s'éternisa tellement qu'un instant je crus même qu'il avait raccroché.

— Tu veux que je te réponde franchement, Bront ?

Il parlait lentement, comme s'il choisissait ses mots avec prudence.

— Je ne crois pas que je serai capable de faire comme si rien ne s'était passé entre nous, mais en revanche je peux te promettre de ne plus t'en reparler si ça te met si mal à l'aise.

— Merci beaucoup, Pierre. Et bien sûr j'espère que tu es toujours d'accord pour m'accompagner chez le notaire ce soir ? Je ne tiens pas à affronter le Félix Arnaudin 2.0 sans renfort !

Ma plaisanterie ne le fit pas rire.

— Oui, bien sûr, bien sûr, on ira ensemble. Hors de question que je te laisse toute seule avec cette bande de pingouins. Je passe te chercher en voiture ou tu as encore envie de rentrer chez toi en vélo en pleine nuit ?

—Arrête ! Oui je veux bien que tu passes me prendre.

— Votre carrosse sera avancé à 19h 30, madame.

Sur ces mots, il raccrocha.

Pierre avait beau avoir plaisanté et parlé d'un ton léger, je sentais comme une blessure et je m'en voulais de l'avoir heurté. Il me laisserait bien tranquille à présent… Et je ne pouvais m'empêcher de frémir en pensant à la horde de ses admiratrices, Pauline Melloni en tête, qui se montreraient bien moins stupides que moi. J'en vins à regretter d'avoir, par peur ou par orgueil, ainsi fermé la porte à ce qui aurait pu être et ne serait jamais. Assise par terre sur le palier, je me demandai ce qui m'avait poussé à refuser l'invitation de Pierre à retourner me blottir sous ma couette. Je repensai à ses mains sur moi, ses lèvres brûlantes, à ce qu'il avait réveillé de secret au plus profond de moi… Alors, mesurant l'étendue de mon erreur, je pris ma tête entre mes mains, et je me mis à sangloter.

Après avoir avalé un solide petit déjeuner, je me

sentis moins misérable. J'allumai mon ordinateur et j'envoyai un long message à Tom et Debbie dans lequel je leur expliquai ma décision de rester en France, et les remerciai de tout ce qu'ils avaient fait pour moi depuis des mois. Je me rendais compte que je ne pouvais pas passer ma vie à éviter ce qui me gênait. Will avait eu raison quand il m'avait parlé du tonneau des Danaïdes. La mort d'Anna m'aurait au moins apporté ça : la certitude que la vie était courte et qu'on ne devait pas gâcher de précieuses minutes à éviter ce qu'il vaudrait mieux se résigner à affronter. J'avais fui Dos pour ne pas faire le deuil de mes parents, j'avais fui la France pour ne pas faire le deuil d'Olivier. L'heure était peut-être venue d'accepter le combat. Forte de cette résolution, je composai d'une main fébrile le numéro d'Olivier. Je tombai sur sa boîte vocale : je lui laissai un message dans lequel je tentai de parler d'une voix détendue et posée. Je lui demandai de ses nouvelles et lui annonçai que j'étais de retour au pays et que j'aimerais, quand il serait libre, passer le voir et qui sait ? Boire un café, parler du bon vieux temps, ce genre de choses. J'imaginais sa surprise en entendant ma voix. Il m'avait harcelée de mails, de coups de téléphone, et même de lettres après notre dramatique vaudeville, quand je l'avais surpris au lit avec Nathalie. Il avait voulu s'excuser, s'expliquer. Je ne lui en avais jamais laissé la possibilité. Je n'avais jamais répondu. Mais aujourd'hui j'étais prête. Enfin, je l'espérais.

Vers onze heures, je décidai d'aller passer un petit moment avec Marthe. J'enfilai des collants de laine, une jupe noire semée de petites fleurs roses et un gros pull que ma mère m'avait tricoté pour mes seize ans. Quand je sortis, il faisait un beau soleil pour un mois de mars, mais un vent froid vint fouetter mes cuisses : l'hiver refusait de céder trop vite la place au printemps.

Je traversai le jardin, me faufilai à travers le trou de la clôture et toquai au carreau de la porte de la cuisine de Martha.

— Entre, me cria-t-elle depuis l'évier où elle était occupée à peler des pommes de terre. Assieds-toi, ma chérie, je vais nous servir un bon café.

Sur la table de la cuisine traînait l'exemplaire du Sud Ouest du matin. Qu'il pleuve ou qu'il vente, Martha allait chaque matin à sept heures tapantes chercher son journal et sa baguette.

La *Une* n'avait rien d'engageant. On y voyait des médecins ou infirmiers équipés comme pour aller sur la lune. Et en dessous, le titre, sinistre, étalait ses grandes lettres noires comme des ailes de corbeaux :

Coronavirus en Italie, déjà 5000 morts ! Quand la vague atteindra-t-elle la France ?

Je lus en diagonale l'article tandis que Marthe s'occupait du café.

— Pff, ça fait peur cette histoire de Coronavirus.

— Oui, ça me rappelle les histoires que me racontait ma mère sur la grippe espagnole.

— Ta mère a connu la grippe espagnole ?

— Penses-tu ? Évidemment. Elle est née en 1907. Sa mère et ses deux sœurs en sont mortes, elle m'en parlait souvent. Mais là, quelle idée ont eu ces Chinois de manger du pangolin ! Ils en ont montré un à la télévision l'autre soir, mais quelle horreur, même en velouté bien mixé je n'aurais pas envie d'y goûter !!

Je ris. Mais lorsque je tentai d'objecter à Marthe que manger du foie de canard gavé, coutume traditionnelle dans le Sud-Ouest, pourrait également paraître critiquable aux yeux d'autres civilisations, elle poussa de hauts cris et prétendit que cela n'avait absolument rien à voir, et qu'on ne pouvait décidément pas comparer nos magnifiques canards de Saint-Sever avec les affreux pangolins des Chinois. Je ne dis plus rien et n'osai pas lui citer Montaigne « *Chacun appelle barbarie ce qui n'est pas de son usage* », de peur que Marthe ne s'emportât en me demandant qui était cet escogriffe de Montaigne, et de quoi il se mêlait.

Pour changer de sujet, je sortis mon téléphone portable de ma poche et tendis à Marthe la photographie de la tombe voisine de celle d'Anna.

— Au fait, Marthe, regarde, tu la connaissais cette petite fille ?

Marthe plissa les yeux pour déchiffrer l'inscription.

— Violette Philippard, Philippard, oui, ça me dit vaguement quelque chose, mais là franchement ça ne me revient pas. En quelle année est-elle morte ? 1949… Ah, alors il s'agit peut-être de cette petite qui est morte dans le grand incendie, mais je ne le jurerais pas. Je demanderai à Simone, quand j'irai la voir à la maison de retraite.

— Le grand incendie ? Qu'est-ce que c'est que ce grand incendie ?

— Lizzie, enfin, ne me dis pas que tu n'as jamais entendu parler du grand incendie de 1949. L'incendie le plus meurtrier que les Landes, et même la France aient jamais connu. Des milliers de morts.

— Non, non, je t'assure que je n'en ai jamais entendu parler, mais raconte-moi s'il te plaît. Ma curiosité avait été piquée et j'avais hâte que Marthe m'en dise davantage. J'ai toujours aimé les histoires du passé et celle-ci me paraissait particulièrement alléchante.

Comme tout bon conteur qui se respecte, ma vieille voisine savait ménager ses effets. Elle n'entama pas tout de suite son récit. Elle mit d'abord ses pommes de terre à bouillir sur la cuisinière, nous servit deux grandes tasses de café fumant, et revint enfin s'asseoir à la table avec moi.

— Franchement, Lizzie, tu n'as jamais entendu cette histoire ? Mais qu'est-ce qu'on vous enseigne à l'école, mes pauvres enfants. Bon, attends de voir que je rassemble un peu mes souvenirs. Ça a commencé en août. On avait eu un été caniculaire. Je me souviens que j'étais enceinte de Sidonie, j'étais grosse comme une baleine et on étouffait tellement dans la maison, que la nuit, Joseph et moi, on allait s'allonger sur les chaises longues sous les chênes, à côté du poulailler, pour pouvoir dormir. Un après-midi, c'était le dix-neuf, je me souviens, on a senti l'odeur de la fumée. Joseph a tout de suite compris que c'était grave. On a su après que le feu était parti de Tore. La grande scierie avait été mise à l'arrêt parce qu'on craignait les étincelles, avec les machines. Mais le gardien avait allumé une cigarette, et tout était tellement sec… Le vent soufflait si fort ce jour-là. Le feu progressa rapidement. Les nouvelles nous arrivaient par bribes, tu sais, à l'époque, peu de gens avaient le téléphone. On nous annonçait que les flammes avaient sauté telle route, qu'elles se rapprochaient de tel hameau. On vivait dans la crainte qu'elles n'arrivent jusqu'à Dos. La fumée montait si haut dans le ciel qu'il paraît que les gens à Bordeaux ont cru à une éclipse. Le tocsin sonnait à toutes les églises. Et, tu parles, les pompiers de naguère, ils n'étaient pas équipés comme maintenant, ils avaient de vieux camions américains datant de la guerre, reconvertis en camions-citernes. Pas de combinaisons, et ils étaient peu nombreux. Et puis il n'y avait pas de pistes dans les forêts de pin comme aujourd'hui, pas de pare-feu non plus. Pour éteindre un incendie, en ce temps-là, on y allait avec une hache, on coupait de petits pins et on tapait sur le feu avec. Tu imagines ! Le vingt août, le feu avait gagné Froustey et se rapprochait de Dos. Le maire, le cantonnier, dans la voiture de la commune, ont fait le tour du village avec un haut-parleur. Ils criaient *« Lo huec, lo huec ».* Tous les hommes du village sont partis avec des haches, des arrosoirs, des sulfateuses pour aider les pompiers à combattre l'incendie du côté du quartier de Lieurat. Joseph est parti aussi, bien sûr, avec sa hache et sa pelle. J'étais folle d'inquiétude. Il n'est revenu que le lendemain à minuit, noir comme un charbonnier. Il a fallu presque six jours pleins pour éteindre définitivement l'incendie. Il y a eu beaucoup de victimes. À Froustey, c'est quatre-vingts pompiers qui ont été pris dans une tempête de feu. Il paraît que quand on les a retrouvés, on leur voyait le sang bouillir à gros bouillons. Et ce garagiste de Tore qu'on a retrouvé couché dans un fossé, mort asphyxié. Jusqu'au bout il a essayé de protéger ses petits apprentis. Le plus jeune n'avait pas quinze ans. Et cette vieille, près du hameau de Mexey qui a refusé de quitter sa maison, elle est morte dedans, brûlée vive. Dans les près autour de sa maison, il y avait une cinquantaine de vaches, toutes carbonisées ! Il y en a eu tant que je ne me les rappelle pas tous, et je sais qu'il y a eu aussi des enfants. Je me souviens notamment d'une histoire avec une petite fille que ses parents ont cherchée pendant des jours... C'est peut-être celle de ta photographie, je me renseignerai. Je me souviens qu'on avait fait la *Une* du Paris Match. Ils avaient titré *« Landes, l'incendie du siècle ».* Et ma foi, c'est vrai que je n'en ai jamais revu de semblable, et je touche du bois pour que ça n'arrive jamais. Quand j'entends des cons se moquer des pompiers et dire qu'ils ne servent à rien, à part jouer aux boules ou boire l'apéritif, eh bien, je leur raconte comment en 49 ils sont partis combattre l'incendie du siècle avec de vieux camions, des haches, des arrosoirs et comment beaucoup n'en sont pas revenus. En général ça calme tout le monde !

Il me semblait impensable qu'il y ait eu, dans ce pays où j'avais grandi, une tragédie d'une telle ampleur et que personne ne m'en eût jamais rien dit. Pourtant mes grands-parents avaient acheté la maison de Dos en 1951, le souvenir de ce drame devait être encore vivace. Mon père qui avait passé tous ses étés dans les Landes et adorait discuter des histoires d'antan avec les vieux du village ne m'avait jamais raconté cela.

Ou alors peut-être m'en avait-il parlé et avais-je tout simplement oublié… Je me promis de faire de plus amples recherches sur ce grand incendie et sur cette petite fille que ses parents avaient cherchée pendant des jours. Peut-être s'agissait-il de Violette.

Nous bavardions de choses et d'autres avec Marthe, quand je lui confiai ce que j'avais appris la veille chez Marie-Georges à propos de l'intervention de maître Dupin pour qu'Anna ait bien un enterrement religieux. Elle eut une moue dédaigneuse.

— C'est bien le moins qu'il pouvait faire. Ne me regarde pas avec ces yeux ronds, Lizzie, tout le monde au village soupçonnait qu'il couchait avec Anna, ça confirmerait…

— Pardon ? Sous le choc j'avalai mon café de travers et Marthe me donna de grandes tapes dans le dos.

— Allons, ne te mets pas dans des états pareils, ma petite. Elle était légère, Anna, très légère. Et tu parles que les gens n'étaient pas dupes quand ils voyaient Mônsieur le Notaire venir tous les matins boire un café chez Dubernet et susurrer Dieu sait quoi à l'oreille d'Anna. Alors oui, on ne les a jamais officiellement vus ensemble, mais il y a des signes qui ne trompent pas.

Je me permis de faire remarquer à Marthe que baser de telles suppositions sur la prétendue légèreté d'Anna, et de vagues chuchotis au creux du cou était quand même un peu exagéré. Il faudrait davantage que de tels racontars pour me convaincre, mais Martha était sûre d'elle et n'en démordait pas :

— Regarde ce Damien Marsan, s'écria-t-elle, le jeune docteur – je ne peux pas le sentir celui-là, à chaque fois que je vais en consultation, il cherche à me refiler des pastilles contre la constipation, moi qui n'ai jamais été constipée de ma vie ! – donc ce docteur Marsan qui allait chercher Anna chez elle, l'emmenait en balade dans sa décapotable. Marie-Georges et René, les pauvres, persuadés qu'il faisait la cour à leur fille. À d'autres ! Il allait fournir de la chair fraîche à son maître comme un fidèle toutou, oui !!

J'ouvris de grands yeux étonnés. Mais qu'est-ce que c'était encore que cette histoire ?

— Mais oui, Lizzie, dès que ce nouveau docteur est venu s'installer ici, le fils Dupin (*je ne fis pas remarquer qu'à certainement soixante ans bien sonnés, le notaire ne méritait plus tellement le sobriquet de fils, mais comme tous les gens ayant dépassé quatre-vingts ans, Marthe avait tendance à qualifier de jeunot quiconque n'était pas au minimum nonagénaire*) lui a mis le grappin dessus. Il l'a invité à dîner, à la chasse, à jouer au tennis, au golf. Tu parles, un médecin, c'est chic. Le fils Dupin a dû estimer que lui au moins, serait digne de participer à ses dîners mondains avec ses amis bordelais. Oh, il a dû en passer des week-ends dans la maison du Houx, le docteur Marsan, et à tous les coups, il devait y amener Anna. Mais, moi, je ne suis pas dupe, le notaire avait dû en faire sa maîtresse. Il s'y est toujours passé des histoires pas nettes dans cette maison du Houx…

— Mais qu'est-ce que c'est que cette maison du Houx ?

— C'est une vieille bicoque, perdue dans la forêt de pin, à la sortie de Dos, sur la route de Magne. Tu sais, à côté de l'ancienne usine à gemme ? C'est la garçonnière des hommes Dupin depuis des générations et des générations. Ils y vont pour chasser et pour s'encanailler aussi. Le vieux notaire, Amédée Dupin, le père du notaire actuel, tu te souviens de lui ? Il y faisait venir des filles de Bordeaux. Pendant la guerre, il y invitait les officiers allemands en garnison à Dos, et pas pour jouer aux dames, si tu vois ce que je veux dire ! Peu de gens à Dos oseront te le dire, car, aujourd'hui, on en fait un petit saint, on se gargarise de tout ce qu'il a fait pour Dos, le clocher, le stade et patin et couffin, mais on oublie que le père Dupin, c'était un collabo ! Et un beau salaud ! Ah, ça, le vieux Amédée, il cachait bien son jeu. Toujours poli, avenant, toujours au premier rang à l'église le dimanche, mais enfin, sa femme devait être bien cocue, pauvre âme.

— Qui était sa femme ?

Autant j'avais de vagues souvenirs, à des kermesses d'école, à des cérémonies au monument aux morts, du vieux notaire, qui était maire de Dos dans mon enfance ; un monsieur élégant aux cheveux d'un blanc neigeux, toujours tiré à quatre épingles ; autant je ne me rappelais pas l'avoir jamais vu avec une dame à ses côtés.

— Une fille Dumartin, de la grande famille Dumartin de Sue. Son père possédait des hectares et des hectares de pin. Ça a été un mariage de raison, une alliance entre deux des plus grandes familles du pays. Hélène, elle s'appelait. Je la revois, une femme grande comme un cheval, pâle comme la mort. Elle n'était pas heureuse. Les gens de Dos disaient que c'est parce qu'elle ne pouvait pas avoir d'enfant. Peut-être. C'est possible. Chaque Noël, elle recevait tous les enfants de Dos dans sa maison. Elle faisait dresser un immense sapin dans le hall, et, aux pieds, il y avait un cadeau pour chaque enfant du village, depuis le nouveau-né de quelques mois, jusqu'au grand dadais de dix-sept ans. J'y amenais les petits, et c'est vrai qu'elle faisait peine à voir. Un Noël, Sidonie s'est mise à pleurer dans son landau, elle l'a prise pour la consoler. J'ai cru qu'elle n'allait jamais me la rendre. Pauvre femme, elle ne devait pas rigoler tous les jours avec le père Dupin.

Pourtant, à sa manière, il essayait aussi des choses. Je sais qu'il invitait souvent, les après-midi, des enfants à venir jouer au château, à passer des vacances. Il est venu me demander un jour si Sidonie ne voulait pas venir passer deux jours à la maison. Sa femme serait si heureuse, elle lui offrirait une poupée, de jolis habits et tout le tralala. Sidonie avait trois ou quatre ans à l'époque, et on ne roulait pas sur l'or chez les Boisset, je te prie de le croire ! Alors en entendant le mot « poupée », Sido a jailli de sous la table où elle s'était cachée en entendant l'automobile, on aurait dit un diable hors de sa boîte. Elle qui était timide comme pas permis avec les inconnus, là elle n'était plus timide du tout, elle voulait à tout prix aller chez Mme Dupin. J'ai expliqué au père Dupin qu'il fallait d'abord que j'en parle à mon mari. Mais tu parles que Joseph a refusé, et tout net ! Il avait été résistant, Joseph, pendant la guerre, et il a expliqué à Sido, toute petite qu'elle était, qu'il gèlerait en enfer avant qu'il laisse ses enfants accepter la charité de salopards de collabos. Il s'est mis en colère ce soir-là. Je l'ai rarement entendu crier comme ça. « Si ces foutus amis des Boches veulent des gosses, qu'ils en fassent ! » il disait. Mais les mauvaises langues de Dos disaient aussi que Madame Dupin ne risquait pas de tomber un jour enceinte parce que le père Dupin n'avait jamais couché avec elle. Il est vrai que je n'ai jamais su s'il fallait croire ça ou pas.

Je ne pus m'empêcher d'interrompre Marthe :

— Oh, mais pourtant, ils ont eu un fils ! Yves !

— Ils ont même eu deux enfants, Yves et Solange, mais ils n'avaient pas besoin de coucher ensemble pour autant.

Je regardai Marthe avec des yeux ronds, ne comprenant pas ce qu'elle entendait par là. Elle éclata de rire.

— Ils les ont adoptés, tous les deux, en 1953. Ils sont allés les chercher à Bordeaux. Ah, là, tout a changé pour Madame Dupin. On voyait qu'elle était folle de ses deux petits, et surtout de Solange. Il faut dire que la petite était adorable. Je la revois encore, avec ses grands cheveux blonds de fée, et ses yeux clairs. Une gamine tranquille, mignonne et modeste. Pas du genre à se mettre en avant, et à cracher à la face des gens qu'elle était la fille Dupin. Tout le contraire d'Yves en somme, qui, dès sa plus tendre enfance, fut un sale gosse. C'est malheureux à dire, mais c'est vrai. À sept ans à peine, il savait déjà qu'il était en mesure de mal parler au boucher, au boulanger ; à dix ans il se comportait en homme qui possède dix mille hectares de pins et qui peut se permettre d'envoyer au diable qui bon lui semble. Solange n'a jamais été comme ça, et Mme Dupin était très proche de sa fille. Quand elle est morte, elle ne lui a pas survécu six mois. Un cancer. À d'autres ! Le cœur brisé…

— Attends, attends, Marthe, je ne suis pas sûre d'avoir bien compris. Qui est mort en 1967 ?

— D'abord Solange, puis six mois après sa mère.

— Mais en 1967, Solange était très jeune…

— Oui, oui quatorze ou quinze ans.

— C'est terrible. Qu'a-t-elle eu ?

— Ah ça, ma chérie, nous arrivons là dans les zones troubles du passé de Dos. Les vieux du village avaient coutume de dire que le passé, c'est une mare paisible, et qu'il vaut mieux éviter d'y plonger son bâton de peur de troubler la surface avec des choses qui auraient mieux fait de rester enfouies.

Marthe souriait toujours, mais dans son regard ne pétillait nulle flamme malicieuse. Il y avait même comme de la crainte dans les yeux gris fatigués de ma voisine.

— Allons, Marthe, tu me fais peur, tu ne vas quand même pas me dire qu'elle a été assassinée ?

Marthe ne répondit rien, elle faisait lentement

tourner sa tasse vide entre ses mains noueuses. Je sentais qu'elle hésitait à parler, et quand elle le fit, sa voix n'avait pas son entrain habituel.

— Ce que je te confie là Lizzie, c'est quelque chose que je n'ai jamais raconté à personne, pas même à Joseph, c'est dire ! Mais je n'ai pas aimé le regard qu'Yves a posé sur toi à l'église, je n'aime pas non plus beaucoup que tu ailles dîner chez lui ce soir. Alors je te dis ce que je sais, et tu en feras ce que tu voudras. Solange, c'était donc une jolie jeune fille qui, pour ce qu'on en savait, paraissait en pleine santé. Et un jour, ça devait être au printemps puisque mon cerisier était en fleurs, on apprend qu'elle est morte d'une crise cardiaque sur le court de tennis du château. Le choc, tu imagines ! Je suis allée aux funérailles. La pauvre Madame Dupin tenait à peine debout. J'en ai encore des frissons dans le dos. Mais la vie a repris son cours. À cette époque, je faisais des ménages chez le docteur Figeac. Tu ne l'as pas connu, il a quitté Dos cette année-là, en 1967. Donc, peu après la mort de Solange, un jour, j'étais en train de faire la poussière dans la bibliothèque, quand j'ai entendu le docteur qui s'énervait au téléphone. Je ne sais pas à qui il parlait, mais il avait l'air hors de lui. Il répétait comme un fou « Tous les signes étaient là, comme la dernière fois, les pupilles dilatées, les rougeurs au cou. C'est le datura, j'en mettrais ma main à couper, le datura. Ce sont des analyses sanguines qu'il fallait faire. Et aussi des prélèvements vaginaux tant qu'on y était, mais est-ce qu'on m'écoute, est-ce que quelqu'un écoute ce que je dis ? Déjà il y vingt ans, j'avais demandé ces mêmes prélèvements et on me les avait refusés, et là vous recommencez, mais c'est à devenir fou ! Pourquoi refusez-vous les analyses sanguines si vous êtes si sûrs qu'elles ne donneront rien, hein ? »

Après une courte pause pour reprendre sa respiration, Marthe repartit de plus belle :

— Je ne sais plus exactement comment s'est terminée la conversation, mais le docteur a raccroché le téléphone et est sorti de son bureau en tempêtant comme un taureau furieux. Sur le moment, je n'y ai pas accordé de l'importance, car du datura, il y en a partout dans les Landes, et on sait qu'on peut facilement s'empoisonner avec. J'avais un voisin dans mon enfance, le datura avait poussé au milieu de ses haricots, il était vieux et à moitié aveugle, il s'est empoisonné comme ça. C'est ainsi que le soir, en rentrant chez moi, je me disais que le docteur faisait des histoires pour pas grand-chose... Qu'est-ce que ça changerait pour sa mère de savoir que la petite s'était empoisonnée au datura ? Ça ne lui ramènerait pas sa fille pour autant. Mais, deux jours après, Madame Figeac m'a appelée. Sa voix était blanche. Elle m'a annoncé qu'ils n'auraient plus besoin de mes services, elle me remercia pour tout ce que j'avais fait pour eux, elle me déposerait mon dernier paiement dans la boîte aux lettres. Ils quittaient Dos avec leur fille pour ne plus jamais y revenir. Sur le moment, je n'ai pas su quoi lui dire et, surtout, je n'osais pas tellement lui demander ce qui motivait ce départ à la sauvette. Ça me semblait indiscret. Mais elle a dû sentir mon désarroi, car elle m'a glissé : « On avait le choix entre le déménagement ou la radiation de l'ordre des médecins. On a choisi le déménagement. Bon courage à vous dans ce village de fous, chère Marthe et protégez vos enfants, toujours ». Sur ce, elle a raccroché, et je n'ai plus jamais eu des nouvelles ni du docteur ni de sa femme. Voilà, Lizzie, on est deux désormais à porter le secret du docteur Figeac.

Je rentrai chez moi, légèrement sonnée par les révélations de Marthe. Il ne pouvait pas y avoir de coïncidence. Quelqu'un avait cherché à faire taire le docteur

Figeac. Mais qui ? Qui aurait eu intérêt à ce qu'on ne découvre pas que Solange avait ingéré à dose mortelle du datura ? C'était forcément les Dupin. Le père, sans doute, par crainte d'un scandale. Il était sénateur à cette époque. Une brève recherche sur internet m'apprit que les décoctions de datura étaient prisées pour leurs vertus hallucinogènes. On était dans les années soixante, Solange avait quatorze ou quinze ans. Peut-être avait-elle voulu goûter au paradis artificiel et son père, par crainte d'un scandale politique, avait-il pesé de tout son poids pour éviter une enquête gênante ? Le docteur Figeac avait donc été sacrifié sur l'autel d'une vieille famille bourgeoise dans laquelle la mort d'une enfant comptait moins qu'un fauteuil de velours rouge, au cœur de l'hémicycle du Sénat.

Et c'est chez ces gens-là que j'allais dîner le soir même…

Chapitre VII

Dans l'après-midi, je décidai de m'octroyer une bonne sieste. D'abord, parce qu'après les révélations de Marthe, je m'étais épuisée en conjectures, et ensuite, car les effets de ma folle nuit avec Pierre ne s'étaient pas dissipés. Mais dès que ma tête toucha l'oreiller, mon téléphone sonna. C'était Debbie. Elle avait bien reçu mon mail, mais voulait discuter de vive voix avec moi de tout ce qui s'était passé depuis mon retour en France. Nous passâmes deux heures merveilleuses à bavarder. Quand je lui racontai mon aventure avec Pierre, elle se mit à pousser des petits cris frénétiques de collégienne qui durent alerter Tom, car il arriva immédiatement aux nouvelles. Je l'entendais parler derrière Debbie.

— Qu'est-ce qu'elle a ? Qu'est-ce qu'elle te dit ?

— Elle a rencontré un garçon.

— Ah formidable ! On va trinquer à ça ce soir, entendis-je Tom claironner avec son accent yankee à couper au couteau.

Je protestai autant que je pus :

— Non, non, Debbie, dis à Tom de laisser son champagne au frais. J'avais juste trop bu, et j'ai passé la nuit avec un garçon bien trop beau pour moi. Fin de l'histoire.

— Aucun garçon n'est trop beau pour toi ! hurla la voix de Tom dans le combiné

Et, en dépit des milliers de miles qui nous séparaient, grâce au miracle opéré par Mr Graham Bell, il me sembla que mon tympan saignait exactement comme s'il avait été juste à côté de moi. Cette conversation m'emplissait d'une émotion douce, car les réactions de mes amis outre-Atlantique étaient celles de parents aimants, s'inquiétant des déboires sentimentaux de leur progéniture. J'adressai une prière silencieuse pour remercier tous les dieux de l'Olympe d'avoir mis un jour ce couple formidable sur ma route. Ou plutôt de m'avoir déposée sur la leur.

— Oh, mais tais-toi, *darling*, laisse-nous parler entre filles, plaida Debbie. Ne fais pas attention à lui, Lizzie. Non qu'il n'ait pas raison, qu'est-ce que c'est que cette histoire d'un garçon trop beau pour toi. Tu es jolie comme un cœur.

— Honnêtement Debbie, là on parle d'un garçon qui est un mix entre Hercule et Apollon, je ne suis pas à la hauteur.

— Mais Lizzie, tu ne crois pas que c'est à lui d'en juger, non ?

Cette remarque me laissa sans voix et je continuai d'y réfléchir longtemps après avoir raccroché.

Vers six heures cet après-midi-là, j'entrepris de me faire belle. Je jetai un œil dans le miroir du salon et m'adressai à moi-même un « eh ben, il y a du boulot ! » avant de filer à la salle de bains à l'étage. Je repassai une bande de cire sur mes jambes pour être sûre de ne laisser échapper aucun poil récalcitrant. Je ne m'attardai guère sur les raisons qui me poussaient à cet excès de zèle soudain, sachant que j'avais prévu de mettre d'épais collants de laine sous ma jupe, et que personne ne remarquerait ma pilosité, ou son absence. Je pris un bain à l'eau de rose (ma mère avait été une inconditionnelle de l'eau de rose et il y avait encore sur les étagères de nombreux flacons de verre bleu), me talquai consciencieusement tout le corps, avant d'enfiler mes plus beaux dessous de dentelle ajourée. Là encore, je m'interdis de réfléchir à ce qui me poussait soudain à trahir mes habituelles culottes en coton pour des frivolités affriolantes. Passons. Pour le reste de ma tenue, j'optai, pour un jupon danseuse de dentelle noire au-dessus du genou. J'adorais ce jupon, je l'avais déniché dans une vente privée organisée par l'opéra de Bordeaux et je me plaisais à l'imaginer, dans un autre temps, bruissant autour des cuisses d'une ballerine interprétant le cygne noir sur un lac gelé.

En haut, un chemisier col Claudine noir et une veste d'épais velours aux magnifiques boutons en camées à tête de Méduse. Je dégottai dans le placard de ma mère des bottines lacées très Mary Poppins qui me semblèrent parfaire l'ensemble à merveille. Je renonçai à dompter complètement mes cheveux bouclés, et me contentai de les discipliner légèrement à l'aide d'une pince. Un peu de rouge sur les joues, un soupçon de mascara et j'étais fin prête. En descendant les marches pour aller attendre Pierre à la cuisine, j'avais le cœur qui battait comme une jouvencelle à sa première fugue du couvent des Ursulines.

La lueur des phares balayant le jardin m'apprit bientôt son arrivée. Je verrouillai la porte et courus jusqu'au Pick-Up.

— Salut, Lafitte, tss, tss, je suis très déçue, j'aurais pensé que tu aurais dégainé le costard-cravate pour notre soirée dans la haute société Dossiène.

Voilà, c'était parfait, le bon dosage d'humour et de convivialité. Je bénis l'obscurité qui régnait dans l'habitacle et qui empêchait Pierre de remarquer mon trouble et les efforts qu'il m'avait fallu déployer, comme s'il ne s'était rien passé entre nous, comme si quelques heures auparavant je n'avais pas sangloté éperdument contre son épaule sous l'assaut du plaisir qu'il m'avait offert. Oh, mon dieu, il ne fallait surtout pas penser à cela maintenant. À ce souvenir, je sentais déjà une chaleur traîtresse envahir tous les replis secrets de mon être. Pour me calmer, je me mis frénétiquement à réciter mes déclinaisons latines dans ma tête, *rosa, rosa, rosam, rosae, rosae*...

Pierre, lui, paraissait, et c'était très agaçant, parfaitement lui-même et totalement maître de ses émotions. C'est avec son petit sourire en coin habituel et sa chaude voix grave dans laquelle ne perçait nulle pointe de nervosité qu'il répliqua :

— De la part de la fille qui est habillée comme Zizi Jeammaire, je trouve ça un peu fort ! Tu as oublié le haut de forme, Bront !

Oh le mufle ! Moi qui étais si fière de ma tenue de soirée, il avait tourné en ridicule tous mes efforts ! Mais quand je tournai la tête pour lui répondre, je vis tant de gaieté pétiller dans son regard que je ris.

— Et toi tu as oublié le cheval, Lucky Luke !

Il jeta un œil étonné à sa chemise de bûcheron canadien à gros carreaux et haussa les épaules avant d'éclater de rire.

— Je ne l'ai pas volée, celle-là.

Et nous fîmes le reste du trajet dans un silence qui n'avait rien d'emprunté ni de pesant.

Quand nous arrivâmes devant la demeure du notaire, au cœur du bourg de Dos, toutes les petites lanternes semées le long de l'allée en demi-cercle, ou devant la large terrasse étaient allumées et scintillaient comme des étoiles dans la nuit. C'était une impressionnante bâtisse, un peu austère, mais élégante. Plusieurs voitures étaient déjà alignées sous le auvent tenant lieu de garage. Nous fîmes crisser les graviers sous nos pas en nous avançant. Nous gravîmes les quelques marches du perron et, tout en m'appuyant à l'élégante rambarde de fer forgé, je ne pus m'empêcher de repenser à ma conversation de l'après-midi, et de juger avec moins de sévérité que Marthe l'arrogance tant décriée du « fils

Dupin ». Comment reprocher à un enfant de l'Assistance publique, devenu l'unique héritier de tant de splendeurs bourgeoises, d'avoir l'orgueil d'un Dionysos ?

Quand nous sonnâmes, j'eus la surprise de voir que nous étions accueillis par une dame de Dos, que je crus reconnaître. En effet, il me semblait être allé à l'école en même temps que ses fils. Elle avait un tablier et des gants blancs, et nous souhaita le bonsoir avec un air très digne. Pierre la surprit en la saluant d'un très sonore :

— Ah bonsoir, Gisèle, comment vas-tu ? Je ne savais pas que tu travaillais ici !

Et il lui planta un bruyant baiser sur les deux joues. Manifestement les splendeurs bourgeoises n'impressionnaient pas Pierre Lafitte outre mesure.

Monsieur Dupin se leva quand Gisèle nous conduisit au salon. Un feu de tous les diables s'échappait d'une cheminée dans laquelle nous aurions pu aisément griller un sanglier entier à la broche. Trois larges sofas formaient un U devant l'âtre. Toutes les places étaient occupées. Nous étions apparemment les derniers convives. Je reconnus M. et Mme Frontin en grande conversation avec le docteur Marsan. Mme Frontin avait les mêmes yeux de fouine perverse que dans mon souvenir et, à voir sa bouche en cul de poule pincée au-dessus d'une coupe de champagne, je devinai qu'elle était en train de débiter des horreurs sur l'un ou l'autre de ses voisins. J'avais toujours trouvé cette femme antipathique.

Sur un autre sofa, un homme d'un certain âge, l'air avachi et l'œil vitreux, buvait consciencieusement un verre de whisky. Son visage m'était également familier, mais sur le moment je ne parvins pas à l'identifier.

Et enfin, vêtue d'une époustouflante robe noire largement décolletée qui mettait en valeur sa peau diaphane et sa chevelure de feu, Marianne Auclère, comme une chatte frileuse, offrait à la chaleur des flammes son visage de statue grecque. Ainsi cette vipère était l'amie du notaire. Cette soirée s'annonçait bien pire encore que je ne l'avais prévu.

Pendant que maître Dupin – qui insista encore pour que je l'appelasse Yves – nous accueillit chaleureusement, je pus discerner les yeux dorés d'animal à sang-froid de cette femme me scruter lentement des pieds à la tête, puis de la tête aux pieds. Sa moue dédaigneuse fut plus éloquente que tous les mots.

En revanche son regard, quand il se posa sur la haute stature de Pierre, fut plus qu'appréciateur. Je serrai les poings. Mais *nom d'un chien*, qu'elle se domine cette mante religieuse, elle était à deux doigts de baver sur le parquet ciré !

Évidemment, à peine avions-nous fini de saluer tout le monde et trinqué avec le reste des convives que Damien Marsan m'entraîna dans un coin reculé de la pièce pour me soumettre ses notes. Elles étaient en effet aussi insipides et monotones que les pages du *Déliateur* que mon professeur de piano m'infligeait, enfant, pendant des heures. Mais je les lus de bonne grâce et indiquai, pour chacun des noms qu'il me soumettait, l'étymologie latine qui me semblait la plus pertinente. Beaucoup de lieux de Dos tiraient leur appellation de termes de bas latin évoquant une caractéristique naturelle : un arbre, une prairie, une source. Rien de bien palpitant donc. Pour d'autres, que je ne parvins à rattacher à aucun terme latin, j'émis l'hypothèse qu'ils découlaient de patronymes, sans doute d'anciennes familles de Dos. Le jeune docteur était ravi, prenait des notes avec fébrilité et, à chacune des informations que je lui apportais, poussait des « Oh » et des « Ah » émerveillés. Je le trouvais toujours légèrement agaçant, mais, clairement, son intérêt pour l'histoire des noms de lieux n'était pas feint, et quelque chose en moi me poussait à penser que quelqu'un que passionnait l'étymologie ne pouvait pas être foncièrement mauvais. De plus, il était sobre et avait eu la délicatesse de ne pas faire allusion à la soirée de la veille, ce dont je lui sus reconnaissante. Je n'avais pas envie de revenir sur cet épisode, et je décidai d'accorder une seconde chance à cet homme certainement plus maladroit que foncièrement mauvais.

Quand nous eûmes terminé, nous nous rapprochâmes du reste des convives et M. Dupin s'empressa de remplir à nouveau ma coupe.

— Ah, enfin, Damien, tu nous la rends ! Ça va, Élizabeth ? Il ne vous a pas trop assommée avec ses recherches. Je parierais que sa conversation vous est plus vite montée à la tête que le *Laurent Perrier* !

J'étais suffisamment emplie d'indulgence envers le jeune docteur pour le défendre.

— Oh, non, pas du tout, c'était vraiment très intéressant. Vraiment, ajoutai-je en réponse au sourcil dubitatif que leva M. Dupin. D'ailleurs, Damien, il faudra faire publier vos notes, une fois qu'elles seront achevées. Faire une sorte de petit dictionnaire toponymique du village. Les gens se l'arracheront, vous verrez.

— Vous pensez, Élizabeth ? Si je le fais, je ne vous oublierai pas dans les remerciements. Peut-être même vous le dédierai-je ! Tenez, trinquons à ça ! Yves, encore un peu de cet excellent champagne, s'il te plaît.

Il tendit sa coupe d'un air gourmand.

— Il peut être excellent, mon jeune ami, au prix où je le paye. Je le commande directement au château, par caisse. C'est de l'extra-brut. Ils ne le réservent qu'à leurs meilleurs clients, expliqua-t-il à un Pierre qui avait l'air de s'en ficher royalement et qui avala son verre d'un trait en concluant d'un lapidaire :

— Je préfère la bière !

Je masquai mon sourire derrière ma main. Nous allions peut-être passer une soirée très divertissante, tout compte fait.

Au bout de trois coupes de *Laurent Perrier*, je me demandais quand je m'étais autant amusée pour la dernière fois. Mme Frontin faisait tout son possible pour humilier Pierre, et ce dernier lui rendait coup pour coup. Quant à moi, je comptais les points !

— Alors, Monsieur Lafitte, ça marche l'apiculture ?

— Ça dépend de la signification pour vous du verbe *marcher*, Madame Frontin. Si vous entendez par là, est-ce que je gagne des cent et des mille, c'est à dire suffisamment pour me payer des tas de trucs dont je n'ai pas besoin, pour partir tous les étés à Venise sur un paquebot qui pollue plus à lui seul qu'un million de voitures (il était de notoriété publique que les Frontin étaient des abonnés des croisières estivales sur le Grand Canal !), ou pour manger du bœuf de Kobé qui est nourri à la bière et émet 36 kilos de CO2 pour un kilo de viande ? Alors clairement non, on ne peut pas dire que ça marche, l'apiculture. Mais si vous voulez savoir si j'ai de quoi me nourrir, me vêtir, s'il me reste suffisamment de temps pour lire, bricoler, regarder pousser mes fleurs, ou le soleil qui se couche, alors oui, ça marche rudement bien l'apiculture. Je vous conseille même d'essayer. Mais pour ça, il faudrait commencer par arrêter les pesticides, ça tue les abeilles, vous savez !

Il l'avait bien mouchée, la vieille chouette ! Son carré droit en frémissait d'indignation et elle donnait des coups de coude à son mari pour le sommer d'intervenir, mais ce dernier ayant jaugé à leur juste valeur la carrure de Pierre et ses mains larges comme des battoirs de lavandière, choisit prudemment d'ignorer les appels à l'aide de son épouse, et de ne pas se mêler d'une querelle dont il était clair qu'il ne sortirait pas vainqueur.

Je m'amusais décidément beaucoup, et il me sembla que mon discret voisin aussi. Il parut prendre plaisir à suivre la joute Frontin-Lafitte ; son œil se fit plus vif et il porta moins régulièrement à ses lèvres son verre de whisky. Cet homme m'intriguait. Il détonnait dans l'assemblée. Il n'avait pas l'élégance ni l'aisance des autres. Maître Dupin ne me l'avait pas présenté, partant sans doute du postulat que nous nous connaissions, et apparemment c'était le cas puisqu'il m'avait appelée Lizzie en me saluant. J'avais entendu Pierre l'appeler André, mais ce prénom ne me disait rien.

Il me fit un petit sourire triste et timide.

— Tu ne me reconnais pas ?

— Non, je suis désolée, je sais que votre visage m'est familier, mais…

— André. André Tudieu. J'étais l'un des collègues de ton père.

— Oh, mais bien évidemment ! L'adjudant Tudieu ! J'avais souvent vu son bon visage résigné lorsque j'allais à la gendarmerie dire « bonjour » à mon père. Que devenez-vous ? Un heureux retraité ?

Je regrettai instantanément cette dernière remarque, car s'il était clair que l'adjudant Tudieu devait être à la retraite (*il avait déjà l'air vieux du vivant de mon père*), rien chez lui ne transpirait le bonheur, mais tout indiquait le chagrin d'un homme qui buvait trop et qui en était conscient.

— Oui, oui, retraité depuis huit ans déjà. Je m'occupe. Les réunions du conseil municipal (*ainsi, il était un des alliés politiques du maire Dupin, je comprenais mieux sa présence ici ce soir*) la chasse, les champignons…

Il laissa sa phrase en suspens, mais je la complétai intérieurement… et l'alcool… Je me creusai la tête pour essayer de me rappeler ce que je savais sur l'adjudant Tudieu, mais il me fut impossible de me souvenir si il avait une famille. Connaissant mon sens légendaire de la gaffe, je m'abstins de toute question sur ce thème risqué. Il ne manquait plus qu'il m'annonçât qu'il était veuf et que tous ses enfants avaient péri dans divers accidents domestiques pour que cette soirée basculât immédiatement du registre gai et agréable au registre glauque et pathétique.

Ne connaissant rien ni à la chasse ni aux champignons, je m'emparai avidement du sujet de la vie municipale de Dos. Je découvris en bavardant avec André Tudieu que c'étaient trois générations de fils Dupin qui s'étaient succédé à la tête de la mairie depuis la Première Guerre mondiale.

— Impressionnant, dites donc ! Ils sont pires que les Borgia ou les Kennedy !

Mais l'adjudant Tudieu ne rit pas de ma plaisanterie et entreprit au contraire de me débiter la liste de tout ce que les Dupin avaient fait pour la commune depuis un siècle : l'électricité et le téléphone en 1936, le tout à l'égout en 1962, alors qu'à Froustey ça restait encore un projet pour un lointain avenir, la réparation du clocher de l'église, le stade de foot, et dernièrement la fibre ! Je sentis en lui l'homme d'honneur, à la fidélité de chien, qui prend des coups de pied au derrière, mais revient toujours, la queue frétillante, vers son maître. À plusieurs reprises, M. Dupin lui lança des remarques sarcastiques : « André ! abandonne avec Élizabeth, tu ne vois pas qu'elle est trop jeune et trop jolie pour un vieux débris comme toi ! » ou bien : « Encore un petit whisky, André ? Ça ne sera que le vingtième de la journée ! »

Ces moqueries faisaient rire les autres, mais le vieil homme les accueillait avec une tranquille bonhomie résignée. Il était arrivé à un stade où il ne sentait même plus quand on tirait sur sa chaîne.

À table, je fus placée en face de Pierre, mais, à côté de lui, Marianne Auclère ne cessait de lui faire des grâces. Quand Gisèle eut placé devant nous des assiettes de salade landaise avec un foie gras magnifique sous sa graisse jaune d'or (*je me sentis grossir rien qu'à le regarder !*), eut rempli nos verres d'un vin blanc mordoré, le docteur Marsan se leva, fit tinter son couteau contre son verre.

— Avant de commencer à faire honneur à ce festin, je crois que des félicitations s'imposent.

Il se tourna avec un grand sourire vers Marianne Auclère et annonça à son attention :

— Je n'ai pas été sans remarquer la magnifique bague de fiançailles que tu portes au doigt !

Je restai un instant interdite, ne sachant pas très bien à qui Marianne pouvait bien être fiancée, quand Yves Dupin, qui trônait au bout de la table, leva tous mes soupçons en saisissant la main droite de Marianne pour la porter à ses lèvres.

Il rit lui aussi.

— Sacré Damien, tu as décidément des yeux de lynx ! On ne dirait pas, pourtant, quand je t'amène chasser le cerf ! En effet, Marianne m'a fait le grand honneur d'accepter de devenir ma femme. Nous nous marierons à l'été, et jamais notre vieille église de Dos n'aura connu de plus belle mariée.

La future « plus belle mariée » de Dos accueillit ce compliment comme une évidence, et n'eut pas l'humilité de paraître émue ni gênée. Quel couple étrange ! Il devait bien avoir vingt-cinq ans de plus qu'elle, et ce qui crépitait entre eux ce soir-là s'apparentait à tout, sauf à de l'amour.

Qu'est-ce qui avait bien pu les rapprocher ? Je me souvins alors que Marthe m'avait dit qu'Yves Dupin briguait le poste de député. Une jeune et jolie épouse photogénique, distinguée, serait un atout politique indéniable. Il y avait certainement plus de calcul que de romance derrière ces fiançailles.

Je m'en voulus de cette pensée peu charitable, car, après tout, je ne connaissais pas ces gens, mais, tandis que nous levions nos verres en l'honneur des heureux fiancés, je surpris le regard goguenard que Pierre jeta à Marianne. Il avait un demi-sourire ironique aux lèvres auquel elle répondit par un léger haussement d'épaules, tandis que ses lèvres purpurines frémissaient comme à la pensée d'une bonne plaisanterie. À l'aiguillon froid de la jalousie qui me transperça les côtes, je sentis qu'ils avaient été amants.

Le gigot de cerf avec sa sauce à la groseille et son gratin dauphinois succéda à la salade landaise. Yves Dupin entreprit de servir, dans de magnifiques verres en cristal ciselé, le vin de *Pétrus* qu'il avait auparavant carafé. Tout le monde le goûta avec circonspection, puis éclata un concert de « Oh » de « Ah » de « fameux », concert émanant surtout du docteur Marsan qui n'avait visiblement pas de mot assez fort pour décrire son ravissement gustatif et olfactif. Je me gardai, pour ma part, de tout commentaire, car je sentais que ce n'était pas le moment d'avouer que je ne faisais aucune différence entre ce nectar olympien et le Sidi Brahim que j'avais bu avec Will, dans un restaurant tunisien de Boston, dix jours auparavant ! Pierre était manifestement lui aussi sous le charme de la potion, car il émit deux ou trois compliments dithyrambiques à son endroit, ce qui m'agaça prodigieusement. Il n'allait pas s'y mettre lui aussi ! À moins que ce ne soit la manière dont sa rousse de voisine ne cessait de poser la main sur son bras ou de lui ricaner des âneries aux oreilles qui m'agaçât si prodigieusement.

Au Pétrus, succédèrent d'autres flacons, non moins prestigieux à en juger par les moues appréciatives que Pierre jetait sur les étiquettes et, quand arriva le dessert, nous étions tous ronds comme des billes.

— Alors Yves, question sérieuse, quand enterrons-nous ta vie de jeune homme ?

Le docteur Marsan avait ouvert le col de sa chemise

et, avec ses cheveux décoiffés et sa voix empâtée, il avait perdu son petit air guindé de premier de la classe.

— Oh pitié, intervint la voix traînante de Marianne, je dirais, moi, qu'il l'a déjà bien assez enterrée comme ça !

M. Frontin qui n'avait quasiment pas parlé de la soirée, mais que l'alcool rendait loquace, faillit s'étouffer sur un rire gras.

— Marianne, enfin, tu n'aurais tout de même pas aimé que ton fiancé arrivât vierge à la nuit de noces ! Il faut qu'un homme ait jeté sa gourme[3] ! Tu n'auras pas à t'en plaindre : Yves a toujours été un gaillard particulièrement vigoureux ! Il faut dire que bon sang ne saurait mentir ! Je me rappelle encore les soirées que ton père organisait à la maison du Houx quand nous étions jeunes ! Tu te souviens, Yves ? Ces orgies !

Il secouait la tête, comme ému par les souvenirs scabreux qu'il évoquait. Apparemment l'ivresse l'avait complètement désinhibé, et même le regard courroucé de sa femme ne l'arrêta pas.

— Enfin, Joëlle, ne me regarde pas comme ça, sans le père Dupin, la plupart des jeunes du village seraient arrivés puceaux au mariage. Et tu ne t'es pas plainte, ma coulemelle, que je sache m'y prendre, hein ?

La coulemelle en question ne daigna pas sourire à cette dernière remarque qui souleva en revanche des rires dans le reste de l'assistance.

Yves Dupin, hilare, surenchérit :

— Cher père, c'est vrai qu'il est longtemps resté vert ! Quel homme ! Il avait un dicton à propos des femmes, c'était : « On ne peut pas toutes les avoir, mais il faut essayer ! » Et qu'est-ce qu'il essayait ! Évidemment, aujourd'hui, il aurait sans doute des problèmes,

3. Faire des folies de jeunesse, se livrer à des plaisirs excessifs en entrant dans le monde adulte.

car il leur demandait rarement leur carte d'identité ! Elles ne devaient pas toutes être majeures ! Quel homme ! répéta-t-il, manifestement ému à l'évocation des exploits paternels.

J'étais atterrée par le niveau de cette conversation et je me décidai à intervenir pour doucher un peu ce déploiement intempestif de testostérone :

— Votre père est-il mort, Monsieur Dupin ?

— Hélas, chère Élizabeth, le temps n'épargne personne. Mais appelez-moi Yves, je vous en prie. Joëlle et Marianne sont habituées, ou devrais-je dire résignées à nos conversations… viriles, mais je sens qu'elles ne sont pas tellement de votre goût. Je me trompe, jolie Élizabeth ?

Parce qu'il me fixait de son regard d'aigle, parce qu'il m'avait appelée jolie, parce que cela m'avait valu un regard furieux de la rousse fatale, parce que j'avais bu trop de vin, parce que j'en voulais à Pierre, d'ailleurs de quoi en voulais-je à Pierre ? C'était confus, mais je sentais la colère bouillir en moi, et pour toutes ces raisons, j'oubliai d'être polie :

— Vous voulez parler de vos conversations misogynes ? Parce que c'est comme ça que ça s'appelle. Oui, en effet, ça me dérange de voir qu'au vingt et unième siècle, des hommes puissent être aussi arriérés que des Grecs antiques ! Je ne sais pas si vous êtes au courant, mais Wenstin a pris vingt-trois ans de prison ferme, Masneff s'est enfui en Italie la queue entre les jambes, et même Planski a arrêté de faire le mariole, ça devrait vous faire réfléchir !

— Arriérés comme des Grecs, tu y vas fort, Élizabeth, ils étaient tous pédés ces Grecs ! clama fièrement M. Frontin, fier de ses connaissances culturelles.

Je remarquai que cette remarque lui valut des rires et même un regard approbateur de sa Coulemelle. Sale traîtresse !

Mais M. Dupin ne rit pas, et son ton était même agacé quand il me répondit :

— Mais qu'ont les filles d'Occident, cette année ? Elles ont mangé du lion enragé ou quoi ? On ne peut plus faire un compliment à une femme sans qu'elle nous regarde comme un violeur en puissance ! Avant-hier, j'ai dit à Chantal, ma secrétaire, qu'elle avait une robe très seyante, elle m'a toisé comme si je lui avais mis mon pénis sous le nez ! C'était un hommage, nom d'un chien ! C'est d'un monde comme ça dont vous rêvez, vous les féministes, un monde où on ne pourra plus rendre hommage à la beauté de la femme ?

— Ah ! parce que pour vous, un homme qui pisse sur une femme qu'il a acculée et violée dans une douche, c'est sa manière à lui de rendre hommage à sa beauté ? Un type qui sodomise une petite fille de treize ans, lui aussi il rend hommage à sa beauté ?

— Vous êtes très jeune, Élizabeth, mais peut-être, vous qui êtes une spécialiste des civilisations antiques, connaissez-vous le dicton *autre temps, autres mœurs ?* Il me semble bien cruel de la part de cette jeune femme qui fait les gros titres de la presse à scandales d'accuser, aujourd'hui, de viol un vieil homme dont elle fut autrefois amoureuse, et avec qui elle a vécu une belle histoire d'amour. Elle a dû avoir la bonne idée de consulter, à quarante ans passés, un psychologue qui lui a expliqué qu'elle a été violée et, pour faire comme toutes ses copines, elle traîne dans la boue un grand écrivain, l'oblige à s'exiler en Italie, où il va mourir du coronavirus. Pauvre vieux. Et elle, qu'est-ce qu'elle aura gagné dans tout ça ? Si je ne m'abuse, vos Romains quadragénaires épousaient des petites filles de douze ans à peine nubiles, et on leur conseillait de les... quel est le terme latin déjà ?... *pedicare*, tant qu'elles n'avaient pas leurs règles, c'est bien cela, Élizabeth ? Et pourtant, on ne traite ni Cicéron, ni Ovide, ni le grand

Virgile de pédophiles, n'est-ce pas? On ne les traîne pas au tribunal pour avoir aimé des fillettes, si?

Sa voix, bien que très calme, claquait comme un fouet et je sentais sa colère. Les autres aussi sans doute, car ils se taisaient.

— Je suppose, alors M. Dupin, puisqu'à vos yeux le temps qui passe amoindrit toutes les fautes, que vous estimez qu'il n'eût pas fallu juger un Klaus Barbie, qui a torturé à mort Jean Moulin? Ni un Papon qui a envoyé au four crématoire des milliers d'enfants? Pour ça aussi, vous appliquez votre dicton *autres temps, autres mœurs?* Collabo, pédophile… Peu importe, au bout de quelques années, il faudrait laisser tous ces gens-là dormir sur leurs deux oreilles. Eh bien, moi, je ne suis pas d'accord.

À la mention du mot *collabo*, je l'avais vu sursauter et devenir tout rouge. Ses yeux flamboyaient. Il était furieux et soudain j'eus peur et j'aurais voulu ravaler mes paroles. Mais avant qu'il ait pu répliquer quoi que ce soit, Damien Marsan intervint.

— Je pense qu'on ferait mieux de laisser de côté ce sujet épineux. Je crois qu'Élizabeth a déjà eu son compte d'émotions depuis qu'elle est revenue à Dos.

C'était fort galant de sa part, cette volonté de m'épargner les foudres de son ami, mais cette attention m'agaça, car elle sous-entendait que je n'étais pas de taille face à un homme qui se permettait d'étaler son mépris des femmes avec tant de tranquille assurance.

M. Dupin sentit le rappel à l'ordre et redevint immédiatement le parfait gentilhomme.

— Évidemment, évidemment, pardon Élizabeth, je suis impardonnable si je vous ai causé du chagrin vous qui êtes déjà en deuil d'une de vos amies d'enfance, que d'ailleurs nous apprécions tous beaucoup.

Il avait adopté un ton protocolaire, pourtant je sentis les larmes me monter aux paupières à ce rappel de la mort d'Anna, et l'émotion m'empêcha de répondre.

J'entendis Damien Marsan renchérir d'une voix grave :

— Oui, nous l'aimions tous beaucoup.

Mais, alors même que je tournai vers lui un regard reconnaissant pour ces paroles, je surpris son clin d'œil graveleux à Yves Dupin.

Je restai stupide, à fixer Damien, me demandant si j'avais bien vu ce que j'avais cru voir. Sous mes yeux, je le vis rougir et ses traits se décomposer, tandis qu'il se penchait sur son assiette pour saucer frénétiquement un reste imaginaire de coulis de groseille. Puis je me tournai lentement vers le notaire qui, lui, soutint sans sourciller mon regard. De quel jeu sordide, aux mains de ces hommes sordides, Anna avait-elle donc été le jouet ? Et la dernière image que j'avais d'elle, titubant, sur le comptoir d'un bar de la Victoire, entre deux garçons qui se la passaient comme une balle de chiffon, revint s'imposer à mon imagination. Au silence gêné qui s'était abattu dans la pièce, je compris que le clin d'œil n'avait été perdu pour personne.

Il fallait que je sorte de cette pièce, de cette maison, et il fallait que je sorte vite, avant de me sentir mal, ou de faire quelque chose de stupide et d'insensé, comme hurler au notaire que c'était un salopard, ou faire bouffer au docteur Marsan son dictionnaire de toponymie par les trous du nez ! Mais je ne voulais surtout pas me ridiculiser, il fallait que je me force à rester au moins jusqu'au dessert, même si la colère menaçait de m'étouffer de l'intérieur. J'aurais dû me douter, pourtant, qu'il y avait quelqu'un dans l'assemblée que la question du ridicule n'arrêterait pas.

— J'ai comme l'impression, en effet, que Lizzie a eu assez d'émotions comme ça, donc, si ça ne vous dérange pas, et d'ailleurs si ça vous dérange, c'est pareil, je vais la ramener chez elle. Vous remercierez Gisèle pour le bon repas !

Tout en parlant, Pierre s'était levé si brusquement que je vis Damien Marsan sursauter et se ratatiner dans sa chaise comme s'il cherchait un moyen de rentrer physiquement dans le bois ! Ce pleutre avait dû penser que Pierre allait le frapper ! M. et Mme Frontin semblaient s'être changés en statues de sel. Marianne souriait d'un petit air railleur, comme si tout cela n'était qu'une bonne plaisanterie dont elle était la seule à goûter le plaisir. Yves Dupin, toujours maître de lui, murmurait des phrases de circonstance :

— Bien évidemment, et ce décalage horaire, ça fatigue terriblement.

Exactement comme si de rien n'était, et qu'il n'avait pas senti l'insulte derrière les propos de Pierre. Hésitante, j'étais toujours assise, car une partie de moi ne voulait pas abandonner ainsi le terrain à l'ennemi, mais Pierre fit le tour de la table et me tendit sa large main brune. Je la saisis et, sans un mot, nous sortîmes. J'accueillis en amie la fraîcheur de la nuit, j'avais l'impression que la colère avait allumé un incendie dans mon ventre. J'avais hâte d'être loin de cette maison, de ces gens odieux et répugnants. Alors que nous atteignions la voiture de Pierre, j'entendis une voix m'appeler.

— Lizzie, attends.

C'était André Tudieu. Ses yeux tristes de Saint Bernard étaient pleins de gêne. Il commença :

— Lizzie, je voulais te dire…

Il s'arrêta, soupira, se tourna vers la maison, ouvrit de nouveau la bouche pour parler, mais ne dit rien. Imaginant qu'il voulait sans doute excuser la conduite des ses amis, je lui posai une main apaisante sur le bras.

— J'ai été très heureuse de vous revoir, adjudant Tudieu, ça m'a rappelé les jours heureux.

Je lus une émotion sincère dans ses yeux embrumés par l'alcool et il me serra les épaules d'une poigne tremblante.

— Moi aussi, Lizzie, moi aussi.

Puis, comme s'il avait pris une décision qui lui coûtait, mais qu'il estimait nécessaire, il lâcha très vite :

— Quand tu auras le temps, appelle-moi, j'aurai quelque chose à te dire. Puis, comme effrayé par ses propres mots, il s'enfuit jusqu'à la belle demeure à grandes enjambées mal assurées et referma la lourde porte derrière lui.

Alors que Pierre faisait demi-tour dans la cour, j'aperçus, dans le lointain, le court de tennis dont les filets blancs luisaient de manière presque surnaturelle sous la lumière de la lune. Et un frisson me saisit, car il me semblait voir, allongée sur la terre battue, la silhouette d'une jeune fille aux longs cheveux blonds. Pierre eut beau mettre le chauffage à fond, je ne cessai de claquer des dents.

Chapitre VIII

Pierre se gara devant ma porte et coupa le moteur.

— Ça va aller, Bront ? Pas trop secouée ?

— Tu savais ?

On pouvait compter sur la franchise naturelle de Pierre pour ne pas tourner autour du pot et faire mine de ne pas savoir de quoi je parlais. Il soupira et se passa la main derrière la nuque.

— On ne peut pas dire que je savais, non. Mais les gens de Dos parlent, et, oui, j'avais entendu dire qu'Anna passait pas mal de soirées à la maison du Houx…

— Et tu n'as pas pensé que ça aurait été bien de me dire ?

— Bront, si tu veux que je te déballe tous les ragots dégueulasses qui courent sur ta copine, tu peux incliner le siège et t'installer confortablement, on en a pour la nuit ! Donc, non, je n'ai pas pensé que ce serait une bonne chose de te raconter qu'on soupçonnait le notaire, et le docteur, et peut-être même aussi le vieux Frontin, de la sauter. Qu'est-ce que ça aurait changé que je te le dise, franchement ?

— Déjà, je n'aurais jamais accepté cette invitation ! Je sentais ma voix monter dans les aigus, preuve que j'étais en train de perdre le contrôle de mes nerfs.

— Mais putain, Lizzie, je t'ai dit de ne pas aller chez ces gens ! Tu n'avais pas envie d'y aller et je t'ai dit que le plus simple face à des cons, c'était de leur dire non et point barre.

— Des cons, des cons, il y en a quand même parmi ces gens qui trouvent grâce à tes yeux, n'est-ce pas ?

— Attends, mais qu'est-ce que tu insinues, là ?

— Marianne Auclère, tu lui as dit « non et point barre à elle ? »

— De quoi suis-je accusé exactement, là ? Parce que je déteste qu'on me donne l'impression d'être coupable, alors que je ne le suis pas.

— Je ne suis pas aveugle, toutes vos messes basses, ses petits sourires, ses… ses… ses tripotages ! Tu couches avec elle, et n'essaies pas de le nier !

— Je ne vais rien nier du tout, étant donné que tout ceci ne te regarde pas.

— Ah ! Eh bien, au moins, c'est clair !

Pierre se passa une main furieuse dans les cheveux, ébouriffant encore davantage sa tignasse brune, ce qui lui donna un air que j'aurais pu trouver attendrissant, si je n'avais été aussi furieuse.

— Mais putain de merde, Lizzie, c'est toi qui te barres au milieu de la nuit après avoir couché avec moi, c'est toi qui me dis que tu ne veux plus jamais qu'on reparle de ce qui s'est passé, et là, maintenant, tu me fais une scène de jalousie. Tu sais quoi, Lizzie, rentre chez toi et appelle-moi le jour où tu sais ce que tu veux !

J'ouvris la bouche, mais la refermai aussitôt. Il avait raison. Je ne savais pas ce que je voulais. Je déverrouillai la portière et descendis. En me retournant, je pus voir le profil de Pierre. Il respirait bruyamment et ses mâchoires étaient si contractées que je m'étonnai de ne pas entendre grincer ses dents. Il paraissait attendre quelque chose, mais je me contentai de dire :

— Au revoir, Pierre.

Il remit le contact et la nuit eut tôt fait d'engloutir la lueur de ses phares.

J'eus à peine la force d'introduire la clef dans la serrure. Je refermai la porte derrière moi et je m'effondrai, secouée d'horribles sanglots sur le carrelage glacé de la cuisine. Il me sembla que je pleurai des heures, avec cette atroce sensation. Je la connaissais bien, si bien que je savais ne pas pouvoir m'arrêter. Il devait être trois ou quatre heures du matin quand je me traînai enfin, les tempes battantes et les yeux en feu, à travers l'escalier pour me mettre au lit. En me déshabillant, je jetai un regard désabusé à mes dessous de dentelle affriolants, à mes jambes parfaitement épilées. Je soupirai :

— Tout ça pour rien, Lizzie !

Et je me terrai sous ma couette jusqu'aux oreilles. Je dormis d'un sommeil sans rêves, les dieux ne me jugeaient sans doute plus digne de m'en envoyer, et me réveillai fatiguée.

Je passai le dimanche à ruminer de sombres pensées et à regarder tomber la pluie.

Le lundi, je devais me rendre à l'Université pour rencontrer M. de Soucy. Mon train partait de la gare de Tore à onze heures quinze. J'avais réservé un taxi chez Dubernet pour onze heures devant ma porte. Or à dix heures trente, la faute à une nuit d'insomnie (*je n'avais cessé de me tourner et me retourner dans mon lit en pensant à Pierre, à ce que j'avais dit, à ce que j'aurais dû dire, à ce que je n'avais pas dit ou aurais dû dire*...), j'étais encore en pyjama, la mine terreuse, la chevelure hirsute comme une femme de Cro-Magnon. Je me précipitai dans la salle de bains où je m'administrai une douche glacée qui me fit hurler. J'en sortis comme neuve. Enfin, presque. Rénovée. Je sautai dans un jean, et à onze heures, quand Sébastien Dubernet en personne arrêta son taxi devant ma porte, j'étais prête. Il roula comme un fou sur la petite route de Tore, et je pus même me payer le luxe d'être en avance et d'attendre sagement mon train sur le quai. Je profitai du trajet pour me rendormir. Julius devait venir me chercher en gare de Bordeaux pour me conduire à l'Université. Il était bien à l'heure, sa Renaud Chamade détonnant au milieu des Audi et des BMW alignées dans le couloir réservé au taxi.

La gare était anormalement vide, ainsi que les rues.

— Mais on se croirait en plein mois d'août, dis-je en rejoignant Julius. Qu'est-ce qui se passe ?

— Coronavirus, ma vieille, répondit-il en m'embrassant, et en me tendant un sandwich jambon-beurre. Face à mon regard surpris, il précisa : des milliers de morts en Italie déjà, et quelques cas en France. Il n'en fallait pas plus pour que les touristes se fassent la malle. Ou plutôt décident de ne pas faire leur malle et restent calfeutrés chez eux.

— À ce point-là ? marmonnai-je entre deux bouchées.

C'était tellement Julius, ça, d'avoir pensé à m'acheter quelque chose à manger. Heureusement qu'il avait eu cette attention, car, sans lui, mon estomac n'aurait eu de cesse de crier famine pendant mon entrevue avec le vieux Phil. La honte assurée !

— Lizzie, je sais que tu auras toujours plus d'intérêt pour ce qui s'est passé avant Jésus-Christ que pour ta propre époque, mais, merde, fais un effort ! Regarde au moins le *Vingt Heures* !

— Tu sais très bien qu'il n'y a plus la télé chez papa et maman, déclarai-je comme pour rappeler une évidence.

L'antenne était tombée du toit des années auparavant et on ne l'avait jamais fait réparer.

Julius fit mine de se souvenir et je poursuivis :

— Sache, pour ta gouverne, que je me tiens parfaitement au courant : j'ai lu le *Sud Ouest* en allant boire le café chez Marthe ! Simplement, je ne pensais pas que les conséquences de ce virus se feraient aussi rapidement ressentir.

— Les gens ont peur, Liz.

— Peur de quoi ? C'est une grosse grippe, non !

— Les gens ont peur, parce qu'ils savent dans quel état se trouve l'hôpital public en France. Si le virus s'invite pour de bon chez nous, ça sera une hécatombe !

Je jetai un coup d'œil dubitatif à mon frère. Quel besoin avait-il de toujours jouer les Cassandre ! Et d'assener ses prédictions plus défaitistes et atroces les unes que les autres avec un flegme tout britannique !

Cependant, j'avais beau de ne pas être d'un naturel anxieux, la traversée des boulevards bordelais déserts offrait un spectacle désolant qui ravivait en moi le souvenir d'images d'archives de la Seconde Guerre mondiale, de l'exode, de l'Occupation.

Au campus, même impression étrange. Ce n'était pas la fourmilière dont j'avais le souvenir : pas de voitures garées en double file sur le parking, pas de hordes d'étudiants s'entassant sur les terrasses des cafétérias. Quelques rares silhouettes pressées remontaient la grande avenue de l'université et la plupart portaient un masque. Le léger malaise que j'avais ressenti en arrivant en gare commençait à se changer en quelque chose de plus prégnant, de plus diffus, une angoisse sourde qui montait lentement à l'assaut des maigres digues que mon optimisme naturel tentait malgré tout d'ériger.

Julius devait ressentir la même chose, car quand il coupa le contact devant le bâtiment de l'UFR de lettres, il me proposa :

— Lizzie, si tu préfères, je peux te ramener directement, et tu prends un train retour.

— Non, non, ça va aller, je vais voir Phil et je rentre.

— Tu veux que je repasse te chercher ?

— Non, non c'est bon, je prendrai un tramway. J'ai des trains jusqu'à vingt heures ce soir.

— Ça marche, alors je file, prends soin de toi, sœurette, on s'appelle.

On m'avait toujours dit que les gens réagissent de manière irrationnelle face à la peur. Je pus vérifier la véracité de l'affirmation puisque je courus comme si tous les démons de l'enfer étaient à mes trousses pour simplement traverser la pelouse qui me séparait du bâtiment T, au sommet duquel se trouvait le bureau de Philippe de Soucy. Une fois dans le grand hall, je refermai les portes à larges battants pour reprendre mes esprits, et apaiser les battements frénétiques de mon cœur, avant d'entreprendre de gravir les soixante-quatre marches qui menaient au troisième étage. Tout en montant, je ne cessai de m'admonester intérieurement :

— Mais enfin, Élizabeth, tu es complètement ridicule, ressaisis-toi. Tu vas devenir aussi stupide que la cliente de Julius qui a jeté toutes ses bouteilles de corona, de peur qu'elles soient contaminées !

Je convoquai toutes les figures littéraires de héros ou d'héroïnes ayant traversé des épidémies. En temps normal, mon héroïne de référence était Scarlett O'Hara. Mais hélas pour moi, si ma petite rebelle préférée affrontait bien une guerre, la famine, et des épreuves de taille à renverser un chêne, elle n'avait eu en revanche à traverser aucune épidémie, et ne m'était donc présentement d'autant secours. Je repensai alors à Angelo Pardi dans le *Hussard sur le toit*, plongeant jusqu'au cou dans le choléra morbus et en ressortant indemne, parce que son courage même tenait le mal en respect. Je m'accrochai à cette pensée et j'étais plus sereine en frappant à la porte du bureau de M. de Soucy. J'entendis un grommellement m'inviter à entrer, et je retrouvai le capharnaüm qui m'avait été si familier durant les trois années précédentes, puisque j'avais eu l'honneur de le partager avec son légitime locataire. Philippe de Soucy était un homme immense, avec de longs doigts effilés de pianiste. Il était toujours habillé avec une recherche extrême, et à le croiser dans la rue, personne n'eût pu se douter qu'il était du genre à laisser traîner des gâteaux à moitié mangés, et des cafés à moitié bus dans tous les coins de la pièce.

Quand j'entrai, sa longue silhouette de faucheux était pliée en deux et, à quatre pattes, il fouillait dans une pile de papiers de toutes sortes, tout en jurant en langue ancienne. Il prétendait que la plupart des gens ne comprenant pas un mot de grec ou de latin, il avait ainsi la possibilité de pouvoir hurler à pleins poumons ce que nous pourrions traduire par « va te faire sodomiser par Hercule » ou encore « lèche ma verge pleine de merde », sans offenser la pudeur de quiconque !

Il était justement en train de marmonner dans la langue de Virgile : il y était question de con de Vénus et de phallus d'Hermès ! Je réprimai difficilement le fou rire qui me montait aux lèvres. Car M. de Soucy n'avait rien d'un comique et je ne tenais pas du tout à devenir la cible de son ire.

— Monsieur de Soucy, bonjour, je peux vous aider ? Vous cherchez quelque chose ?

— Ah, Élizabeth, entrez, mais entrez, ne restez pas plantée ! cria-t-il avec sa brusquerie habituelle. J'ai égaré la liste des courses au milieu de mes documents de cours et Anne-Cécile sera furieuse si je rentre sans ses algues chinoises au nom impossible, ou sans un de ses ingrédients obscurs et répugnants dont elle aime tant agrémenter nos plats ! Vous savez qu'elle a des colères dignes de Junon ! Ne restez pas à rien faire, préparez-nous plutôt une boisson chaude !

Je m'abstins de tout commentaire sur les colères junoniennes, car celles de M. de Soucy étaient légendaires sur le campus bordelais, voire, selon les mots d'un de ses collègues, épiques, car leurs conséquences étaient parfois bien plus terribles que la colère d'Achille pour les armées achéennes. Je me contentai de faire sagement bouillir de l'eau pour le thé.

La liste fut finalement retrouvée et M. de Soucy put s'attabler devant un thé et les notes que je rapportai des mois passés aux États-Unis. Il n'avait rien de la chaleureuse gentillesse de Will et cet homme ne deviendrait jamais mon ami, mais je le connaissais depuis de nombreuses années maintenant, suffisamment bien pour ne plus me formaliser de sa brusquerie ou de sa misogynie.

— Alors, le chagrin d'amour est terminé, Élizabeth ? m'apostropha-t-il avec son absence de tact coutumière. Ou bien vous avez eu de nouveau le cœur brisé en Amérique et c'est la raison pour laquelle vous êtes revenue ?

— Non. Je suis rentrée, car une de mes amies d'enfance est morte.

J'avais voulu désarçonner M. de Soucy, j'en fus pour mes frais ! Cet homme était un centaure.

— Mes condoléances, mais pourquoi ne pas être repartie après ses funérailles ?

— Parce que j'ai l'impression que ses Mânes me crient depuis les Enfers de ne pas repartir. Je sais que vous allez vous moquer de moi, alors surtout ne vous gênez pas.

J'imaginais déjà la réponse que le vieux stoïcien allait me faire, conspuant sans doute les bondieuseries ou autres croyances bonnes pour les faibles et les fillettes. Mais il me surprit.

— Je ne me moquerai pas, Élizabeth. Le chagrin produit de drôles de choses. Le grand Cicéron lui-même, qui est pourtant, vous le savez, mon maître absolu, après la mort de sa fille, s'est entêté des mois durant dans son projet de lui élever un temple. *Trahit sua quemque voluptas...*, soupira-t-il en haussant ses maigres épaules de manière théâtrale. En revanche, j'aurais une requête : par pitié, ne vous inscrivez pas sur ce site de rencontre, Mythique, c'est ça ? Et ne retombez pas amoureuse avant d'avoir bouclé votre thèse !

Tout en promettant, j'eus une pensée fugace pour des yeux sombres rieurs, des cheveux en bataille et des bras forts et solides, mais je m'empressai de la chasser au loin : j'avais déjà emprunté ce chemin, et il m'avait menée à la vallée des larmes et du chagrin. Je me sentais de taille à tenir Vénus à distance. J'aurais dû me méfier. Et me souvenir qu'on fait rarement le poids face à l'anadyomène et sa ceinture d'or.

Nous travaillâmes pendant deux heures sur les pages que j'avais écrites durant mon séjour au Vermont et M. de Soucy me confirma ce que Will m'avait déjà dit : j'avais fait le tour de la question, il fallait se résoudre à conclure.

— Vous soutiendrez en septembre, Élizabeth. Je me charge de rassembler un jury.

— Si tard ? Nous ne sommes qu'en mars. Je pourrais être prête pour juin, voire mai…

— Mais vous n'avez pas entendu la nouvelle ? C'est tombé ce matin. Tous les établissements scolaires de France et de Navarre ferment demain soir, et ce jusqu'à nouvel ordre, très probablement jusqu'au mois de septembre. Ne faites pas cette tête-là, Élizabeth, c'est la politique de la terre brûlée, on connaît ça depuis la nuit des temps et ça fonctionne en général très bien : ne rien laisser à la merci des prédations de l'ennemi, en l'occurrence à ce virus couronné ! Il ne faut pas prendre les choses au tragique : ça va vous laisser tout le temps nécessaire pour peaufiner votre travail. Et la deuxième bonne nouvelle, c'est que le coronavirus étant particulièrement coriace pour les vieillards, il est plus que probable que des postes se libèrent à l'Université d'ici peu ! Oh, ne prenez pas cette mine tragique, je ne pensais pas spécialement à moi, mais, par exemple, à cette bonne Yvonne Legrand. Elle est aussi vieille que la sibylle de Cumes !

Il rit si fort à sa propre plaisanterie qu'il en eut une quinte de toux.

Je le quittai vers quinze heures et me dirigeai vers la station de tramway la plus proche. Je me surpris, malgré moi, à enfouir mon nez dans mon écharpe et à éviter de tenir les rampes de sécurité à l'intérieur du wagon. Malgré l'étrangeté ambiante, j'appréciai de revoir cette ville que j'aimais tant, sa grâce patricienne, ses façades de pierre ocre offrant, comme des femmes fières de leur beauté et de leur parure, leurs hautes portes cochères et leurs mascarons sculptés, aux caresses du soleil printanier.

Le tramway avançait lentement et, à chaque coin de rue, à chaque clocher, à chaque terrasse d'un café familier, c'était mille souvenirs qui revenaient à ma mémoire. Là, c'était le lycée Montaigne où j'avais été interne pendant deux ans, là, le café où nous avions l'habitude, avec les amies de prépa, de venir boire des cafés, là le petit bouquiniste où j'achetais tous mes livres et, soudain, apparurent, au premier étage d'un immeuble, les fenêtres de l'appartement que j'avais partagé avec Olivier. Je les scrutai intensément, à m'en faire mal aux yeux, pour tenter d'apercevoir une silhouette. Incroyable ! Mes yeux devaient me jouer un tour ! Mais non, c'était bien cela ! Je reconnus, accrochée au mur, l'estampe japonaise qu'Olivier adorait. Il n'avait donc pas déménagé ! Il devait toujours vivre ici.

Avant même d'avoir compris ce que je faisais, je descendis à l'arrêt suivant et remontai la rue jusqu'à la porte cochère de mon ancien immeuble. Je parcourus des yeux les noms accolés aux sonnettes des différents appartements. *Olivier Raspail.* C'était bien lui. Mais que faire, à présent ? Sonner ? Dire « Bonjour, c'est moi ! » Il vivait certainement avec Nathalie. Comment allait-elle réagir ? Olivier n'avait même pas pris la peine de me rappeler après le message que je lui avais laissé. C'était la preuve qu'il ne voulait plus entendre parler de moi, non ? Et puis, d'ailleurs, on était lundi, il devait être au lycée. Il enseignait à Camille Claudel, à deux pas. Mon plan était complètement idiot. C'était idiot. J'étais idiote. Il fallait que je remonte dans un tramway et que je reparte. Mais une partie de moi voulait le revoir. Will avait raison, j'étais à un tournant de ma vie et il y avait des chapitres à clore. J'appuyai sur la sonnette. Et le miracle se produisit : j'entendis la voix d'Olivier dans l'interphone.

— Oui, bonjour, qui est là ?

— C'est moi.

La réponse la plus stupide de toute l'histoire des réponses stupides. Comment aurait-il pu savoir de qui il s'agissait ?

— Lizzie ? C'est toi ? C'est vraiment toi ? Monte, monte, je t'ouvre.

Avant de m'engouffrer dans la cage d'escalier, j'avais eu le temps de reconnaître, dans l'intonation d'Olivier, la joie qui le disputait à l'incrédulité. Il était manifestement heureux de me revoir et je ne savais pas trop quoi faire de cela.

J'arrivai au palier du premier étage. Il avait déjà ouvert la porte et m'attendait. C'était Olivier, tel que je me le rappelais, avec ses yeux bleus clairs délavés derrière ses petites lunettes, un jean élimé et un sweat sur lequel était floqué *Punk is not dead*. J'avais dû tenter de jeter cette horreur au moins un millier de fois du temps où nous étions ensemble.

J'avais tellement construit en imagination ces retrouvailles, tellement imaginé que le jour où je le reverrais je lui ferais payer ces mois et ces mois de larmes… Mais, là, soudain, face à lui, rien. Aucune envie de meurtre, aucune pulsion de haine, rien. Seulement de la tendresse et l'envie de le serrer dans mes bras.

— Est-ce que tu vas croire que je suis folle si je te

dis que j'ai très envie de te faire un énorme câlin ?

— Tu me promets que tu ne vas pas en profiter pour me mettre un grand coup de pied dans les couilles ? Il haussait un sourcil suspicieux par-dessus ses lunettes.

J'éclatai de rire.

— C'est un risque à courir !

Nous nous enlaçâmes maladroitement. J'étais très émue et je voyais, au tic nerveux qui agitait ses paupières, qu'Olivier l'était tout autant.

Nous entrâmes dans l'appartement qui n'avait guère changé depuis que je l'avais quitté. J'expliquai à Olivier pourquoi j'étais de retour en France, car il s'avéra qu'il avait changé de numéro et de téléphone (*son vieux Nokia avait fini sa longue carrière dans un verre de bière, place de la Victoire. « Ce fut une belle mort », me confia Olivier*.)

Ceci expliquait donc qu'il n'ait pas eu mon message et ne m'ait pas rappelé. Il me parla très gentiment d'Anna, car il savait l'importance qu'elle avait eue dans mon enfance, me demanda des nouvelles de Julius. Je m'enquis de mon côté de sa petite bande de copains bordelais, notamment Odile qui était, de ses amies, celle avec laquelle je m'étais le mieux entendue. J'avais rompu avec tous en même temps que je quittais Olivier. Ça me semblait obéir aux règles du conflit. Après tout, ils avaient été ses amis avant d'être les miens. Nous parlâmes du lycée où il enseignait la physique-chimie. Il ne travaillait pas le lundi après-midi, j'avais eu de la chance de le trouver chez lui.

Mais, comme deux duellistes dans de vieux films de cape et d'épée qui se tournent autour sans jamais croiser le fer, ou deux cowboys dans un western qui crissent des doigts au-dessus de leur colt, sans jamais dégainer, nous évitions d'aborder le sujet qui seul, véritablement, m'avait conduite en ce jour jusqu'à la porte d'Olivier. Au bout de quelques minutes de cette conversation gênée et empruntée, je me jetai à l'eau :

— Nathalie n'est pas là ?

J'avais tenté de parler de ma voix la plus neutre et la plus naturelle. À la mention de ce prénom, Olivier rougit violemment et la honte déforma ses traits. Il baissa les yeux.

— Nathalie ? Ah, non, non, elle n'a jamais vécu avec moi. Elle a quitté l'immeuble il y a plusieurs mois déjà.

Puis il enchaîna rapidement, les mots se bousculant, comme s'il voulait m'empêcher de l'interrompre.

— Je suis désolé, Lizzie, tellement désolé. Tu ne m'as pas laissé la possibilité de m'expliquer, et en même temps, je te comprends, mais vraiment, je te jure, il n'a jamais été question que je m'installe avec elle, il n'a jamais été question d'amour entre elle et moi.

— Ah, je vois, il a juste été question de baise !

J'essayais de ne pas me montrer trop acerbe, mais je sentais la moutarde me monter dangereusement aux naseaux !

— Lizzie, je t'en prie, je ne cherche pas du tout à me justifier, mais, à l'époque, tu n'étais jamais là, tu bossais comme une folle sur ta thèse, tu restais à la bibliothèque jusqu'à la fermeture, le soir il ne fallait pas te déranger parce que tu devais encore travailler. Et Nathalie, tu sais bien comment elle était, très libre, elle est venue agiter ses petites jupes, ses décolletés sous mon nez… Je me sentais seul, Lizzie, et je pense que j'en ai eu marre de dormir avec un *Gaffiot*, tu comprends ? Mais je n'ai jamais aimé que toi, et ça, tu peux le croire.

Il me regardait de ses yeux malheureux, une main tendue en ma direction. Mais ce n'était plus le chemin que j'avais envie de suivre. Je m'en voulus d'avoir évoqué Nathalie, je m'en voulus même d'avoir sonné à sa porte. Je n'avais soudainement plus envie d'entendre ses justifications. Alors quoi, mon monde s'était effondré, j'avais perdu l'ancre à laquelle j'avais accroché mon navire, parce qu'Olivier n'avait pas su garder son *phallus erectus* dans son pantalon ? Il n'avait même pas eu la grandeur de tomber follement amoureux de Nathalie, de vivre avec elle une passion belle et interdite. J'aurais pu comprendre l'amour, j'aurais pu pardonner à l'amour. Mais ça ! Ça n'avait rien de grand, ni rien de beau, c'était pathétique et sordide ! Rien moins que pathétique et sordide !

La douce émotion qui s'était emparée de moi en le voyant s'était évaporée comme rosée au soleil. Je me remémorai en pensée les cinq étapes du deuil réussi qu'Odile avait énumérées pour moi après ma rupture avec Olivier : stade un : le choc, stade deux : la colère, stade trois : je ne sais plus… A priori, je n'avais pas dépassé le stade deux, et il me restait du chemin à parcourir avant l'ultime palier, le cinquième, l'acceptation.

J'avais trop présumé de mes forces.

— Tu sais quoi, Olivier, un jour viendra où je serai capable de te croiser sans rancune, d'évoquer gentiment le passé en buvant un thé, mais ce n'est pas encore le cas. Je suis désolée d'avoir fait irruption comme ça. Je pensais honnêtement que j'étais prête à te pardonner, mais non. En revanche, perds dès aujourd'hui l'espoir illusoire que je revienne un jour avec toi, cela n'arrivera jamais.

Je le vis ouvrir la bouche pour tenter une réplique, mais je ne lui en laissai pas le temps, j'ouvris la porte et, sur le palier, je me retournai pour lancer :

— Et tu sais quoi ? Nathalie avait un cul comme le Lusitania !

J'emportai la vision d'un Olivier médusé, la mâchoire tombante et les bras ballants.

Dans le fond, ce stade deux avait plutôt de bons côtés !

Dans les jours qui suivirent, je tentai d'accéder au palier trois du processus de deuil en multipliant les activités invitant au calme et à la méditation. Le matin, je travaillais sur ma thèse et, l'après-midi, je jardinais : Marthe m'avait donné des graines et je passais des heures à remettre en état le potager au fond du jardin. Je m'étais remise au tricot, et je relisais À *la Recherche du temps perdu*. Les narcisses avaient couvert la pelouse de leurs jolies têtes blanches et jaunes et, chaque après-midi, j'enfourchais ma bicyclette pour en porter une brassée sur la tombe d'Anna et de mes parents. Je faisais des Scrabble avec Marthe et j'appelais régulièrement Marie-Georges pour prendre de ses nouvelles. J'aurais aimé prétendre que je trouvais une forme de paix, mais en vérité, dès que j'étais au jardin, je tendais l'oreille dans l'espoir d'entendre le moteur d'un vieux pick-up. Je surveillais la pousse de la pelouse, espérant qu'elle soit suffisamment haute pour nécessiter l'intervention du beau jardinier qui occupait mes pensées. Dès que mon téléphone sonnait, je sursautais, avec, pendant un instant délicieux, l'espoir que ce fût un appel de Pierre. Le soir, quand je me retournais dans mon lit, après avoir refermé mon livre et éteint ma lampe, je repensais à ses lèvres, et au reste aussi, et je me demandais si c'était par orgueil, ou par bêtise que je dormais seule dans des draps froids. Plus d'une fois, je saisis mon téléphone, mais je le reposai toujours, découragée. Que pourrais-je dire ? Je cherchais désespérément un prétexte pour lui passer un coup de fil qui me permettrait de conserver ma fierté, mais je n'en trouvais pas. La pelouse restait désespérément rase et si je n'avais pas mis la main, dans la bibliothèque familiale, sur une édition *princeps* du *Walden* de Thoreau, je pouvais affirmer qu'aucun essaim d'abeilles n'était venu élire domicile dans les tilleuls devant la cuisine… Bref, la déesse amie des sourires continuait de se jouer de moi.

Ma vie était comme en suspens. J'attendais que quelque chose se mette en branle et vienne relancer la machine. Le jeudi de cette semaine, je me décidai enfin à me lancer dans des recherches sur ce qu'était devenu le docteur Figeac. La conversation que j'avais eue avec Marthe continuait de me tracasser et je voulais en savoir davantage. Je retrouvai sa trace à l'hôpital Necker où il avait exercé en qualité d'obstétricien jusqu'à sa retraite en 2010. Je tentai le tout pour le tout et appelai. La secrétaire du service de gynécologie se montra très agréable et très coopérative. Elle avait manifestement oublié que l'étymologie du mot secrétaire était *secret*, puisqu'elle me dévoila tout le parcours du docteur Figeac sans même que j'eusse à expliquer pourquoi je cherchais à me renseigner sur lui.

— Un homme extraordinaire. Il avait été généraliste pendant des années, dans un petit village paumé de province *(je ne relevai pas l'insulte, cela fait cinq cents ans qu'on persuade les Parisiens que leur ville est le joyau de France, on ne peut pas leur en vouloir de commencer à le croire)*, il n'en parlait jamais. En revenant à Paris, il avait voulu renouer avec ses premières amours, l'obstétrique. C'était un gynécologue extraordinaire. L'appeler ? Ah, ma pauvre dame, il est décédé, depuis trois ans déjà. Un cancer. Foudroyant. Le poumon. Sa femme ? Elle était morte depuis quelque temps déjà. Mais sa fille habite toujours Paris, je peux vous donner ses coordonnées, si vous voulez ?

Et comment ! Claude Figeac-Dutel. Je notai son numéro et raccrochai non sans avoir chaleureusement remercié cette secrétaire si complaisante. Ce n'était peut-être pas si difficile d'être enquêteur si tous les gens étaient aussi peu enclins à la confidence que cette dame !

Je décidai de tenter ma chance avec la fille du docteur, même s'il était peu probable qu'elle ait entendu parler d'une anecdote si ancienne. Je tombai sur une boîte vocale et décidai de laisser un message :

— Madame Figeac-Dutel, bonjour, je me présente, je suis Élizabeth Dupuis, nous ne nous connaissons pas. J'habite Dos dans les Landes. Je vous appelle à propos d'une jeune fille que vous avez sans doute connue, Solange Dupin, elle est décédée en 1967.

J'hésitai un instant à dévoiler la vérité, mais ça me semblait peu prudent, après tout Marthe avait raison, il faut se méfier quand on remue le passé. Je forgeai donc un plausible mensonge.

— J'ai été embauchée par son frère, Yves Dupin, pour rédiger les mémoires familiaux et il m'a parlé de votre père, qui était le docteur de Solange. Je me demandais si par hasard, vous auriez conservé son dossier médical, ou si vous seriez en mesure de m'en dire un peu plus sur les conditions de son décès.

En raccrochant, je songeai qu'il y avait peu de chances pour que cette démarche aboutisse. Encore un secret de la famille Dupin qui resterait profondément enfoui dans les limbes…

Ce même jour, vers dix-neuf heures trente, Marthe toqua au carreau de ma fenêtre.

— Viens à la maison, Lizzie, le Président va prendre la parole au journal de vingt heures. Apparemment, l'heure est grave.

C'est donc dans la cuisine de Marthe, un bol de camomille fumant à la main, que j'appris que pendant au moins les deux mois à venir, il me faudrait rester confinée chez moi.

— Deux mois ! s'agaça Marthe, mais je vais devenir folle, si je ne peux pas aller voir Simone, et elle aussi, la pauvre, sans visite, pendant deux mois, elle va déprimer.

— C'est pour son bien, Marthe, tentai-je d'argumenter.

— Lizzie, je sais qu'à ton âge on ne voit pas les choses ainsi, mais j'ai quatre-vingt-cinq ans, Simone en a quatre-vingt-huit, nous n'avons plus peur de la mort, elle est un fait acquis. À nos âges, quand on se réveille dans son lit, on est étonné de se trouver encore en vie. Alors franchement, mourir maintenant du coronavirus, ou dans deux mois d'autre chose, je ne vois pas bien la différence.

Je ne pus m'empêcher de songer à la phrase de Montaigne : *Tu ne meurs pas de ce que tu es malade, tu meurs de ce que tu es mortel.* J'aurais aimé la partager avec Marthe, elle l'aurait sans doute trouvée appropriée, mais elle était déchaînée et ne m'en laissait pas placer une. Je tenterai une autre fois de la gagner aux douceurs de la philosophie !

— Et surtout j'apprécierais qu'on me laisse la liberté d'affronter ce coronavirus, si je le souhaite. Si ce petit drôle qu'on a élu Président s'imagine qu'il va pouvoir m'interdire de sortir de chez moi, il va voir de quel bois je me chauffe ! Même pendant l'Occupation, je ne respectais pas le couvre-feu des Allemands, alors !

En rentrant chez moi à la nuit, je ris en songeant aux futures passes d'armes entre Marthe et les gendarmes. Ils feraient bien de se méfier, elle serait capable de leur donner des coups de canne !

Le lendemain commença l'étrange expérience du temps confiné, du temps mis en bocal. Les attestations à porter sur soi à chaque sortie, le rituel du gel désinfectant et du lavage de mains, les files d'attente devant le Codec et la petite boulangerie de Dos pour ne pas être trop nombreux dans le magasin, les visages masqués d'où n'émergeaient que des yeux, parfois souriants, mais souvent inquiets. Je lisais sur Internet – le moins possible, car je trouvais cela très anxiogène – le lugubre décompte des morts qui chaque soir tombait comme un couperet funèbre. J'appelais Julius sans faute tous les matins, ce qui le faisait beaucoup rire. En temps normal, nous nous appelions une fois par mois, et encore ! La solitude, ou peut-être l'angoisse, me rendait le son de sa voix indispensable. Nos conversations se résumaient en général à des critiques féroces contre des gouvernements successifs qui avaient mis l'hôpital public sur la paille, nous conduisant à cette panique. Un matin j'entendis une voix féminine fredonner à côté de lui :

— Julius, tu as laissé la télé allumée ?

— Ah, non c'est Sarah qui chante.

J'entendais comme un sourire dans sa voix.

— Sarah, ta voisine ?

Sarah était venue habiter dans la rue de Julius deux ans auparavant. Elle arrivait d'Afrique, du Nigéria, mais comme tous les gens qui ont tout quitté pour se réinventer sous des cieux plus cléments, elle n'aimait pas à s'étendre sur son passé. Seuls comptaient aujourd'hui et demain. Elle enchaînait les petits boulots : coiffeuse, serveuse, femme de ménage. Elle prenait tout ce qui se présentait, et Julius la déposait souvent à son travail du moment, quand il partait pour sa première course du matin. Elle logeait au dernier étage de l'immeuble en face de chez lui, dans un studio insalubre, sous les toits, qui se transformait en étuve l'été, et qui prenait l'eau dès qu'il pleuvait. Dans ces cas-là, elle venait toujours emprunter une bassine ou deux à Julius. Je l'avais croisée quelques fois et je plaisantais toujours Julius à son propos.

— La belle Sarah est chez toi si tôt le matin ? S'il n'y a pas eu une nuit torride entre vous deux, je suis Katy Perry, et toi, tu es Michel Galabru. Donc en fait tu n'es pas homo, Julius ? Toutes ces années de célibat, je commençais sérieusement à avoir un doute…

— Arrête, Lizzie, ce n'est pas du tout ce que tu crois. Sarah est ici depuis le début du confinement. Je ne pouvais pas la laisser se terrer dans ce trou à rat, alors que moi j'ai un grand appartement avec deux chambres. Ça ne me semblait pas juste. Et si je ne t'ai rien dit, Sherlock, c'est justement parce que j'avais prédit ce genre de réactions disproportionnées !

— Espèce de sale cachottier ! Je n'en reviens pas que tu ne m'aies rien dit. Enfin, je vais quand même parier que d'ici la fin du confinement tes deux chambres ne te seront plus tellement utiles. Une seule sera bien suffisante. Au fait Julius, rassure-moi, tu n'es pas vierge au moins ? Si tu veux des conseils, tu sais que…

Il me raccrocha au nez. Je ris. Sacré Julius, c'était tout lui ça, se trouver une amoureuse en pleine pandémie mondiale !

J'envoyais également de longs mails à Debbie et Tom, ainsi qu'à Will. En dépit de toutes les règles du confinement, Marthe venait me voir chaque jour. Elle refusait que je lui fasse ses courses et s'était déjà querellée deux fois avec les gendarmes qui l'avaient avertie que la prochaine fois qu'elle sortirait sans attestation, elle écoperait d'une amende. Et je lisais, je lisais beaucoup. Je relus des romans que j'avais aimés dans ma jeunesse, retrouvant dans leurs pages jaunies, intactes, les émotions de jadis.

Une semaine s'écoula ainsi qui me parut durer un siècle, quand un événement vint briser ce calme monotone et relancer les horloges de ma vie.

Chapitre IX

Un après-midi, nous devions être au début du mois d'avril, j'étais étendue au soleil, dans une chaise longue. Je relisais le *Journal d'Anne Frank*, quand soudain, je repensai à une réflexion de Marie-Georges. Elle avait parlé d'une question que les gendarmes lui avaient posée à la mort d'Anna. Ils avaient demandé si elle tenait un journal intime et Marie-Georges avait répondu qu'elle n'avait rien trouvé de ce genre. Un journal ! Mais bien sûr ! Je me levai précipitamment. Je savais ce qu'il me restait à faire.

Dans ma cuisine, j'attrapai fébrilement le pot de miel que j'avais acheté au Codec et composai le numéro qui se trouvait inscrit sur son étiquette. Au bout de deux sonneries, une voix grave me répondit.

Pierre Lafitte à l'appareil.

— Bonjour Pierre, c'est Élizabeth.

— Bonjour, Élizabeth.

Pas de Bront, pas de Lizzie, ça commençait mal. Il n'était apparemment pas décidé à me faciliter la tâche, car il ne dit rien de plus.

— Euh tu vas bien ? hasardai-je après un silence qui me parut affreusement long.

— Très bien.

— Je sais que tu as certainement été élevé parmi des loups, mais je te signale que les règles les plus élémentaires de la civilisation exigent que tu me demandes en retour comment je vais. Comme tu ne vas pas me le demander, je te le dis quand même : je vais très bien !

— Je suis ravi de l'apprendre, Bront.

Le rire dans sa voix m'inonda de bonheur et d'autre chose aussi, peut-être, à en juger par l'étrange chaleur qui se répandait dans mon entrejambes. Mais il fallait que je reste concentrée !

Je me demandais ce que tu faisais ce soir.

— Rester chez moi, comme des millions de Français. Je te signale que nous sommes assignés à résidence. À moins que vous n'ayez une proposition malhonnête à me faire, mademoiselle Dupuis ?

— Une proposition *très* malhonnête, monsieur Lafitte. Rendez-vous à la lagune ce soir à la nuit tombée. Apporte une pelle, une bâche et tes gros bras. Je te rejoindrai à vélo. N'allume pas tes phares, il paraît qu'il y a des patrouilles de gendarmes.

— Oh, Oh, une bâche… Mmmm, Bront, petite coquine, ce confinement commence à te peser : aurais-tu par hasard envie de sexe torride sous la lune ?

Bien sûr il se moquait de moi, mais il me sembla qu'on venait d'enflammer un baril de poudre dans mon estomac. Vite, vite, il me fallait une réplique !

Je tentai de prendre mon ton le plus détaché pour lui répondre, mais le tremblement dans ma voix vint en gâter tout l'effet.

— Arrête de prendre tes rêves pour la réalité, Lafitte, on est en pleine pandémie, tu crois que je prendrais le risque d'attraper tes miasmes.

— Je pense que tu as très envie de mélanger tes miasmes aux miens.

— Mais pas du tout !

— Ne t'énerve pas comme ça Bront, ça m'excite ! Moi aussi j'ai très envie de mélanger plein de choses avec toi. Mais on aura tout le temps d'en parler ce soir, allongés sur la bâche !

Il plaisantait, bien sûr, je l'entendais à sa voix, mais cela ne m'empêchait pas d'être dans tous mes états.

Pour conserver un semblant de dignité, je choisis la seule option qui s'offrait à moi. Je pris un ton d'institutrice outragée par les pitreries d'un affreux garnement et conclus :

— Ce soir à la lagune. Ne te fais pas pincer par les gendarmes !

Puis je raccrochai lâchement. Cet homme allait me rendre folle !

Ce soir-là, j'attendis avec impatience que la nuit tombât enfin. Puis, avec des ruses de Mohican, je me rendis à la grange, sortis en silence ma bicyclette, et m'enfonçai dans la forêt par le petit sentier sablonneux. Il me serait difficile de pédaler dans le sable, mais je ne voulais pas prendre le risque d'emprunter la route, et de me faire repérer par une patrouille. J'avais le cœur qui battait à tout rompre, alors que tout ce que je risquais, c'était une bonne engueulade et cent trente-cinq euros d'amende. Je ne pus m'empêcher de penser à Marthe et à Joseph qui, en 43, partaient sur ce même sentier, à pied ou à vélo, chercher des armes et des colis parachutés par les alliés. Eux, ils risquaient une balle dans la tête. Je progressais difficilement. Je mis plus de temps que je ne pensais pour parvenir à la lagune. Quand j'arrivai enfin, j'étais en nage malgré la fraîcheur de la nuit. J'appuyai ma bicyclette contre un pin et scrutai l'obscurité environnante pour deviner la silhouette du pick-up de Pierre. J'étais apparemment la première. Je m'apprêtais à m'asseoir pour l'attendre quand un hululement de chouette tout près de mon oreille me fit hurler de terreur.

— Mais chut, Bront, tu veux rameuter tous les flics du canton ? Je te signale qu'on est en totale effraction de la loi, là.

— Putain, Pierre, c'est quoi ces blagues de maternelle ? Et d'où tu sais imiter le cri de la chouette ?

— J'ai été scout, on m'appelait « Castor génial ».

— Sale menteur, ton père est et a toujours été un communiste révolutionnaire – je le revoyais encore distribuant des tracts à chaque période électorale – si tu as été scout, j'ai été danseuse au Crazy Horse.

— Tu aurais pu, tu as des jambes à se damner.

Je glissai sur l'allusion à mon anatomie, remerciant en mon for intérieur la déesse Hécate de ne pas éclairer trop crûment de ses rayons de lune mes joues certainement rouges de honte et aussi de plaisir.

— Tu as apporté ce que je t'ai demandé ?

— Oui Madame, où voulez-vous que je déroule la bâche ? J'ai aussi apporté des bougies, c'est la touche de romantisme pour contrebalancer le côté SM de la bâche. Mais si tu préfères qu'on se contente du clair de lune comme des loups en rut, ça me va aussi.

— Arrête des enfantillages, et suis-moi, Lafitte. N'oublie pas la pelle.

J'avais définitivement les joues en feu. Le reste aussi d'ailleurs.

En dépit des années qui s'étaient écoulées depuis la dernière fois que j'étais venue en ces lieux, je retrouvai aisément ce que j'étais venue chercher : un chêne majestueux, étendant ses branches aux feuilles émeraude, aussi incongru au milieu des pins qu'un joyau dans une quincaillerie. Je me dirigeai à grands pas vers lui, Pierre sur mes talons.

— Voilà, c'est ici !

Pierre me regarda avec de grands yeux ronds interrogateurs.

— C'est là, tu peux commencer à creuser.

— Attends, Lizzie, en plein confinement, tu me demandes de te rejoindre au cœur de la forêt pour creuser un trou au pied d'un chêne, c'est bien ça ?

— C'est bien ça. J'aurais pu le faire moi-même, mais ça aurait pris plus de temps. Toi, tu as les bras de

Clark Kent, en deux minutes tu auras traversé la croûte terrestre pour atteindre la Chine.

— Je glisserai sur cette allusion flatteuse à mon physique avantageux. Donc en fait, Bront, cette bâche ce n'est pas pour qu'on baise comme des bêtes ? Je suis déçu. C'est vrai que je ne voyais pas trop pourquoi tu voulais que j'apporte une pelle, mais j'ai pensé que tu étais très imaginative et…

— Pierre ?

— Oui ?

— Tais-toi et creuse !

Pierre secoua la tête en souriant, mais se mit tout de même à l'ouvrage. Il sifflotait en travaillant, comme si je lui avais demandé là une chose parfaitement naturelle, faisant aller sa pelle aussi rapidement que s'il pelletait des billes de polystyrène et non du sable humide, alourdi de racines et de pierres *niogha*.

Il s'interrompit un instant pour ôter son pull et essuyer son front du revers de la manche de sa chemise.

— Loin de moi l'idée d'être indiscret, Bront, mais qu'est-ce qu'on cherche ?

— Si je le savais, on ne serait pas obligé de creuser pour le découvrir.

— Excellente remarque, jeune dame. Je constate avec plaisir, mademoiselle Dupuis, que vous êtes non seulement belle, mais également extrêmement intelligente.

— Non, plus sérieusement, cet arbre c'était notre arbre à secrets, à Anna et à moi.

— Votre arbre à secrets ?

— Un jour, on avait huit ou neuf ans, on se baladait par ici, on a vu cet arbre, ce chêne, tout seul, majestueux, au milieu des pins décharnés. On a décidé que ce serait notre arbre. Il doit toujours y avoir nos initiales gravées sur son tronc quelque part. Enfin, bref, on venait y goûter, on restait des heures à discuter et, un jour, on y a enterré une vieille malle en fer de la grand-mère d'Anna, et on s'est promis de toujours venir y enfouir nos secrets les plus précieux. On se disait que si la vie nous séparait, ou la mort d'ailleurs, on pourrait toujours venir ouvrir ce coffre et voir ce que l'autre y avait déposé. Oui, oui, je sais, tu es en train de te dire, encore un truc débile de meufs…

— Et donc tu espères retrouver cette vieille malle et qu'Anna y ait déposé quelque chose ?

— Voilà.

Si Pierre pensa que c'était bien un « truc débile de meufs », il n'en montra rien. Il ne me demanda pas non plus en quoi consistait ce fameux quelque chose que j'espérais trouver ni pourquoi j'éprouvais ce besoin, peut-être morbide, de rester en contact avec Anna. C'était la sagesse de Pierre de ne pas poser aux gens des questions auxquelles ils n'avaient pas eux-mêmes de réponses. Silencieux et efficace, il continua de creuser et d'entasser soigneusement la terre sur la bâche qu'il avait déployée à cet effet. Soudain sa pelle fit entendre un bruit mat. Il avait atteint la malle. Je l'aidai à la hisser hors du trou.

C'était étrange de revoir ce coffre, tant d'années après l'avoir mis en terre. J'avais encore en tête la saveur de cet après-midi où nous avions pédalé, la lourde malle accrochée sur le porte-bagages d'Anna. Moi j'étais chargée des pelles. C'était le mois d'août, la fin des vacances, la rentrée se profilait à l'horizon. Nous avions creusé longtemps et, durant la phase d'ensevelissement, j'improvisai une cérémonie rituelle qui s'inspirait à la fois d'Harry Potter dont nous venions de dévorer les premiers volumes, de la série *Charmed* que nous regardions chaque samedi soir, et du film *The Craft* qu'on se passait en boucle sur le magnétoscope de René.

Les fermoirs étaient plus rouillés que dans mon souvenir, mais ils grincèrent à peine quand Pierre les déverrouilla. Il souleva le large couvercle et une odeur de terre humide et de moisi s'échappa des profondeurs de la malle. Je m'accroupis sur le sol et braquai ma lampe torche à l'intérieur. L'espoir d'y découvrir quelque chose de nouveau faisait battre mon cœur à coups rapides et sourds dans ma poitrine. Pourtant, moi, je n'étais jamais venue déterrer le coffre pour y enfouir quelque nouveau secret… En rompant avec Anna, j'avais aussi rompu ce pacte qui nous liait l'une à l'autre. Alors pourquoi Anna, elle, l'aurait-elle fait ? *Parce que*, glissait une petite voix en moi, Anna était sans doute restée plus fidèle que moi au souvenir de notre amitié. La preuve, elle avait bien gardé tous les exemplaires de *Dos Dos Match*. Peut-être aussi, la petite voix me le susurrait malicieusement à l'oreille, avait-elle eu plus de secrets à enterrer que moi…

La lueur tremblotante de ma lumière ne me dévoila rien d'extraordinaire ; je reconnus les menus objets que nous avions déposés la première fois : les *Barbies* dont nous avions décrété que nous étions trop grandes pour jouer avec, la liste des plus beaux garçons du monde, la liste des personnes que nous détestions le plus au monde, si mes souvenirs étaient bons, notre instituteur de CE1, M. Lareillette arrivait en tête, les cassettes audio sur lesquelles nous avions enregistré nos propres versions de nos tubes préférés, et d'autres bibelots, vestiges de l'enfance, qui me ramenaient si loin en arrière. Mais hélas, rien de nouveau, rien n'attira mon regard. Le contenu de la malle était identique à celui qu'il était en ce lointain après-midi d'août, il y avait si longtemps. Je poussai un soupir de découragement.

— Pardon, Pierre, je pense qu'on est venus pour rien.

Il ne répondit pas. Je tournai la tête, il lisait quelque

chose à la lueur de son téléphone.

— Pierre, je te parle ! Il ne détourna pas les yeux.

— Putain, Lizzie, tu as osé mettre Bastin Griffaut en numéro dix sur cette liste, et je ne suis même pas cité ! Bastien Griffaut ! Il est obèse à l'heure qu'il est, on dirait *Jabba the Hut*, et moi je n'ai même pas eu droit à la dernière place. Je suis blessé à mort !

— Pierre, tu as deux ans de moins que moi. À cette époque, à mes yeux, tu n'existais pas, d'accord ? Bon, on est bredouille, tu as creusé pour rien, je suis désolée.

Il redevint immédiatement sérieux.

— C'est moi qui suis désolé, Lizzie, ça avait l'air important pour toi. On remet tout en place ou tu veux rapporter le trésor chez toi ?

— Remettons en place, il faut penser à laisser du boulot aux archéologues du futur !

J'étais triste et surtout légèrement honteuse d'avoir entraîné Pierre dans ce fiasco. Mais au moment où je m'apprêtai à refermer la malle, je sentis une aspérité à l'intérieur du couvercle. Je braquai dessus le faisceau de ma lampe.

— Mais qu'est-ce que… Pierre, tu veux bien me tenir la lumière. Oui, comme ça. Mais regarde, ce sont des cahiers, ils ont été scotchés à l'intérieur du couvercle !

Je décollai avec des doigts tremblants le ruban adhésif, l'humidité m'avait déjà grandement facilité la tâche, et je parvins à extraire deux carnets enveloppés dans une pochette transparente. J'étais fébrile, car je savais qu'Anna ne les avait pas mis là la première fois, quand nous étions toutes les deux. Elle était donc revenue, au moins une seconde fois, seule, pour y déposer ces cahiers d'écolier. Je tenais là une chance de peut-être comprendre. Comprendre quoi exactement ? Bien malin qui pouvait le dire. Depuis que j'étais rentrée au pays, il me semblait que je progressais sur un sol mouvant toujours prêt à se dérober sous mes pas, j'avançais comme dans une sorte de brouillard, découvrant à chaque pas que le passé que je croyais immuable avait été réécrit pendant que j'étais partie au loin. Anna, la personne que je croyais connaître le mieux monde, se révélait autre, nouvelle, inconnue. Peut-être ces cahiers me la ramèneraient-ils, m'aideraient-ils à la retrouver et à comprendre enfin ce qui l'avait poussé à se donner la mort. Je me sentais un peu comme Howard Carter, le jour où il découvrit le tombeau inviolé de Toutankhamon : à l'aube d'une grande révélation. Sauf qu'à la différence du célèbre égyptologue, je ne violais aucune sépulture. Pas un instant je ne redoutai de subir la malédiction des archéologues anglais. Eux, ils avaient pillé une tombe, avaient accaparé ce qui aurait dû reposer en paix pour l'éternité ; moi, je savais que ces petits cahiers, Anna me les destinait.

Je lus une page au hasard. L'encre bleue était légèrement délavée et à la lueur incertaine de la lampe, je déchiffrais difficilement, mais c'était bien l'écriture ronde et appliquée d'Anna.

Aujourd'hui, j'ai croisé Phébus en passant devant chez Dubernet. J'ai fait comme si de rien n'était, mais j'ai bien vu qu'il me regardait...

Anna et moi étions des fanatiques de codes censés être complètement opaques pour les gens qui auraient pu surprendre nos conversations. Julius prétendait souvent que nous écouter revenait, pour lui, à entendre parler l'esperanto, il n'en comprenait pas un mot. Ainsi Raphaël, qui avait une belle chevelure dorée, s'était-il vu surnommer Phébus. Je m'en voulus d'ailleurs par la suite - c'était moi qui avais trouvé ce surnom - de ne pas avoir plutôt opté pour Détritus ou Fripouille, qui auraient été des cognomens bien plus adaptés au personnage.

— Pierre, ce sont des journaux intimes ! C'est extraordinaire ! C'est exactement ce que j'avais espéré ! Je n'arrive pas y croire !

— Oui je vois, mais ne reste pas là, assise dans le froid, Lizzie, va lire ça tranquillement dans la voiture. Je rebouche le trou, je te rejoins. Tu es sûre que tu ne veux rien garder de tout ce qu'il y a dans ce coffre ?

— Je suis sûre, oui.

— Pas même une petite Barbie ?

— Non !

Je saisis la main que Pierre me tendait pour me relever. Je sentis alors à quel point la terre avait été glacée et humide sous moi. Il me semblait que le froid s'était insinué sous mon jean et ma veste légère. Je frissonnai et me frottai machinalement les avant-bras. Immédiatement Pierre attrapa son pull et le drapa sur mes épaules.

— Allez, file dans la voiture, tu claques des dents, je suis garé juste derrière le bouquet de pins là-bas.

Je m'éloignai dans la direction qu'il avait indiquée et après quelques minutes j'aperçus la silhouette de son pick-up. Je me hissai à l'intérieur. La chaleur qui régnait dans l'habitacle me parut douce, après la fraîcheur de la nuit. J'inclinai légèrement mon siège et je commençai à lire le premier carnet à la lueur de ma lampe. À l'excitation de la découverte, succéda la déception. S'il s'agissait bien de journaux intimes écrits de la main d'Anna, un rapide survol des dates inscrites dans les deux cahiers me permit de constater qu'ils couvraient uniquement nos années de CM2 et de sixième. Je n'y apprendrais donc rien sur l'Anna de ces dernières années, celle dont le parfum même m'était étranger, et je continuerais éternellement de me cogner à l'énigme de son suicide comme à un mur de granit.

Je refermai les journaux en même temps que mes yeux, soudain découragée. Quelques minutes plus tard,

Pierre était de retour. Il jeta la pelle et la bâche à l'arrière du pick-up puis monta sur le siège conducteur. J'entendis un cliquetis caractéristique qui me fit lever la paupière.

— Ne me dis pas, Pierre Lafitte, que tu as apporté des bières !

— Bon je ne te le dis pas, alors. Blanche ou ambrée ?

— Blanche, répondis-je en secouant la tête. J'ai l'impression que tu serais le genre de type à penser aux bières, même pendant une guerre atomique.

— Ce serait la première chose à laquelle je penserais ! À la tienne, Bront.

Nous entrechoquâmes nos bouteilles et, pendant quelques instants, nous bûmes en silence. C'était incongru et agréable à la fois d'être là, en pleine nuit, à côté de la lagune luisant sous la lune, au milieu des immenses pins que le vent faisait frissonner, à siroter une bière et à parler avec quelqu'un qui avait le don de ramener les choses à leurs justes proportions. Quand je lui expliquai ma déception, et ma crainte de ne jamais apprendre ce qui était arrivé à Anna, Pierre se tourna vers moi et me regarda pendant un long moment. Puis il soupira et dit :

— Il faut peut-être que tu te prépares à ne jamais le savoir, Lizzie. Tu sais, j'ai beau avoir deux ans de moins que toi, je me souviens très bien de vous deux à l'école, toujours collées, toujours l'une avec l'autre, en fusion. Mais elle avait le droit de choisir sa façon de partir et le droit de vouloir emporter le secret de son chagrin avec elle. Et ça je crois qu'il faut que tu commences à l'accepter.

Je soupirai sans rien dire. Évidemment, il avait raison.

— Tu es terriblement déçue en mode cœur brisé, ou simplement raisonnablement déçue ?

Je lui jetai un coup d'œil interrogateur. J'aurais dû

me méfier du pétillement furieusement malicieux au fond de ses yeux sombres.

— Je suis déçue, mais je vais m'en remettre !

— Ah parfait.

— Pourquoi, parfait ? Je ne comprends pas.

— Je vais pouvoir passer à la phase B de mon plan machiavélique.

Et sur ces mots, il me prit la bière des mains, la vida d'un trait, avant de balancer la bouteille à l'arrière, puis il inclina encore davantage mon siège et enfin, lentement, presque paresseusement, inclina sa haute taille vers moi dans le but manifeste de s'emparer de mes lèvres. Je tentai une timide objection :

— Pierre, je ne suis pas tout à fait sûre que ce que tu t'apprêtes à faire respecte les gestes-barrière…

— Si tu veux, je t'embrasse ailleurs que sur les lèvres, Bront ! Ça respecterait parfaitement les gestes-barrière.

Il se tenait au-dessus de moi, les petites rides autour de ses yeux dessinant un large sourire, si merveilleusement beau que mon cœur me parût à l'étroit dans ma poitrine. Et ce fut finalement moi qui me hissai sur les coudes pour l'inviter au baiser que tout mon corps semblait appeler.

Sa bouche était aussi brûlante que dans mon souvenir et, quand sa large main se faufila sous ma chemise pour venir caresser mes seins, il réveilla au fond de moi une réponse dont la puissance m'effraya légèrement. C'était comme s'il avait su mieux que moi ce dont j'avais envie, ce dont j'avais besoin. Il savait où caresser, où embrasser, quand ralentir et quand se ruer voracement comme un félin privé de repas pendant des semaines. Il jouait du corps féminin comme d'un instrument dont il aurait maîtrisé tous les subtils accords. Mieux valait ne pas s'appesantir sur ce qu'impliquait une telle expertise… Odile m'avait dit un jour : « Il faut se méfier des mecs qui baisent bien. » À l'époque je n'avais absolument pas compris cette remarque. Mais aujourd'hui, elle me revenait en mémoire. Dur de barder son cœur contre un homme capable de vous faire pleurer de plaisir. Or c'était exactement ce qui était en train de m'arriver. Après avoir fureté sous ma chemise, la main de Pierre s'était aventurée plus au Nord et, avant que j'eusse pu réagir – non que j'en eusse ressenti le désir, je crois que même si le vaisseau spatial d'E.T s'était à l'instant posé sur la lagune, rien n'aurait pu m'arracher à ce siège – de ses longs doigts agiles, il s'était mis à déboutonner mon jean. Il m'embrassait, sa main gauche berçant ma joue tandis que sa main droite caressait le mont auquel on a donné le nom de la déesse de l'amour. Je reconnaissais les vagues de plaisir, elles m'étaient familières et, désormais, je les accueillais, soupirant plus fort à chaque assaut. Les vagues étaient plus intenses, plus puissantes, mes soupirs s'étaient mués en cris que Pierre tentait de museler de ses baisers.

— Chut, Lizzie, tu vas rameuter une patrouille !

Il avait beau jeu ! Rester silencieuse avec ce qu'il me faisait ! Pierre avait cessé de m'embrasser, il me regardait, ses yeux emplis de tendresse et d'une émotion plus secrète, qu'il semblait tenir en bride, mais qui transparaissait quand même dans ses prunelles sombres. Sous ce regard brûlant, je sentais mon corps sur le point de se désagréger, mais je ne voulais pas être seule dans mon plaisir.

— Pierre, mais, toi, tu ne vas pas..

— Chut, Lizzie, s'il te plaît, laisse-moi juste te regarder. Tu es si belle. Laisse-toi aller, jouis pour moi.

C'en fut trop, je me convulsai autour de ses doigts en moi, en hurlant son nom. Quand je repris conscience, j'étais serrée contre la poitrine de Pierre, j'avais chaud, je ne savais plus où finissait mon corps et où commençait le sien et il essuyait calmement les larmes qui avaient coulé sur mes joues.

J'étais tellement épuisée, que je n'eus que la force de murmurer :

— Si c'est ça la phase B, je te préviens tout de suite, que je ne suis pas apte pour la phase C.

Il éclata de rire et planta un baiser sur le sommet de mon crâne. Je songeai que je ne m'étais jamais sentie aussi bien de toute ma vie. J'aurais voulu rester toujours ainsi, je me sentais chérie, protégée, peut-être même aimée. Soudain les muscles de Pierre se raidirent sous la paume de ma main. Il redressa légèrement la tête puis abaissa la vitre. Il tendait l'oreille. Tout d'abord, je ne distinguai que le silence, avant d'entendre le ronronnement perceptible d'un moteur.

Il se tourna vers moi un sourire légèrement railleur aux lèvres :

— Bront, quand je te disais que tes cris allaient rameuter une patrouille.

Je me relevai, effarée, et tentai de remettre de l'ordre dans ma tenue. Si les gendarmes arrivaient dans l'instant, il leur suffirait de me jeter un coup d'œil pour comprendre que je venais tout juste d'être magnifiquement, explosivement, orgasmiquement comblée et, assurément, j'en mourrais de honte !

— Hein ? Quoi ? Mais quand même, je vois mal les gendarmes venir en pleine nuit à la lagune, surtout avec leur petit Kangoo de rien du tout, ils vont s'enliser.

— À la hauteur des phares – nous voyions en effet se dessiner une lueur au loin – je parierais sur un quatre-quatre, le quatre-quatre de ce fouille-merde de Didier Estève.

— Mais c'est pas le garde-chasse, lui ?

J'avais en tête quelques anecdotes liées à ce nom, et aucune n'était à la gloire du personnage. Il avait verbalisé des mamans d'élèves pressées qui avaient oublié de rattacher leur ceinture, après avoir déposé leurs têtes blondes à l'école ; il avait dénoncé un vieux forestier solitaire qui avait recueilli un chevreuil tout bébé dont la mère avait été tuée et qui le faisait vivre dans sa maison. La séparation avait été terrible, et on avait appris que le petit chevreuil, recueilli par la société protectrice des animaux sauvages, s'était laissé mourir de faim, et de chagrin sans doute. Je me souvenais que quand Joseph prononçait son nom, il crachait toujours par terre ! À condition d'être dehors évidemment !

— Oui, oui, garde-chasse et fils de pute assermenté ! Il a demandé à la gendarmerie de pouvoir collaborer avec eux dans la chasse aux dangereux criminels qui ne respecteraient pas le confinement. Putain, lui, Lizzie, on n'a pas besoin de se demander de quel côté il aurait été en 40 !

Je n'avais jamais vu Pierre aussi énervé, aussi tentai-je de l'apaiser.

— En même temps, Pierre, on ne va pas en faire un drame. On attend sagement ici et, s'il voit la voiture en passant, on lui expliquera qu'on est venus écouter le brame du cerf. Soit il est indulgent, soit on en sera quittes pour cent trente-cinq euros d'amende, que je paierai d'ailleurs, car c'est moi qui t'ai entraîné dans cette galère.

— Bront, primo, ce con d'Estève croira peut-être qu'une poète de ton genre soit venue au brame du cerf au mois de mars, mais pour moi, il ne gobera jamais un truc aussi énorme !

Face à mon regard interrogateur, il précisa :

— Les cerfs brament à l'automne ! Deuxio, s'il s'approche jusqu'ici, je ne vais pas pouvoir m'empêcher de l'insulter un petit peu, voire de le secouer, peut-être, même très probablement et, pour le coup, j'en serai quitte pour un outrage à agent et on ne va pas s'en tirer pour cent trente-cinq euros.

— Je vois. Donc que proposes-tu ?

— On laisse la voiture, je pourrai toujours dire demain que j'étais venu en journée récupérer un essaim d'abeilles et que je suis tombé en panne. On prend ta bicyclette, je te porterai. Il y a peu de chances que ce con s'aventure dans le petit chemin quand même.

J'aurais dû me souvenir de ma réplique préférée dans mon film préféré : « *les cons ça ose tout, c'est même à ça qu'on les reconnaît* ».

Comme les bruits de moteur et la lueur des phares continuaient de se rapprocher, nous sortîmes discrètement de la voiture de mon côté et courûmes jusqu'à ma bicyclette. J'avais pris soin de glisser dans mon sac en bandoulière les journaux d'Anna. Je sautai sur le porte-bagages et Pierre pédala comme un fou sur le petit sentier. Il n'alluma pas la lumière, ce qui rendait notre progression compliquée. Nous heurtions souvent de grosses racines, et alors je rebondissais comme une balle de ping-pong et j'étais obligée de m'agripper d'autant plus fort à la taille de Pierre. Arrivés au vieux châtaigner tordu sur lequel nous aimions jouer aux pirates Anna et moi, Pierre s'arrêta, l'oreille aux aguets.

— Mais qu'est-ce que tu fiches Pierre, on est presque arrivés derrière chez moi, dépêche-toi, m'impatientai-je en lui flanquant une tape sur les fesses comme pour faire avancer un cheval récalcitrant. Autant frapper un mur. Ledit fessier était dur comme la pierre.

— Non, on n'aura pas le temps, cet enfoiré a pris le sentier, il est juste derrière nous. Viens vite, on a va planquer le vélo et s'aplatir dans les bruyères en croisant les doigts pour qu'il ne nous repère pas.

Sans perdre de temps, Pierre jeta la bicyclette dans les fourrés bordant le chemin, les touffes fournies de genêts, de bruyères et d'ajoncs étouffant le bruit. Puis il me prit par la main et nous nous enfonçâmes dans les bois. Nous nous allongeâmes à plat ventre derrière un bouquet de pins, et attendîmes, le cœur battant.

Je sentais la main chaude et rassurante de Pierre au creux de mes reins, puis, tandis que l'attente se prolongeait, elle s'aventura plus bas, flattant la partie la plus charnue de mon être.

— Pierre, chuchotai-je, qu'est-ce que tu fiches ?!

— Je te tripote, Bront. Pff, je regrette vraiment d'avoir laissé cette bâche dans la voiture. Songe à ce qu'on aurait pu faire dessus…

— Tais-toi, imbécile, les phares se rapprochent.

En effet, nous vîmes bientôt passer un quatre-quatre. Derrière la vitre se devinait le profil d'aigle de Didier Estève. Il roulait au ralenti et scrutait les environs.

— Il a vraiment une tête de con, hein ? chuchota Pierre dans le creux de mon oreille.

Je pouffai dans le creux de mon coude. Chaque minute me semblait durer des heures, mais la voiture finit pas s'éloigner. Quand tout danger fut écarté, je regardai Pierre et l'absurdité de notre situation me sauta aux yeux : nous étions enfoncés jusqu'aux oreilles dans des touffes de bruyère, en pleine nuit, pour tenter d'échapper à la mercuriale d'un vieux garde forestier. Ce fut plus fort que moi, je fus prise d'un fou rire, bientôt imitée par Pierre. Que c'était bon de rire !

— Tu es belle quand tu ris, Bront !

— Arrête immédiatement, Lafitte ! Toi, c'est gros comme une maison, tu tentes désespérément de m'entraîner vers une phase C, et je crois sincèrement que je ne pourrai pas survivre à un nouvel orgasme.

— Ne fais pas ta petite nature, Bront, ramène tes jolies petites fesses et allons nous abriter chez toi. Si on passe à la phase C ici, je vais te faire crier tellement fort que c'est pas seulement Estève qui va rappliquer, mais aussi la caserne de pompiers et tout le contingent de gendarmes par-dessus le marché.

Mais quel fanfaron ! Néanmoins, comme il avait

qualifié mes fesses de jolies, je ne relevai pas.

J'aurais voulu récupérer ma bicyclette, mais Pierre me souleva dans ses bras et courut presque jusqu'à la maison. Il referma la porte de la cuisine d'un coup de pied, me coucha à même le carrelage, et me fit l'amour comme un possédé. Il avait eu raison d'insister pour que nous rentrions. Mes hurlements se seraient entendus jusqu'à Froustey.

Il devait être minuit passé quand je proposai à Pierre d'aller nous coucher dans mon lit. J'avais les jambes si cotonneuses qu'il dut m'aider à me mettre debout. En passant devant le téléphone dans le bureau, je vis clignoter le répondeur. Qui avait bien pu me laisser un message ? J'appuyai sur le bouton. La voix, claire et distinguée, m'était inconnue.

— Mademoiselle Dupuis ? Il semblerait que nous soyons condamnées à nous parler par répondeur interposé, tant pis. J'ai bien eu votre message et c'est la raison de mon appel. Claude Figeac-Dutel à l'appareil. J'ai été très étonnée de votre demande, car oui, évidemment, je me rappelle très bien Solange Dupin, elle avait quelques années de moins que moi, mais nous fréquentions toutes les deux l'école de Dos. C'était un être discret, effacé, et même triste. Je ne sais pas comment vous dire cela, mais souvent, quand quelqu'un de jeune meurt, on dit tous ces phrases toutes faites, mais pourtant si vraies, « quelle horreur, il était si plein de vie »… Eh bien, personne n'a dit cela quand Solange est morte, elle n'était déjà plus si pleine de vie que cela, vous voyez ? Je ne sais pas trop comment ça se passait chez les Dupin, qui peut bien savoir ce qui se passe derrière les hauts murs et les portes closes ? Mais ce n'était pas une petite fille heureuse, de cela je suis sûre. Quant aux circonstances de sa mort, permettez-moi d'être très étonnée d'apprendre qu'Yves Dupin vous ait autorisé à vous renseigner sur ce sujet sensible. Ce serait la preuve qu'il est un homme différent de son père, et différent de ce que je pensais. Pour vous dire les choses très brutalement : le jour où Solange est morte, Madame Dupin, hystérique a téléphoné à mon père. Le soir quand il est rentré, je l'ai entendu dire à ma mère qu'il était sûr qu'elle avait ingéré une surdose mortelle de datura et qu'il avait demandé des analyses. Maman lui a dit que ça ferait un beau scandale au village, mais, lui, il répétait qu'un homme fait ce qu'il doit. Il était comme ça, Papa, incorruptible. Hélas, les résultats demandés ne sont jamais arrivés, mon père a même subi des pressions de la part de l'Ordre des Médecins et nous avons dû quitter Dos précipitamment. Papa ne m'en a jamais dit plus sur cette histoire, et les rares fois où j'ai essayé de l'interroger, il m'a envoyé sur les roses en me rétorquant que moins j'en savais, mieux je me porterais. Cependant un jour, oh c'était bien longtemps après cette histoire, nous vivions à Paris depuis une vingtaine d'années au moins, j'étais venue amener ma fille chez mes parents, elle dormait dans son couffin, donc je suis entrée dans l'appartement sans faire de bruit pour ne pas la réveiller. Et je les ai entendus se disputer dans la cuisine. Maman disait : « envoyer une lettre anonyme à la gendarmerie de Dos, vingt ans après les faits, mais à quoi joues-tu, mon pauvre Marcel ? Il faut que tu lâches l'affaire. » Et lui, il lui a rétorqué : « Bon Dieu, Bénédicte, est-ce que tu peux comprendre que cette histoire me hante ? J'ai prêté un serment, un serment tu comprends ? J'avais déjà fermé ma gueule la première fois, alors qu'il y avait quelque chose de louche. Mais là, c'est trop. Cette pauvre petite, je n'ai jamais pu oublier son visage, ses pupilles dilatées. Et s'il s'agissait de Claude, ou de notre petite fille, tu lâcherais l'affaire, toi ? » Je me souviens que ma mère a conclu en lui disant que tout ce qu'il avait, c'était de vagues soupçons et qu'il valait mieux laisser reposer cette vieille histoire. Je leur ai donné le temps de se calmer, je suis ressortie discrètement et, cette fois, j'ai sonné à la porte. Mes parents sont décédés depuis, et c'est la dernière chose que je peux vous dire sur la mort de Solange Dupin.

Je m'étais assise sur le fauteuil dans le bureau pour écouter. À la fin du message, je me retournai. Pierre s'était installé sur la première marche de l'escalier et me fixait d'un œil sombre.

— Lizzie, je n'aime pas du tout ça, non vraiment, je n'aime pas du tout ça.

— Que veux-tu dire ?

— Je te connais, Bront, tu ne vas pas pouvoir t'empêcher de continuer à fouiner jusqu'à ce que tu trouves quelque chose et, parfois, quand on creuse, on tombe sur un os.

Il déplia sa grande carcasse et me tendit la main. Il souriait, mais je lisais aussi autre chose dans ses yeux. De l'angoisse. Je plaisantai à la fois pour le rassurer et aussi pour déguiser ma propre crainte :

— Bouh, un os, ça ne peut pas faire grand mal.

— Oui, mais parfois il y a une charogne qui colle encore à l'os. Ce que je veux dire, c'est que tu dois être prudente.

— Ne me dis pas que tu t'inquiètes pour moi, Lafitte.

— Si, je m'inquiète. Tu m'as l'air d'avoir développé une certaine aptitude à te mettre dans le pétrin. J'ai donc la ferme intention de coller à ton charmant derrière dans les jours qui viennent.

Donc mes fesses étaient « jolies », et mon derrière était « charmant » ? Je souriais comme une demeurée en lui rétorquant :

— Pour m'aider à creuser, comme ce soir ?

— Entre autres, et aussi pour jouer des poings si

jamais tu tombes sur un os un peu trop dur !

Je me jetai fougueusement dans ses bras.

— Pierre Lafitte, je vous trouve furieusement romantique.

— Tu vas voir si je suis romantique.

Sur ce, il me jeta sur son épaule comme un homme des cavernes et m'emporta, hurlant de rire, jusqu'à ma chambre. Et ce fut très romantique.

Je m'éveillai vers six heures du matin, alerte et reposée comme si j'avais dormi douze heures. Le bras de Pierre était posé sur ma taille et sa main était large et chaude dans mon dos. Je me sentais heureuse, je ne me souvenais pas de m'être jamais sentie aussi heureuse. Pendant quelques instants, je restai immobile, mais il fut bientôt évident que je ne parviendrais pas à me rendormir. Je me levai discrètement et descendis. Je me fis un thé à la vanille et, ma tasse à la main, je décidai de sortir le boire sur la terrasse, pour savourer la lumière de l'aube et la paix du jardin au petit matin. Devant la porte, jetés par terre dans la précipitation de notre arrivée, se trouvaient ma veste et mon sac en bandoulière. J'accrochai ma veste à la patère le long du mur et ramassai le sac. Les journaux d'Anna dépassaient. Je les pris tous les deux et sortis. Je m'installai dans le grand fauteuil en bois sur la terrasse et, tout en sirotant mon thé, je commençai à lire les pages couvertes de cette écriture si appliquée qui valait toujours à Anna les félicitations de nos maîtres.

Quelle sensation étrange me procura la lecture de ces souvenirs ! Car c'était également les miens, mais racontés par quelqu'un d'autre, perçus depuis un autre point de vue. Si je ris parfois – Anna était déjà caustique et pleine d'humour à dix ans et avait un don incroyable pour raconter les anecdotes – je fus aussi émue de trouver tant de réflexions tendres et affectueuses à mon égard. J'en avais inconsciemment tant voulu à Anna de ce que j'avais vécu comme une trahison que j'en étais venue à penser que j'avais idéalisé notre amitié, imaginé qu'une affection sincère et loyale nous ait jamais liée l'une à l'autre. Ces pages me prouvaient combien c'était moi qui avais été déloyale. Anna avait été mon amie. Avais-je été la sienne ?

J'avais déjà parcouru la moitié du premier cahier, quand commencèrent des allusions à un certain V qui m'intriguèrent. Aucun des surnoms, des codes qui parsemaient ces pages ne m'avaient été inconnus, je les partageai tous avec Anna, nous les avions forgés ensemble. Mais j'eus beau me creuser la tête, je ne me souvenais pas que nous ayons jamais surnommé quiconque V. Ce ne furent au début que quelques allusions : « *V m'a encore fait un compliment quand je suis passée à vélo, aujourd'hui* » ; « *V était dans son jardin, il doit me guetter, il m'a offert une rose de son jardin en me disant que j'étais aussi charmante que cette fleur. Cela m'amuse* » ; « *V m'a offert une cigarette. Il m'a dit que dans quelques années, il enfourcherait son plus bel étalon blanc et viendrait demander ma main à mes parents. J'imagine la tête de mon père !* »

Qui pouvait bien être cet homme ? Car c'était clairement un homme d'âge mûr. Je n'imaginais pas une seconde un de nos camarades de l'école primaire, ni même un adolescent du village, entre deux traitements au *Biactol* et trois courses de rollers, offrir des roses à Anna, ni même lui proposer de demander sa main. Cette cour surannée et démodée sentait bien trop la naphtaline. Mais V… était-ce l'initiale d'un prénom ? D'un nom de famille ? Les codes que nous créions avec Anna n'obéissaient jamais à une logique aussi simple. Ils étaient toujours alambiqués, et si emmêlés que personne n'aurait pu se douter par exemple que, derrière le charmant surnom de GBDP, se cachait l'acrostiche de Grosse Boule de Pain, qui désignait Emilie Puisade, pour la simple raison que son père était boulanger. Je risquais donc de me casser les dents sur le mystère de ce V. J'étais prête à parier qu'il y avait un lien avec *Voldemort* dans *Harry Potter*, mais pourquoi avoir surnommé cet individu ainsi ? Car Anna avait senti qu'il était dangereux ? Car il avait une tête de serpent ? Pourtant les remarques d'Anna à son égard n'étaient pas négatives, on la sentait même flattée de ses marques d'attention. Était-il puissant et envoûtant comme un reptile aux yeux hypnotiques ?

Puis le journal s'interrompait sur une longue période. Anna n'avait rien noté pour le mois de juillet et août de cette année-là. C'était justement l'été où nous avions passé cinq semaines en Provence, mes parents, Julius et moi. Certes, j'appelais Anna une fois par semaine, mais peut-être ne me racontait-elle pas tout.

Les pages suivantes concernaient le mois de novembre. Nous étions rentrées en sixième et Anna consacrait beaucoup de lignes à décrire son nouvel environnement, les gens nouveaux qu'elle rencontrait. Et de nouveau revenaient les mentions de V, mais cette fois-ci ce que je lus me glaça les sangs : « *Ai passé deux heures chez V. Un peu marre de devoir à chaque fois passer deux heures toute nue dans les courants d'air de cette vieille maison qui tombe en ruines. C'est flippant, je trouve, cette immense bâtisse qui craque, perdue au fond des bois. V dit que je suis belle, que je dois être vénérée comme une déesse. Est-ce que je suis amoureuse de lui ? Je ne crois pas. C'est Phoebus que j'aime. N'est-ce pas ?* »

Et plus loin : « *V a voyagé partout dans le monde et a connu des milliers de femmes. Il dit que c'est pour ça qu'il sait comment procurer du plaisir. Il dit aussi que dans d'autres cultures, on fait confiance à des hommes plus âgés pour initier les jeunes filles au plaisir. J'aime*

quand il me dit que je suis une jeune fille, pas une petite fille. Je détestais quand ma cousine Hélène et ses amies pimbêches me regardaient comme si elles savaient des choses que j'ignorais. V me dit que, grâce à lui, c'est désormais moi qui les regarderai comme des filles qui ignorent ce que, moi, je sais.
PS : Ne pas raconter ça à Anna, elle ne comprendrait pas.
PS 2 : Penser à le lui raconter avant de mourir, quand même !
PS 3 : Aurai-je envie de lui raconter ? De m'en souvenir ? Mystère... »

C'était la dernière page du deuxième cahier. Après cela, plus une ligne... Je restai longtemps, mon thé refroidissant lentement dans ma tasse, à contempler le jardin, si beau dans la lumière rase du petit jour, me heurtant à l'énigme de ce V et à l'énormité de ce que me révélaient les lignes que je venais de lire. À onze ans à peine, Anna avait eu des relations sexuelles avec un homme clairement plus âgé, qui possédait une vieille maison en ruines, lui offrait des fleurs et lui demandait de rester nue pendant des heures. *« Aurais-je envie de lui raconter ? De m'en souvenir... »* Je n'étais plus tellement sûre, pour ma part, d'avoir envie d'en savoir davantage. Cet homme avait abusé de sa jeunesse, avait eu une emprise sur elle, la preuve, je n'avais pas réussi à compter le nombre de *« V dit que »*. Anna avait toujours été aventureuse, avait toujours eu du goût pour l'interdit et surtout, surtout, elle était fascinée par la puissance et l'argent. Je me souvenais que tout en proférant un amour éternel pour Raphaël, elle disait souvent, lorsqu'elle imaginait son futur :

— Ralph, ce sera mon amant, et j'aurai un mari très riche qui m'achètera tout ce que je voudrai.

Elle était à un âge où elle comprenait que ses parents « comptaient » quand il y avait en ce monde des gens qui dépensaient sans compter. Ce V était-il un homme riche ? En tout cas, elle avait été clairement envoûtée par cet homme et il en avait profité. Et ce salopard était certainement en vie, se baladait encore dans Dos, guettant peut-être d'autres petites filles à la sortie de l'école pour leur offrir des roses, jouer au prince charmant et… Je fus prise d'un haut-le-cœur.

Pierre me trouva assise au même endroit quand il se réveilla bien plus tard ce matin-là. Il était sorti précipitamment de la maison en caleçon, manifestement à ma recherche. En m'apercevant, je le vis expirer bruyamment, visiblement soulagé.

— Ah ! Tu es là, Bront, je croyais que tu m'avais encore filé entre les pattes !

Puis, apercevant les journaux sur mes genoux, il eut un geste du menton en leur direction.

— Alors ? Tu as appris quelque chose ?

Ma voix était blanche quand je répondis.

— Je crois que j'ai trouvé un os, Lafitte, et j'ai bien peur qu'il n'y ait une charogne accrochée au bout…

Chapitre X

Pierre insista pour que nous rentrions prendre un solide petit déjeuner et, tandis que je lui racontais ce que m'avaient appris les journaux d'Anna, il se mit en devoir de nous concocter une omelette que nous dévorâmes à belles dents avec de larges tranches de pain grillé. Ce festin matinal, ajouté au soulagement de pouvoir me confier à quelqu'un, me fit beaucoup de bien. Pierre avait le don de tout relativiser.

— Bront, tu sais pertinemment pourquoi Anna ne t'a jamais raconté cette histoire. Tu aurais immédiatement tout dit à ton père et le Don Juan des bacs à sable aurait fini en zonzon, avec un bon coup de pied dans les couilles, par-dessus le marché.

— Ne me dis pas que tu penses qu'il ne l'aurait pas mérité !

— Des types pareils, ils mériteraient bien pire, Bront. C'est d'ailleurs la raison pour laquelle, si nous avons des filles, ma chérie, nous les mettrons au couvent.

Je sursautai et le regardai avec des yeux comme des soucoupes. Il était hilare.

— Calme- toi, Bront, c'est une blague !

Il se leva et se pencha pour me chuchoter à l'oreille.

— Le couvent, évidemment c'est une blague, mon père ne me le pardonnerait jamais !

Hein ? Quoi ? Comment ? On en était déjà à parler progéniture ? Une vague d'angoisse me parcourut. Je ne savais pas si Pierre plaisantait ou s'il était sérieux.

Dans le doute, je choisis la voie de la prudence et ne répondis rien.

Puis nous prîmes un bain qui nous mit tous les deux dans un tel état qu'il fallut retourner au lit illico presto, et il était presque onze heures quand nous sortîmes avec des mines de conspirateurs pour récupérer l'antique bicyclette sur la couche de bruyère où elle avait passé la nuit.

Je l'enfourchai et Pierre reprit à pied la direction de la lagune pour récupérer sa voiture. Il me donna un long baiser avant de partir.

— Sois prudente, Bront. Et on enfreint de nouveau la loi quand tu veux, j'ai adoré !

Je suivis longtemps du regard sa haute silhouette qui s'éloignait jusqu'à ce qu'elle disparaisse au loin. Je pédalai, rêveuse jusque chez moi, préoccupée par une question capitale : les yeux de Pierre étaient-ils de la couleur de l'onyx dans lequel on aurait glissé quelques éclats d'ambre chaud, ou de l'obsidienne parsemée de paillettes d'or ?

Je tentai d'écrire quelques lignes de la conclusion de ma thèse, mais Ovide et Auguste me parurent bien ternes. Après de longues minutes passées à bayer aux corneilles devant l'écran de mon ordinateur, je me levai et me décidai à préparer des crêpes. J'irais en déposer chez Marthe, elle serait contente. Peut-être même pourrais-je proposer à Pierre de venir en déguster une ou deux dans la soirée ? À cette pensée mon organisme s'affola lamentablement et je mis des coquilles d'œuf dans la pâte, et beaucoup trop d'anisette. Moi qui avais promis à M. de Soucy de ne pas retomber amoureuse avant d'avoir bouclé ma thèse…

J'étais fort occupée à essayer de donner une forme à peu près circulaire à mes crêpes, quand j'entendis discrètement toquer au carreau de la fenêtre. C'était l'adjudant Tudieu qui me faisait signe de le rejoindre dehors. J'éteignis le brûleur sous ma poêle, et sortis.

Il m'accueillit de son regard triste, et comme je m'étonnais de ne pas voir sa voiture, il m'expliqua qu'il était passé par le petit sentier et s'était garé derrière la grange pour ne pas attirer l'attention.

D'un rire bref il conclut :

— Pour un ancien flic, tu dois penser que je ne donne pas l'exemple.

Je lui souris, tout en lui demandant ce qui l'avait poussé à braver ainsi les interdits pour venir me rendre visite. Il hésitait à parler, manifestement gêné :

— Tu ne m'as pas appelé comme je te l'avais demandé et, de toute façon, ce que j'ai à te dire, je préfère ne pas le confier au téléphone. Ça fait des années que cette histoire me hante et, quand je t'ai revue l'autre soir, ...eh bien, j'ai su qu'il fallait que je te raconte. Je te le dois et je le dois à la mémoire de ton père.

Je le regardais avec des yeux vides, une boule au fond du ventre, redoutant déjà qu'il parle et en même temps avide de l'entendre.

— L'année où tes parents sont morts, on a reçu une lettre anonyme à la gendarmerie. Elle parlait de la mort de la fille Dupin, et aussi d'une petite fille morte dans l'incendie de 49. Violette quelque chose... Ça disait que les deux morts étaient suspectes, que l'examen clinique des cadavres laissait à penser à une surdose mortelle de datura, que les résultats des analyses sanguines demandées n'avaient jamais été connus, qu'il fallait rouvrir l'enquête, patin couffin. Moi, j'étais partisan de laisser tout ça, de ne m'occuper de rien. Après tout, pondre une lettre anonyme, c'est à la portée de n'importe quel couillon qui s'ennuie, et qui peut s'amuser à raconter n'importe quoi. Mais ton père, Lizzie, c'était quelqu'un de méticuleux, et surtout c'était un excellent flic parce qu'il avait une qualité rare, il avait de l'instinct. Il savait sentir les choses, et les gens. Dès qu'il a eu cette lettre entre les mains, il a flairé quelque chose. Il a remis le nez dans les vieux dossiers de la petite de l'incendie de 49 et, surtout, un après-midi, il est allé rendre visite au vieux Dupin. Je ne sais pas trop ce qu'ils se sont dit, mais ton père est revenu furieux. Je le revois entrer comme un fou dans la gendarmerie en criant : « Ce fumier qui pense que son fric l'autorise à insulter un officier assermenté, et son fils, le mépris dégoulinait par tous les pores de sa face de rat. Ils ont gagné que je leur ai annoncé qu'on rouvrait l'affaire, et qu'on allait exhumer les corps des fillettes. » Il était persuadé qu'ils cachaient quelque chose de louche, et tu connais ton père, buté comme il était, il ne se serait pas arrêté avant d'avoir trouvé.

— Mais qu'ont donné les examens des cadavres ?

— Hélas, elles avaient été incinérées, toutes les deux. Et ton père est mort la semaine suivante, Lizzie, et le commissaire muté pour le remplacer n'a pas rouvert le dossier. On peut même dire, sans mauvais jeu de mots, qu'il l'a enterré pour de bon.

J'étais légèrement étourdie :

— Adjudant Tudieu, qu'essayez-vous de me dire ?

— Ce qui s'est passé hier soir chez Dupin… Je ne veux pas que tu penses que je suis comme cet homme. Voilà. Je suis dans son conseil municipal parce qu'il y a cinq ans, il m'a évité la disciplinaire. J'étais ivre, j'avais insulté mon supérieur, et il paraît même quc j'ai pissé contre son bureau… Ça, je m'en rappelle pas. Depuis, le fils Dupin me tient comme ça… Il eut un haussement d'épaules fataliste. Je suis un alcoolique Lizzie, je bois deux litres de whisky par jour. Je n'ai pas besoin d'être devin ou docteur pour savoir que je ne vivrai pas jusqu'à cent ans, et peut-être qu'avant de mourir, j'aimerais bien voir les Dupin dans la merde jusqu'au cou.

André Tudieu regarda nerveusement autour de lui, puis tira de sous sa veste une fine enveloppe de papier kraft qu'il plaça entre mes mains.

Puis, me regardant droit dans les yeux, il ajouta dans un souffle :

— Sois très prudente, Lizzie, on n'a jamais retrouvé le camion qui a percuté la voiture de tes parents, mais tous les témoins ont affirmé qu'il avait foncé sur eux… Délibérément ! Les Dupin ont toujours eu le bras long… et ils ont toujours été de la race des salauds.

Il me laissa sur ces mots, et sa longue silhouette maigre disparut si vite derrière la grange que je pensai un instant avoir rêvé sa visite. Mais je tenais toujours à la main la fine enveloppe marron qu'il m'avait remise. J'en soulevai le rabat : elle ne contenait que deux photos en noir et blanc, et deux pages jaunies tapées à la machine. Manifestement il s'agissait d'un rapport de police. Je rentrai précipitamment et m'assis lourdement pour regarder de plus près. Les photographies me soulevèrent le cœur. Elles représentaient la même scène, mais prise selon deux angles opposés. Dans un paysage de lande désertique, entourée de pins calcinés, un cadavre d'enfant gisait, un bras replié sur son visage qui à l'instar de ses mains, de ses bras et de ses vêtements, était entièrement noirci par le feu. Je pensai immédiatement aux gisants de Pompéi. On voyait clairement qu'il s'agissait d'une petite fille, dans une robe à volants. Elle avait encore aux pieds ses souliers du dimanche. J'en déduisis qu'il s'agissait de la petite Violette. Je lus ensuite le rapport de police. Un certain agent Larrue informait sa hiérarchie que le 26 août 1949, vers huit heures trente du matin, il s'était rendu, accompagné du docteur du village, le docteur Figeac, au lieu dit de la ferme de Cadey. Sur place les attendaient M. Désiré Duplessis, et son épouse, Mme Joséphine Duplessis, qui les avaient conduits derrière leur maison sur une parcelle de pins ravagée par l'incendie. Là, ils leur avaient désigné un cadavre, celui d'une fillette. L'agent Larrue supposait qu'il s'agissait de Violette Philippard, portée disparue depuis plusieurs jours déjà. Enfin, l'agent Larrue concluait son rapport ainsi : « après examen du cadavre, le docteur Figeac estime que le décès a été causé par un événement antérieur à l'incendie. Il souhaitait donc qu'une autopsie soit pratiquée. »

Cette phrase avait été soulignée à la main.

C'était tout, j'eus beau secouer l'enveloppe, elle ne contenait rien d'autre.

Je massai mes tempes douloureuses, en me demandant ce que j'allais bien pouvoir faire de ça. Le docteur Figeac avait estimé qu'il y avait un lien entre la mort de Violette et de Solange. Ce qu'il avait écrit dans la lettre, car je me doutais que c'était lui l'auteur de cette lettre anonyme envoyée à la gendarmerie des années plus tard, avait été suffisamment convaincant pour conduire mon père à vouloir rouvrir l'enquête. Et moi aussi, j'étais prise, saisie, de l'envie de savoir. Si ce n'était pas l'incendie qui avait tué Violette, alors quoi ? Si ce n'était pas une crise cardiaque qui avait tué Solange Dupin, alors quoi ? Un petit frisson glacé me parcourut l'échine quand je me murmurai à moi-même : « Ou qui ? ». Je repensai à la terrible allusion de l'adjudant Tudieu concernant la mort de mes parents *« tous les témoins ont affirmé qu'il avait délibérément foncé sur eux... »* Était-ce possible ? On les aurait assassinés ? Qui ? Pourquoi ? Pour faire taire mon père, comme on avait fait taire le docteur Figeac, en le mutant à l'autre bout de la France. Mais étonnamment, je n'avais pas peur, j'étais même déterminée. Mon père avait voulu savoir, c'était également mon plus grand souhait...

J'attrapai mon téléphone et appelai Marthe :

— Marthe, bonjour, ici Lizzie, je ne te dérange pas ?

— Roohh, Lizzie, on vit à deux cents mètres l'une de l'autre, raccroche ce téléphone et viens boire une tisane chaude à la maison.

— Non, Marthe, on a eu mille fois cette conversation, il est hors de question que je te contamine si jamais je suis porteuse du virus.

— Oh et alors si tu me contamines ! La belle affaire ! Je ne serais pas fauchée dans la fleur de l'âge ! J'irais rejoindre mon Joseph. Et ce ne serait un drame pour personne.

— Ce serait un drame pour tes enfants, tes petits-enfants, tes arrière-petits-enfants, pour moi, et aussi pour les fabricants de pastilles à l'anis Flavigny, tu es leur dernière cliente ! Elle rit. Plus sérieusement Marthe, je te téléphone aujourd'hui pour savoir si tu as pu discuter avec Simone à propos de la petite Violette Philippard.

— Mais oui ! Où avais-je la tête, j'ai oublié de t'en parler. Je l'ai appelée après ta dernière visite, et j'ai noté ce qu'elle m'a dit sur un bout de papier. Attends que je le retrouve. Ah ! Voilà. « Oui, Violette était bien la petite qu'on a retrouvée en 49, complètement brûlée ». Pauvre enfant ! Ses parents n'étaient pas des gens d'ici, ils arrivaient du Nord, ils étaient là depuis trois ans à peine quand la petite est morte. Le père travaillait à la gemme, la mère faisait des ménages. Simone se rappelle bien tout ça, mais il faut dire qu'elle a tenu le cercle de Dos pendant quarante-huit ans, elle était au courant de tout ce qui se passait au village. Ils sont repartis en 49 après cette histoire, ça les a brisés. Ils avaient une fille aînée qui, elle, n'a pas voulu quitter le pays, tu parles, elle avait un fiancé. Elle s'est mariée et vit toujours dans le coin.

— Ah bon ? Je tentai un petit ton dégagé. Si je montrais trop mon intérêt, Marthe s'inquiéterait pour moi. Je savais ce qu'elle pensait des gens qui prennent le risque de remuer le passé.

— Oui. À Froustey. Elle s'appelle Blandine Cheney. Je ne vois pas qui c'est. Enfin voilà, tu as donc la confirmation que Violette était bien la petite de l'incendie. Toi qui es instruite et intelligente, tu devrais raconter cette histoire de 49, au lieu de tes balivernes sur des empereurs romains qui ne nous intéressent pas !

Je promis en riant de suivre un jour ce conseil et me dépêchai de raccrocher. Car sans le vouloir, Marthe venait de me donner une idée.

J'allumai mon ordinateur pour lancer une recherche sur les pages blanches. Hélas, si Blandine Cheney avait bien une adresse à Froustey, elle n'avait pas de numéro de téléphone. Nous étions en pleine période de confinement, je n'avais aucune raison d'aller me balader jusqu'à Froustey, et encore moins d'aller sonner chez quelqu'un que je ne connaissais ni d'Eve ni d'Adam. Allons, il ne fallait plus y penser. Mais j'eus beau tenter de m'appliquer à songer à autre chose, mes pensées m'y ramenaient toujours. Vers quinze heures je n'y tins plus, je téléphonai à Pierre :

— Lafitte, j'ai envie de faire une bêtise.

— Si c'est la même que celle que j'ai en tête, je suis chez toi dans deux minutes !

— Euhhh, tu risques d'être déçu, mais radine tes fesses quand même, j'ai fait des crêpes !

*

— Alors cette bêtise, Bront, en quoi elle consiste exactement ?

Pierre était assis à la table de la cuisine et engloutissait goulûment toute ma pile de crêpes. Cet homme avait un appétit d'ogre.

— À tout hasard, connaîtrais-tu une Blandine Cheney à Froustey ?

— Oui, je connais surtout un Patrick Cheney qui

est marié à une Blandine et ils habitent à Froustey. Lui était bûcheron. Je leur livre du miel.

— Donc tu sais où ils habitent ?

— Oui, Bront, mais pourquoi toutes ces questions ?

— Je voudrais que tu me conduises chez eux.

— Bront, c'est interdit, si on se fait choper, qu'est-ce qu'on va dire aux flics ?

— Toi, tu es bien autorisé à travailler, non ? Tu peux dire que tu vas récupérer un essaim.

— D'accord, mais toi ? Il en était à sa quinzième crêpe et avait l'air de se régaler, ce qui expliquait sans doute sa complaisance à l'égard de ma combine boiteuse. Toujours nourrir un homme avant de lui demander quoi que ce soit !

— Je me cacherai à l'arrière, sous une couverture.

— Mais, bon sang, Bront ? Pourquoi tiens-tu absolument à prendre tous ces risques pour aller voir Blandine ? Tu ne peux pas simplement lui téléphoner ?

— Elle n'a pas le téléphone, gros malin. Et en plus je veux lui parler de sa sœur, Violette, qui avait dix ans quand elle est morte dans l'incendie de 1949, pas sûre que le sujet soit adapté à une conversation téléphonique.

— Attends Bront, résumons : tu veux que je t'amène, au mépris de toutes les lois et du bon sens élémentaire, camouflée sous un drap, jusqu'à Froustey, pour rencontrer une femme que tu ne connais pas, et quand tu vas arriver, tu vas lui dire : « Bonjour, Madame, racontez-moi un peu comment votre petite sœur a été carbonisée comme une saucisse en 49 », c'est bien ça ?

— Forcément, dit comme ça, ça paraît légèrement fumeux…

— Légèrement oui.

— Pierre, écoute, c'est important. Tudieu est venu tout à l'heure pour me dire que mon père avait rouvert une enquête sur cette petite Violette, et aussi sur Solange Dupin, la sœur du notaire. Une semaine après, mes parents sont morts. Des témoins ont affirmé que le camion leur avait foncé dessus. J'ai besoin de savoir, Pierre. Je ne te le demanderais pas si ce n'était pas vraiment important.

— Lizzie, Tudieu est imbibé du matin au soir comme un baba un rhum, je ne pense pas que tu puisses prendre pour argent comptant tout ce qu'il te raconte.

Ah mince, voilà qu'il regimbait maintenant ! Peut-être n'avais-je pas mis assez d'anisette dans la pâte ? Je décidai de frapper un grand coup : je lui mis entre les mains les photographies et le rapport. Il les parcourut lentement des yeux.

— Ça ne prouve rien, Lizzie, ce docteur Figeac n'était pas légiste et si on n'a pas donné suite c'est que certainement il n'y avait pas de raison de donner suite…

Je baissai les yeux, découragée. Si lui ne m'aidait pas, alors qui le ferait ? Je sentis soudain sa main se poser sur mon épaule. Je relevai la tête.

— C'est si important que ça pour toi ?

— Oui.

Il soupira.

— Va chercher une couverture. Je t'attends dans la voiture.

*

Fort heureusement, Pierre fit le trajet entre Dos et Froustey sans qu'aucune patrouille ne nous arrêtât. Quand il souleva la couverture sous laquelle je m'étais pelotonnée, je découvris une maisonnette tout de guingois, noyée sous des touffes de vignes vierges et de glycine. Pierre me fit signe de sortir de la voiture et s'avança pour frapper à la porte. Une femme au sévère carré de cheveux gris nous ouvrit la porte d'un air méfiant, mais, quand elle reconnut Pierre, un grand sourire éclaira son visage.

— Pierre, quel bon vent t'amène ? Tu veux entrer ?

— Non, non, surtout pas, déjà que je ne devrais pas être ici. Mais tu me connais, je ne résiste jamais à l'appel d'une demoiselle en détresse et celle-ci, il me désigna d'un signe de main, avait absolument besoin de te parler.

— À moi ? Elle me regardait d'un air étonné, mais je sentais que la caution de Pierre lui avait ôté toute sa méfiance. Et de quoi donc voulez-vous me parler, jeune fille ?

Je ne pouvais pas, cinquante ans après les faits, lui annoncer de but en blanc que le docteur Figeac avait soupçonné que sa petite sœur était peut-être morte avant même d'avoir été prise dans la tempête de feu. J'avais déjà réfléchi à un scénario plausible durant le trajet.

— Euh, en fait, voyez-vous je suis écrivain. Pierre me regarda avec des yeux ronds, il avait l'air de se demander comment j'allais me sortir d'un tel mensonge, mais je poursuivis avec une assurance que j'étais pourtant loin de posséder. Je souhaiterais écrire un livre sur l'incendie de 49 et, en faisant des recherches, je suis tombée sur la tragique histoire de votre petite sœur et…

La tristesse qui envahit alors les traits de Blandine Cheney m'arrêta un instant, puis je repris :

— Et je voulais savoir si vous seriez d'accord pour m'en dire un peu plus. Bien sûr, je sais que le moment est très mal choisi, mais je comptais justement mettre à profit le temps du confinement pour avancer dans l'écriture et… Je m'interrompis, pitoyable. Je comprends, évidemment, si vous préférez m'envoyer au diable.

Son regard se fit doux et elle me sourit.

— Je n'enverrai jamais au diable une amie de Pierre. Asseyez-vous, je vais me chercher une chaise à la cuisine. Ce virus est peut-être très puissant, mais quand même si on reste dehors et à distance, il n'y a aucune raison pour qu'on ne puisse pas bavarder. Je vous dirai tout ce que je sais, et vous verrez bien ce que vous aurez envie de mettre dans votre bouquin.

Pierre et moi nous assîmes sur les deux vieilles chaises en fer forgé qui rouillaient dans le jardin, et Blandine revint bientôt avec un tabouret paillé sur lequel elle s'assit à deux mètres de nous. Il faisait encore bon en cette fin d'après-midi. Pour me donner une contenance, j'avais sorti mon téléphone portable, et je demandai à Blandine si elle acceptait que je prenne des notes.

— Oh mais oui, si vous voulez ! Vous me citerez dans les remerciements de votre livre, n'est-ce pas ? demanda-t-elle avec un petit rire.

J'acquiesçai, plus que jamais gênée par le poids de mon mensonge, et le regard goguenard que Pierre posait sur moi.

— Donc vous voulez que je vous raconte l'histoire de ma petite Violette ? Que vous dire ? Violette est née en 1939, elle avait neuf ans de moins que moi, c'était un peu mon bébé aussi, vous savez, surtout qu'on ne peut pas dire qu'on avait une maman très aimante. Quand elle est morte, mes parents sont repartis dans le Nord. Ils ne s'en sont jamais remis, enfin papa surtout, ma mère, c'était peut-être la culpabilité qui la rongeait, allez savoir… Moi je suis restée, j'avais déjà rencontré celui qui est devenu mon mari, donc… Violette a disparu le 20 août 1949. L'incendie s'était déclaré la veille, tout le monde était légèrement fébrile au village, mais on espérait qu'il ne viendrait pas jusque chez nous. Le matin, vers neuf heures on a tous quitté la maison : mon père à l'usine de gemme, ma mère avait son ménage chez le curé, moi à l'époque je travaillais à l'épicerie Puissegui, oh ça n'existe plus tout ça, ils ont mis la médiathèque à la place, et Violette chez la *dauna,* comme l'appelaient les gens d'ici. Violette allait souvent chez elle les jours où ma mère travaillait. Le soir, je suis rentrée plus tard que d'habitude, j'avais traîné à faire la caisse et l'inventaire. Quand je suis arrivée à la maison, il était bien sept heures passées. Mes parents étaient déjà là et m'ont dit : « Ta sœur n'est pas avec toi ? Elle devrait être rentrée depuis des heures. On pensait qu'elle t'avait rejoint au magasin ». Enfin vous imaginez. Donc là, on a commencé à s'inquiéter, surtout avec cet incendie qui approchait. En ce temps-là, pas de téléphone donc Papa a pris le vélo pour aller à la gendarmerie, et j'ai accompagné ma mère chez Madame Tréjeau qui, elle, avait le téléphone. Elle a appelé chez la *dauna,* mais elle est tombée sur le *mossur* – elle prononça le mot occitan avec un mépris manifeste – qui lui a dit que Violette avait quitté la maison comme d'habitude vers cinq heures. On est rentrées à la maison. À chaque craquement, on s'attendait à la voir pousser la porte et entrer. Papa est revenu, seul. Il a dit que les gendarmes allaient faire des rondes. On a attendu. On ne s'est pas couchés de la nuit. On a attendu pendant six jours. Et le 26, les gendarmes sont venus à la maison nous annoncer qu'on avait retrouvé le corps d'une petite fille, derrière la ferme de Cadey. Ils l'avaient rapatriée chez le docteur. Papa est allé avec eux pour l'identifier. Voilà.

Je me raclai la gorge.

— Elle a été prise dans une tempête de feu ?

Blandine Cheney haussa les épaules.

— Ma foi, bien malin qui saurait le dire. Ce que je peux vous confier, c'est que le docteur Figeac, c'était le docteur de l'époque, voulait une autopsie : il était persuadé que Violette était morte avant même d'avoir été brûlée par le feu, et il pensait qu'une autopsie apporterait des réponses. Papa nous l'a raconté. Papa, lui, était d'accord, mais ma mère a refusé tout net, et quand ma mère disait non, Papa se pliait à ses souhaits. Ce qui fait qu'on n'a jamais bien su. En tout cas, ce qui est certain, c'est que la ferme de Cadey, ce n'était pas du tout par là que Violette passait pour rentrer de chez *la dona.* Vous voyez où elle est cette ferme ? Elle est au moins à dix kilomètres du centre de Dos ! Alors je veux bien qu'elle ait eu de bonnes jambes ma Violette, mais je ne pense pas quand même qu'elle aurait été en mesure de faire tout ce chemin à pieds. Il a bien fallu que quelqu'un l'y emmène… Et comme par hasard la ferme de Cadey était en plein sur le chemin de l'incendie… Mais voilà, on ne pourra jamais savoir, ma mère y a veillé, elle a demandé une incinération…

Sa voix s'était faite amère.

— Mais, je ne comprends pas, quelle raison aurait pu avoir votre mère de ne pas chercher à savoir ce qui était arrivé à Violette ?

— Peut-être qu'elle savait trop bien ce qui lui était arrivé, tiens ! Vous avez des enfants, mademoiselle ?

Je sursautai et rougis furieusement en évitant de regarder en direction de Pierre.

— Non.

— Eh bien, le jour où vous en aurez, je pense que vous serez une maman du tonnerre, et ça m'étonnerait que vous autorisiez votre fillette à aller jouer des jours entiers chez vos patrons, en mal d'enfants, non ?

Un picotement prit lentement naissance dans le bas de mon dos et entreprit de remonter le long de ma colonne vertébrale, tandis que j'écoutais parler Blandine.

— Mais ma mère se serait bien gardée de refuser quoi que ce soit à des gens si riches, si importants. Parfois Violette pleurait, elle ne voulait pas y aller, mais ma mère la forçait en lui disant : « Regarde un peu les jolies poupées qu'ils t'offrent, et ces beaux souliers de cuir, tu crois peut-être que ton père a les moyens de te payer un pareil luxe ? » Violette y passait tous ses samedis, parfois elle restait y dormir et ne revenait que le dimanche. Et pour les vacances, c'était des semaines entières. Le *mossur* l'emmenait dans son pavillon de chasse. Ma mère était toute gonflée d'importance, elle devait espérer qu'ils coucheraient Violette sur leur testament. La *dona*, je ne dis pas, c'était une brave femme et malheureuse, ça se voyait, mais le *mossur*, je l'ai toujours trouvé louche. Violette avait peur de lui, je le sentais. Et puis quand elle revenait de chez eux, elle était toujours dans des états pas possibles, elle était comme abrutie, elle dormait pendant des jours… Ma mère plaisantait, en disant que c'était l'abus de bonnes choses, de sucreries dont la gavait la *dauna*… Elle avait même refusé d'appeler le docteur Figeac un jour que mon père s'était inquiété, car Violette avait eu un malaise en rentrant d'une semaine au pavillon de chasse. La nuit, elle faisait des cauchemars, la pauvre. Je m'en veux, j'aurais dû avoir le courage de tenir tête à ma mère, mais je la craignais, moi aussi. En tout cas, moi, quand j'ai eu des enfants, je peux vous dire que je ne les ai pas quittés des yeux une seconde ; mon mari se moquait de moi, en me disant que j'étais pire qu'une louve… Mais je pensais à Violette, et je me disais qu'elle serait encore avec nous si, elle aussi, elle avait eu une mère suffisamment féroce pour tenir les loups à distance…

Je connaissais déjà la réponse, mais c'était plus fort que moi, il fallait que je pose la question :

— Ceux que vous nommez la *dauna* et le *moussur*, qui sont-ils ?

— Ils sont morts, enfin j'imagine, et un curé dirait qu'il ne faut pas médire des morts.

— Je ne suis pas curé.

Elle eut un sourire triste.

— C'est vrai. Ils s'appelaient Amédée et Hélène Dupin. Lui, c'était le notaire de Dos.

Chapitre XI

Cinq jours après mon expédition hasardeuse chez Blandine Cheney, je tournais chez moi comme un lion en cage, ne parvenant pas à échapper à la sensation qu'il fallait que j'agisse, que je fasse quelque chose. Mais quoi ? Je ne cessais de repenser au pavillon de chasse qu'avait évoqué Blandine, assurément cette maison du Houx dont avaient parlé Marthe et aussi le notaire et ses amis, lors de cette affreuse soirée. Comme une litanie me revenait sans cesse cette phrase lue dans le journal d'Anna *« immense bâtisse qui craque, perdue au fond des bois »*. Pouvait-il s'agir de la même maison ? Une voix le hurlait au fond de moi. Sauf que je n'avais pas l'ombre d'une preuve, juste une intuition.

Il fallait que je la trouve, que j'y aille, que je la voie. Il me semblait qu'alors seulement je saurais et je pourrais trouver la paix.

Il était hors de question que je demande à Pierre de m'accompagner. Après notre visite chez Blandine, il avait bien résumé la situation, tandis que je suais comme un veau, cachée sous ma vieille couverture :

— Bon, Sherlock, je pense que la piste s'arrête là. Le vieux schnock est à coup sûr mort de chez mort. C'est dommage, car, si ce que soupçonne Blandine est avéré, je lui aurais volontiers tenu les pieds pendant que tu le noyais dans une baignoire d'acide chlorhydrique. Mais c'est comme ça, Bront, même pour tes beaux yeux, je ne peux pas ressusciter les morts.

— Tu oublies son fils !

— Bront, sois sérieuse deux minutes. Cette histoire de Yves Dupin qui aurait commandité le meurtre de tes parents, on se croirait dans *Le parrain* ! C'est un sale type, et je l'apprécie fort peu, mais de là à l'imaginer comme un tueur froid et sans scrupule…

— Et si le fameux V c'était lui, hein, Pierre, tu y as pensé ? Je fulminais sous ma couverture où je cuisais lentement comme un ravioli chinois.

— Bront, tu as envie que ce soit lui. En tant qu'observateur objectif, je suis tenu de te dire que tu n'as rien dans ton jeu. Et Yves Dupin, ce n'est pas le genre de types avec lequel on peut y aller au bluff.

La conversation fut close.

Pendant quelques jours notre relation vogua sur des eaux paisibles : Pierre venait me voir à la nuit tombée, se garait derrière la grange, passait la nuit chez moi et repartait discrètement au petit matin. Nous parlions. Un peu. Faisions l'amour. Beaucoup. Je ne voulais pas provoquer la tempête qui briserait cet équilibre fragile en lui disant que j'avais l'intention de m'introduire par effraction dans la maison du Houx. Il allait râler, objecter, et refuserait sans doute de me laisser y aller et je tenais à m'épargner une scène pénible. Pourtant c'était plus fort que moi : quelque chose me soufflait que c'était en ce lieu que toute cette histoire avait commencé, et que c'était aussi là qu'elle devrait se terminer. Je devais m'y rendre, coûte que coûte !

Pierre avait pris l'habitude de venir chez moi chaque soir, comment lui dire, sans le vexer, de ne pas venir ? En plein confinement, je ne pouvais guère prétexter une sortie au cinéma ou au restaurant avec des amies… Mais flûte, nous n'étions pas mariés, j'avais tout de même le droit de lui dire que je ne voulais pas le voir sans qu'il en fasse tout un drame ! Nous ne nous étions rien promis, après tout !

Je jetai un œil à la grande horloge dans le bureau, bientôt dix-neuf heures... Pierre n'était sans doute pas encore parti. Forte de ma résolution, je l'appelai.

— Pierre, je voulais te dire que pour ce soir ce ne serait pas possible.

— Ah d'accord. Bonne soirée donc.

Aucune question, rien, il ne semblait même pas contrarié de ne pas me voir.

— Tu dois te demander pourquoi ce n'est pas possible.

— Non, Bront, cela ne me regarde absolument pas.

Sa voix était douce, gentille, il me parlait comme il aurait parlé à un enfant dont il aurait tenté d'apaiser les angoisses. J'étais désarçonnée et je tentai désespérément de me justifier. Le pire, c'est que je sentais que Pierre était fort conscient que je lui mentais, et cela me mettait mal en l'aise.

— En fait, tu sais, j'ai promis de faire une visio avec mes amis américains, ce soir, à huit heures, et nous connaissant, cela va durer une bonne partie de la nuit. Donc, tu risquerais de t'ennuyer.

— Je comprends.

En plus, on ne va faire que parler en anglais de gens que tu ne connais pas, donc vraiment aucun intérêt et...

— Bront, il n'y a aucun problème, ne te justifie pas. Je comprends. On s'appelle demain si tu veux, d'accord ?

— Euh oui, oui d'accord.

— Bront ?

— Oui ?

— Fais attention à toi.

Dans le fond, j'aurais mieux aimé que Pierre manifestât son désaccord, râlât, refusât de se passer de moi, ne serait-ce que pour une seule soirée. Sa complaisance à ne pas empiéter sur ma liberté s'apparentait trop, à mes yeux, au désintérêt d'un cœur insuffisamment épris et, en raccrochant, je me sentis écorchée dans mon orgueil, et vaguement malheureuse. Pour autant, je ne me laissai pas détourner de mon plan complètement fou, mais qui me parut, sur l'instant, extrêmement sensé et raisonnable. Je m'habillai chaudement, fourrai dans mon sac en bandoulière une lampe torche, une paire de grosses tenailles ainsi que mon téléphone portable.

J'allumai ensuite mon ordinateur pour repérer mon itinéraire, sur le cadastre mis en ligne par la mairie de Dos. Puis, je sortis récupérer ma bicyclette dans la grange. Quand je l'enfourchai, la nuit commençait à tomber.

D'après ce que m'avait dit Marthe, la maison se trouvait non loin de l'ancienne usine à gemme. La première difficulté consisterait à traverser le centre de Dos pour gagner la petite route de Magne qui me conduirait jusqu'à l'usine désaffectée. Ensuite, j'arriverais bien à me débrouiller.

Parvenue au niveau des hautes bâtisses bourgeoises qui bordaient la place de l'église et marquaient l'entrée dans le cœur du village, je retins mon souffle. Je n'avais pas allumé ma lumière, mais je craignais de tomber sur Didier Estève. Je songeai que si cela m'arrivait, je me ferais certainement pipi dessus, ensuite je n'aurais plus qu'à mourir d'humiliation.

Mais je n'aperçus personne. Il y avait quelque chose d'angoissant dans ce carrefour désert. Pas une voiture, pas un promeneur tardif ne croisa ma route, et seul le bruit de la chaîne de mon vélo venait rompre le silence du village endormi.

Au sortir du centre, j'obliquai vers la droite, sur la petite route de Magne. Les maisons s'espacèrent, puis disparurent. Je me retrouvai seule sur la voie déserte, escortée seulement par les rangées de pins de part et d'autre, aussi raides, sérieux et muets que les gardes du palais de Buckingham.

Je roulais depuis trente minutes déjà quand je m'engouffrai dans le petit sentier de sable qui conduisait à l'usine de gemme désaffectée. Je me souvenais être venue y jouer une ou deux fois, avec Anna, mais le lieu m'avait toujours semblé sinistre. D'après mes recherches, la maison du Houx devait se trouver plus encore enfoncée dans la forêt. Je poursuivis mon chemin. J'avais allumé la lumière de mon vélo, mais je progressais lentement, car je ne connaissais pas du tout les lieux, et j'avais sans cesse peur de me perdre, tant la forêt était dense. Je finis par arriver à un embranchement. Je m'arrêtai un instant. Sur ma gauche, j'apercevais une petite maison qui paraissait s'enfoncer dans le sol tellement son toit pentu descendait bas. J'en déduisis que c'était ici que devait vivre celui que Marthe surnommait aimablement *« lou pec »*. Je ne savais pas grand-chose de cet homme, Albert Delafontaine, si ce n'est qu'il avait été journaliste dans un journal satirique qui avait été la cible d'un attentat. Il était l'un des rares survivants de la fusillade. Traumatisé, il s'était retiré à Dos depuis cinq ans environ, avait acheté cette cabane, sans doute l'ancienne habitation du contremaître de l'usine, et y vivait comme un ermite. Une timide lueur émanait d'une des fenêtres. Marthe prétendait qu'il n'avait pas l'électricité. Peut-être avait-elle raison… Je ne tenais pas à traîner dans les parages. La maison du Houx devait se trouver plus loin sur la droite, mais les arbres drus et l'obscurité m'empêchaient sans doute de la deviner. Je m'apprêtais à repartir quand une voix cria derrière moi.

— Levez immédiatement les mains en l'air où je tire !

Mes membres se changèrent en pierre, tétanisés sous l'effet de la peur. Je restai immobile, muette, incapable même d'émettre un son. Je n'étais pas sûre de respirer encore.

— Qui vous envoie ? Parlez ou je vous fiche une flèche entre les omoplates !

Une flèche ! Mais qu'est-ce que c'était que cette histoire ? J'étais tombée sur Robin des bois, ou quoi ? M'étais-je sans le vouloir égarée dans un couloir temporel qui m'avait conduite en plein cœur de la forêt de Sherwood, en plein Moyen-Âge ? Je tentai un prudent coup d'œil par-dessus mon épaule. Un homme, aux cheveux hirsutes, me fixait de ses yeux fous. Il tenait en effet à la main un arc de fabrication artisanale dans lequel il avait encoché une flèche qu'il pointait vers moi. C'était sans doute le fameux « *pec* » dont avait parlé Marthe.

— Euh, bonsoir monsieur, personne ne m'envoie. Je me nomme Élizabeth Dupuis, j'ai grandi à Dos. Vous étiez journaliste, c'est ça ? Vous vous plaisez ici ? C'était une technique que m'avait apprise mon père : « Plus les gens sont bizarres, et potentiellement dangereux, plus il faut rester calme et naturel ». Je me répétais donc comme un mantra « calme et naturelle, calme et naturelle ».

Tout en parlant, je m'étais retournée très lentement. Et je continuai de babiller sur mon ton de présentatrice de météo :

— Je m'excuse, je n'arrive pas à mettre les mains en l'air, j'ai été littéralement changée en pierre tellement j'ai eu peur ! Vous êtes Albert Delafontaine, c'est ça ?

— Oui, il paraît que j'ai été quelqu'un dans une autre vie, mais ici j'ai ce qu'il me faut, du temps et de l'espace. J'ai besoin d'être seul, vous comprenez ?

Ohlala, j'étais mal barrée, il avait vraiment l'air bien touché. Marthe aurait dit qu'il n'avait pas tous les fagots à l'abri. Comment allais-je me tirer de ce mauvais pas ?

— Pardon, je sais que vous devez vous demander ce que je fiche ici alors qu'on est en plein confinement…

— Le confinement ?

Il fronça les sourcils et en même temps abaissa son arc. Je respirai plus aisément.

— Mais de quoi parlez-vous ?

— Le confinement… Le coronavirus, vous êtes au courant ?

Il avait l'air d'émerger d'un épais brouillard.

— Non.

— Euhhh, vous n'avez pas la télé ? Internet ?

— Non, je vis seul, sans électricité, je suis autosuffisant, je vais au village trois ou quatre fois par an au maximum.

— Ah, oui, je vois, vous êtes un vrai Robinson !

En le regardant, émerveillée, je songeai à cette histoire que mon père m'avait racontée, enfant : celle d'un américain vivant seul, aux fonds des bois, et qui n'avait appris qu'en 1952 que la guerre était terminée, et que le président Roosevelt était mort. J'adorais cette anecdote, et je demandais sans cesse à mon père de me la raconter. Je souris gentiment à mon archer sylvestre. En dépit de ses yeux fous, il ne me faisait plus tellement peur. Il y avait encore, au vingt et unième siècle, à l'heure de *Facebook* et de *Twitter*, un individu sur la planète qui ne savait pas que les trois quarts de la population mondiale étaient confinés à cause de la pandémie du siècle ; et cette perle rare, je l'avais dénichée dans le petit village de Dos, en pleine nuit, au cœur d'une forêt déserte ! Je ne pus m'empêcher de penser que la vie offre parfois des cadeaux improbables, improbables et merveilleux.

— Bon je vous fais un micro résumé rapido : ce coronavirus est parti de Chine et en moins de temps qu'il n'en faut pour dire *kanpaï*, il avait déjà tué des milliers de gens. Donc pour freiner sa propagation, la plupart des gouvernements ont opté pour le confinement : on reste cloîtré chez soi, on sort le moins possible et, ainsi, on évite de se contaminer et de contaminer les autres.

Il me scrutait, comme fasciné et murmura pour lui-même : « L'apocalypse. Je le savais. Elle chevauche un vélo, et non un cheval blanc comme dans la prophétie, mais c'est elle, ce doit être elle, tous les signes sont là.»

— Pardon ? J'ai peur de ne pas bien comprendre.

— Vous êtes bien le messager, n'est-ce pas ? Vous êtes venue pour m'avertir ? Vous avez été envoyée ?

— En fait non. Je suis désolée de vous décevoir. Je me suis envoyée moi-même. Pour tout vous dire, je cherche la maison du Houx. Je sais qu'elle n'est pas très loin d'ici.

Je me disais que je ne courais pas grand risque à révéler la vérité à mon curieux interlocuteur, et cela aurait au moins le mérite de couper court à ses élucubrations sur l'Apocalypse.

Le brouillard dans ses yeux s'éclaircit légèrement.

— Vous n'y trouverez personne. La voiture n'est pas venue aujourd'hui.

— Votre voisin n'y vit donc pas de manière permanente ?

J'avais pris un petit air détaché. Décidément, je devenais experte en matière d'enquête, je pourrais même envisager d'en faire un jour mon métier ! Une vraie Mata Hari !

— Non. La voiture passe et revient chaque jour, mais les vitres sont teintées, je ne vois jamais de visage. Peut-être n'y a-t-il pas de passagers du tout…

— Euh, ça, ça me semble quand même peu probable. Mais, pour tout vous avouer, ça m'arrange qu'il n'y ait personne, j'avais envie de faire un peu ma curieuse et d'aller observer de plus près cette fameuse maison du Houx !

J'avais pris un ton faussement enjoué pour débiter

mon baratin et je m'apprêtais à repartir, quand il posa une main sur mon bras.

La peur me reprit : j'étais seule, au fond des bois, avec un type armé d'un arc, vivant seul avec ses chèvres, et qui n'avait pas vu de femmes depuis au moins la chute du mur de Berlin ! Je réfléchissais frénétiquement à la manière de sortir le plus discrètement possible ma paire de tenailles, et également à l'usage défensif que je pourrais bien en faire quand Albert Delafontaine me dit très gentiment :

— N'allez pas là-bas. Le Mal habite en ces murs. Même mes chèvres le sentent, elles ne vont jamais brouter par là-bas. La fille au sourire n'est jamais revenue, je l'ai entendu hurler après elle, et elle n'est jamais revenue.

— La fille au sourire ? Vous parlez d'Anna ? C'est ça ?

Anna était donc bien venue ici. Je me sentais fébrile.

— Oui, c'est ce nom qu'il a crié. Qu'est-elle devenue ?

— Elle est morte.

— Vous voyez… Le Mal… Voulez-vous entendre sa voix ?

Vous voulez dire…la voix d'Anna ?

Là ça commençait à devenir carrément flippant ! Pourtant, quelque chose me disait que je pouvais avoir confiance en cet homme. Il hocha la tête et tendit une main vers moi.

— Vous avez l'air d'être perdue, elle pourrait vous aider. Vous savez ce qu'on dit : « Les vivants ferment les yeux des morts et les morts ouvrent les yeux des vivants. » Venez l'entendre, elle vous attend.

Il tendit de nouveau une main vers moi et, de l'autre, désigna sa petite masure.

Évidemment, j'entendais résonner à mes oreilles l'avertissement paternel tant de fois entendu : « Ne suis jamais un inconnu chez lui sans avoir au préalable averti quelqu'un de confiance. » Mais il était trop tard pour écouter ce conseil, et la tentation était forte. Il faisait sombre, j'étais profondément enfoncée au cœur de la forêt, cet homme était trop étrange, pour que, durant un instant, je ne me sentisse pas ouverte à la magie, au mystère, à l'occulte.

Je le suivis.

Son petit jardinet embaumait les aromates, il ouvrit la porte de la maisonnette en bois, et nous pénétrâmes dans ce qui semblait être l'unique pièce de sa maison. Une cheminée, une grande table encombrée, sur laquelle une lampe à pétrole faisait un rond de lumière, un banc de bois, sur le mur, des étagères couvertes de livres et d'ustensiles de cuisine, un petit lit, recouvert d'un gros édredon rouge, deux fauteuils. Peut-être avait-il lu *Walden* lui aussi…

« Venez l'entendre, elle vous attend »… Je m'étais préparée à toutes les éventualités, séance de spiritisme, vaudou avec – qui sait ? – sacrifice sanglant d'une de ses chèvres ; je m'étais préparé à tout, sauf à le voir ressortir victorieusement, de la pile de papiers entassée sur sa table, un vieux dictaphone. Pas de sacrifice de chèvre en perspective, ouf !

— J'ai renoncé à l'électricité, mais j'ai toujours quelques petites choses qui marchent avec des piles : ma radio, une ou deux lampes et ceci ! C'est très important, je guette tous les signes, voyez-vous, et je les consigne par écrit dans des cahiers, ou parfois je les enregistre quand ils sont trop longs.

Je gardai à l'esprit les conseils paternels et j'acquiesçai avec un aimable sourire comme si j'eusse une idée précise de ce qu'étaient ces fameux « signes » et que ce fût la chose la plus naturelle au monde que de « les » consigner ou les enregistrer.

Il poursuivit, en se passant frénétiquement la main dans ses cheveux :

— Ce soir-là, je savais que le mal rôdait. La fille au sourire est venue, elle baissait toujours sa vitre pour me saluer. C'était le seul visage que je connaissais. Les autres, c'étaient des ombres derrière des vitres teintées, des ombres, et de la fumée… J'ai entendu les éclats de voix dans la nuit, je me suis approchée et j'ai enregistré. Écoutez.

Il s'assit sur le banc, moi sur le fauteuil et il enclencha la bande.

J'entendis alors, lointaine et parfois couverte par les bruits d'oiseaux nocturnes, les bruits d'une dispute. Une voix de femme, c'était celle d'Anna :

— Mais épouse-la donc, ta petite bourgeoise parfaite, vous irez bien ensemble, tiens, tous les deux. Mais moi c'est fini, terminé, je ne ferai plus jamais la pute pour toi et tes copains.

— Anna, qu'est-ce que tu racontes, rien n'est fini, grondait une voix masculine qui restait toutefois caressante – c'était la voix du notaire – n'emploie pas des mots sales. Je t'ai déjà expliqué mille fois qu'il ne faut pas essayer de faire entrer notre relation dans ces carcans étriqués de petits bourgeois. C'est indigne de nous. Ce que nous avons toi et moi est quand même plus beau.

— Plus beau? J'entendais son rire amer, le rire d'une femme blessée qui me fit mal. Qu'est-ce qu'il y a de beau entre toi et moi, Yves, hein? Tu as sauté une petite fille de dix ans, tu lui as mis ta bite dans la bouche, tu lui as fait boire ton sperme, tu l'as forcé à se caresser pendant que tu la filmais, et quand elle a grandi tu l'as prêtée à tes copains. Alors, arrête avec tes boniments sur le désir ou le plaisir. Je n'y croirai plus jamais. J'ai cessé d'y croire à la minute où ma mère m'a annoncé que tu épousais Marianne Auclère. Comment ai-je pu y croire pendant toutes ces années? Je t'ai sacrifié ma vie.

V, c'était bien lui le V du journal d'Anna !

— Tu ne m'as rien sacrifié du tout et ne fais pas de moi un bonimenteur, Anna. Tu m'as plu alors que tu étais encore une fleur en bourgeon, une fleur sauvage, qui attendait d'être domestiquée. Je t'ai appris ce qu'est le plaisir, peut-être même l'amour. Pourquoi voudrais-tu gâcher tout ça, aujourd'hui, pour une question aussi triviale que celle de la possessivité mal placée. C'est terriblement paysan ça, Anna, je t'ai mieux éduquée que ça.

— Ce n'est pas toi, qui m'as éduquée, ce sont mes parents.

— J'ai fait de toi une femme, je t'ai faite, Anna, alors arrête cette scène de vaudeville.

Je constatai que la voix n'avait plus rien d'enjôleur, elle avait pris des intonations métalliques dures et cassantes.

— Que croyais-tu ? Que je t'épouserais ? Tu es la fille d'une caissière de supermarché, et d'un garagiste fauché. La petite fille, et l'arrière-petite-fille de gens qui étaient les métayers de mes ancêtres. J'ai besoin d'une épouse de mon rang, je vais devenir député, bordel !

— Ça, c'est ce que tu crois.

— Qu'est-ce que ça veut dire ? Tu me menaces.

— J'ai comme dans l'idée que ça risque d'intéresser la gendarmerie que tu aies eu des relations sexuelles avec une mineure de dix ans, non ?

— Tu es pitoyable, Anna, mais vas-y, rien ne te retient, je pense que les faits seront prescrits. Et n'oublie pas qu'à la différence de toi, j'ai les moyens de me payer les meilleurs avocats du barreau bordelais. Je peux me payer tout le barreau bordelais, si je le veux !

Il hurlait.

— Et que tu me faisais rester nue, et que tu me tripotais pendant que ton vieux nous matait, tu penses que ça ne les intéressera pas ?

— Tais-toi, Anna, bon dieu, tais-toi.

— Tu crois que je n'avais pas remarqué le trou dans le mur ? On l'entendait respirer derrière. Ton vieux dégueulasse, c'était pour lui qu'il fallait que je me fasse des couettes et que je mette des robes Vichy, c'est ça, hein ? Et les flics, ça ne les intéressera pas peut-être de savoir qu'un jour je l'ai surpris en train de chialer dans un coin en serrant une vieille poupée ? Il ne m'a pas vue, il répétait « Violette, ma petite Violette ». Tu crois que je ne sais pas que la petite fille qui a été retrouvée morte dans l'incendie de 49 s'appelait Violette, et que ton père la gardait souvent à dormir ? Et tu penses que je ne sais pas non plus que le commissaire Dupuis, quand il est mort dans un accident de voiture – comme c'est commode ! – avait l'intention de rouvrir une enquête sur la mort de cette Violette, et aussi de ta sœur Solange. Eh oui, tu sais, les gens parlent, et quand il s'agit des Dupin, il semblerait que tout le monde, dans ce village, ait en magasin une anecdote sordide à raconter. Ta famille de dégénérés, plutôt crever que d'y appartenir ! Mais que j'ai été naïve pendant toutes ces années ! Je devais être flattée, je ne sais pas, qu'un type aux beaux costumes, qui avait voyagé, qui avait tout lu, savait tant de choses, s'intéresse comme ça à une pauvre fille comme moi. Mais, putain, que j'étais conne ! Mais c'est fini, terminé, et tu vas payer, pour ce que tu m'as fait et aussi pour ce que tu as certainement fait à d'autres, à commencer, peut-être, par ta propre sœur.

— Tu sais, Anna, je serais toi, j'y réfléchirais à deux fois. Il ne criait plus, mais sa voix sifflante comme celle d'un serpent était plus effrayante que ses hurlements. Songe à tes pauvres petits parents, si fiers de leur fille adorée, songe à ce que ça leur fera. Tu as envie qu'il sache que tu as été, comme tu dis, la pute, d'un individu qu'ils exècrent, qu'ils méprisent de toutes leurs misérables forces de pauvres métayers mal dégrossis qu'ils sont restés ? Tu les as déjà tellement déçus… Avec tous les sacrifices qu'ils ont faits pour toi. Tu as été gâtée, choyée, et comment les as-tu récompensés ? Tu n'as pas fait les grandes études dont ils avaient rêvé… As-tu seulement eu ton baccalauréat, Anna ? Tu vends des cigarettes à des vieux poivrots au fond d'une boutique crasseuse. Tu n'as pas de fiancé, pas de véritable ami, la seule que tu aies jamais eue a pris la fuite depuis des années, elle avait dû comprendre à quelle coquille vide elle avait à faire. Car c'est ce que tu es, Anna, une jolie coquille vide. Tu ne sers à rien, et tu sais quoi ? En partant d'ici, prends une corde, un escabeau, marche jusqu'à un chêne aux branches bien solides, et pends-toi. Il n'y aura personne pour te regretter. Personne.

Après cela, on n'entendait plus que le bruit d'une porte qui claquait et une voiture qui démarrait.

Mon hôte coupa le dictaphone.

— Comment est-elle morte ?

— Pardon ?

J'émergeais lentement de la brume visqueuse dans laquelle cet enregistrement m'avait plongée. J'étais en état de choc.

— Vous m'avez dit qu'elle était morte. Je voulais savoir comment.

— Elle s'est pendue. À un chêne aux branches solides.

J'avais mal aux mâchoires tant je les serrais. Cet homme, affreux, qui avait osé payer l'enterrement d'Anna, c'était lui qui lui avait glissé une corde au cou. Mais il allait payer. Je me levai brusquement.

— C'est la maison du Mal, n'y allez pas. Albert Delafontaine me regardait de ses yeux effarés.

Je lui fis un sourire apaisant.

— Il faut que j'y aille. Merci de m'avoir fait entendre cet enregistrement.

— Il était pour vous, il vous attendait.

Je sortis de la maisonnette, mon curieux ami resta assis sur son banc, regardant dans le vague, l'air perdu. Je repris ma bicyclette, que j'avais abandonnée dans un taillis, et me remis à pédaler en direction de la maison du Houx.

Je n'eus pas à rouler longtemps avant de déboucher dans une clairière à la pelouse mal tondue. La demeure se dressait, inquiétante. C'était un immense chalet à l'arcachonnaise, avec une large véranda qui s'étalait sur sa façade principale. Il avait dû être magnifique du temps de sa splendeur, mais à présent, avec ses toitures crevées, ses volets tombants et la vigne vierge qui lui mangeait le visage, il était surtout inquiétant.

Je cachai ma bicyclette derrière un puits recouvert de ronces. Rassurée quant au fait que les lieux soient déserts, puisqu'Albert Delafontaine avait vu repartir la voiture du notaire, je m'avançai dans l'allée. La mousse et le chiendent avaient recouvert le gravillon. Je me donnai du courage en pensant que s'il prenait l'envie à Yves Dupin de revenir dans la nuit, je l'entendrais venir de loin, et je n'aurais alors qu'à me cacher.

Je fis lentement le tour de la maison, essayant d'ouvrir chaque porte et chaque fenêtre, mais en vain. La haine qui brûlait mes veines m'empêchait de lire clair en moi. Avais-je envie d'incendier cette demeure de malheur ? Non, plutôt d'y retrouver les preuves qui enverraient Yves Dupin en enfer. J'hésitais à casser un carreau quand je tombai, à l'arrière de la bâtisse, sur une porte qui n'était pas verrouillée. J'allumai ma lampe torche et me glissai à l'intérieur. Jamais je n'avais pénétré par effraction chez quelqu'un, et mon cœur battait si vite et si fort qu'il me semblait venir cogner contre mes côtes. Je me trouvais dans une vieille cuisine dans laquelle trônait une magnifique cuisinière ancienne. Mais je n'étais pas venue ici pour chiner. Si je voulais trouver des photographies, des lettres, ce n'était pas dans cette pièce que je les trouverais. Je m'avançais lentement, car tout prenait une dimension grotesque, inquiétante, à la lueur de ma lampe, et je m'arrêtais fréquemment, croyant deviner une gargouille étrangleuse dans un vieux porte-manteau, ou un loup-garou dans un sofa éventré. Le grand hall, d'où s'élançaient les élégants escaliers de bois qui partaient se perdre dans les étages, s'ouvrait sur différentes pièces aux larges proportions. J'entrai dans ce qui s'avéra être une salle de billard dont les murs étaient habillés de hautes bibliothèques aux rayonnages garnis de vieux livres. Au-dessus de la cheminée, plusieurs cadres prenaient la poussière. Je m'approchai, et balayai de ma lumière les photographies. Il y en avait une dizaine. La plus ancienne, en noir et blanc, montrait un homme, en tenue Belle Époque, qui prenait la pose devant cette même demeure. Il montait un magnifique alezan et, à ses pieds, gisait le cadavre d'un cerf aux bois immenses. D'autres photographies étaient plus récentes. L'une d'entre elles avait été prise sur le perron. Elle devait dater des années soixante. On y voyait un homme, très grand et maigre, plutôt austère. Ses mains étaient posées, l'une sur l'épaule d'un jeune homme à l'air arrogant, et l'autre, sur celle d'une frêle jeune fille qui baissait les yeux. Sur le côté, comme légèrement à l'écart de cette triade capitoline, se tenait une femme à l'air digne et compassé. Dupin père avec épouse et enfants… Je ne l'avais pas imaginé ainsi. Je l'aurais pensé gras, fessu, ventru, la lippe écumeuse, l'œil lubrique, affichant, sur son physique de grand bourgeois repu, ses abus de chère, de vin, de femmes, et là, je ne savais que faire de ce grand faucheux sinistre qui avait de faux airs de François Mauriac. Je frissonnai en songeant à ce que j'avais entendu sur l'enregistrement d'Albert Delafontaine. C'était cet homme qui gardait la petite Violette à dormir chez lui, Violette qui était toujours somnolente, comme endormie, quand elle revenait de cette maison, Violette dont le docteur Figeac pensait qu'elle était morte avant que l'incendie ne la changeât en statue calcinée, Violette qui n'avait pas dix ans… Cet homme que je voyais là avec sa main fermée comme une serre d'aigle sur la frêle épaule de Solange, Solange qui avait été trouvée morte, les pupilles dilatées comme si elle avait absorbé du datura et qui, sur la photographie, fixait le sol comme si elle avait voulu rentrer sous terre. J'avais envie de lui tendre la main par-delà le miroir du temps, pour la hisser, la sauver avant qu'il ne soit trop tard. Mais elle était prisonnière, pour jamais, tenue par cet homme immense qui pressait, de ses doigts maigres, la chair tendre de son épaule, et par le plus jeune dont les larges épaules et les jambes fièrement écartées la faisaient paraître encore plus fragile. Je songeai tristement qu'entre eux deux, elle n'avait eu aucune chance. Je fus presque heureuse, à ma grande honte, de n'avoir pu apercevoir son regard. Il m'aurait sans doute transpercé jusqu'à l'âme.

— Edith, c'est vous? Qu'est-ce que vous faites, plongée dans le noir !

Je poussai un hurlement de terreur, fis tomber le cadre par terre, et me mis frénétiquement à fouiller mon sac, à la recherche des tenailles. À ma droite, une porte s'était ouverte sur un vieillard en fauteuil roulant. De sa canne, il actionna un interrupteur qui fit le jour dans la salle de billard.

Je restai figée, stupide, à le regarder. Il s'agissait clairement du même homme que sur la photographie. Le grand faucheux ! Monsieur Dupin père ! J'étais certaine qu'il était mort. Pourtant il était là, bien vivant, enfin peut-être pas bien, mais vivant tout de même. Il avait l'air d'avoir cent ans. Sa peau jaunie collait si bien à son visage qu'on devinait déjà le squelette qu'il ferait dans un futur plus que proche. Il était d'une maigreur effrayante, ne portait pas son dentier, ce qui réduisait sa bouche à une coupure sombre au milieu d'un visage de grillon desséché. Les petits yeux, profondément enfoncés dans leurs orbites, me fixaient, mais n'avaient rien de soupçonneux ni de méfiant.

Comme je restai muette, il reprit de sa voix éraillée.

— Je croyais que vous m'aviez déjà fait ma piqûre tout à l'heure, Édith, mais j'ai dû me tromper. Ah non, vous ce n'est pas Édith, c'est Patricia, c'est ça ? Ma pauvre tête me joue des tours, vous savez.

Heureusement ! Car sinon il aurait déjà appelé la gendarmerie pour dénoncer mon effraction. Je m'éclaircis la voix la répondre :

— Non, non, je ne suis ni Édith ni Patricia, je m'appelle Élizabeth.

— Ah encore une nouvelle… Mon fils a embauché une véritable armée pour s'occuper de moi. Il paraît que je suis devenu complètement gâteux. L'avantage de devenir complètement gâteux, c'est qu'on ne s'en rend absolument pas compte. Il vous a donné les mêmes consignes qu'aux autres ? Interdiction de me parler ?

— Non, non, je n'ai eu aucune consigne. Pour tout vous dire, je pensais que vous étiez mort, Monsieur Dupin !

J'avais été volontairement brutale, mais il ne fut en rien désarçonné. J'aurais pu lui parler de la météo ou du cours du pétrole qu'il ne m'aurait pas répondu avec plus de naturel.

— Moi ? Mort ? Je suppose qu'à mon âge ça n'aurait rien d'étonnant. Je sais qu'Yves se garde bien de parler de moi. Dieu seul sait pourquoi, d'ailleurs, il m'a retiré de cet institut bordelais dans lequel on s'occupait fort bien de ma personne, et m'a caché dans cette vieille masure. Il me parque ici comme un animal. Je n'ai même pas la télévision. Les seules visites que je reçois sont celles des infirmières, et elles ont interdiction de me parler. Heureusement qu'il ne vous a pas demandé le même mutisme qu'aux autres, chère mademoiselle. Vous m'avez l'air absolument charmante, j'oserais même dire délicieuse, et je vais pouvoir renouer avec un des charmes les plus précieux de l'existence, celui d'une conversation agréable avec une dame.

Il parlait avec beaucoup d'élégance, même si son absence de dentier et son pyjama rayé gâtaient un peu l'impression d'ensemble. J'avais du mal à imaginer que ce vieillard au phrasé ampoulé fût le monstre que j'avais imaginé. Il y avait une erreur. Il y avait forcément une erreur. Puis il poursuivit, en fixant toujours sur moi ses petits yeux noirs semblables à deux raisins secs dans un kouglof rassis.

— J'étais pourtant très bien dans cette maison de retraite. Des infirmières formidables, avec des culs bien fermes, et des nichons juteux comme je les aime. Je ne comprends pas, diable, pourquoi il m'en a retiré avec une telle hâte.

Il dit tout cela avec l'air innocent et tranquille du petit vieux débonnaire qui avoue regretter le bon thé sucré de seize heures, ou le magnolia odorant sous sa fenêtre. Son léger soupir lui-même avait tant de douce ingénuité que je crus un instant avoir rêvé. Mais il poursuivit, avec le même naturel.

— Yves ne devait pourtant pas craindre que je leur fasse grand mal, car ça fait belle lurette que je ne bande plus, hélas. Mais j'aime encore regarder, j'ai toujours aimé ça. Vous portez un soutien-gorge sous cette chemisette, charmante Élizabeth ?

— Je porte un soutien-gorge, et j'ai aussi une paire de tenailles dans ce sac. Je vous cisaille les mains, et le reste aussi, si vous tentez de faire rouler votre fauteuil, ne serait-ce que d'un millimètre en ma direction.

Il éclata de rire.

— Belle et fougueuse, j'ai toujours aimé les femmes fougueuses.

— Et vous aimiez aussi les petites filles, non ?

S'il était si gâteux que cela, je n'aurais aucun mal à lui extorquer des aveux complets.

— Ah oui, je les adorais. Il paraît que c'est très mal vu aujourd'hui de dire ce genre de choses. Yves a brûlé ma collection de nus enfantins, je me flatte d'avoir eu la plus belle de la région, peut-être même de la France entière. Sacré Yves ! Surtout qu'il n'a pas de leçons à me donner, il a eu son lot, lui aussi, de petites nymphettes. Mais que voulez-vous, quand on veut devenir député, on maquille ce genre de choses, c'est mal vu de l'électorat, surtout féminin. Dieu seul sait pourquoi… Toutes les fillettes que j'ai eues dans ma vie étaient délicieuses, elles ronronnaient sous les caresses comme de jeunes chattes, mais en vieillissant, quand elles avaient elles-mêmes des enfants, alors, c'était inéluctable, elles se transformaient en harpies, me traitaient comme si j'avais été le comte Dracula et tenaient toujours leurs filles hors de ma portée, les ingrates… Il eut un petit geste de la main. Ah l'ingratitude des enfants… Vous-même charmante Élizabeth, vous avez peut-être des enfants ?

Il n'y avait donc pas d'erreur, il se tenait bien là, face à moi, le monstre. Confessant ses turpitudes avec la tranquille bonhomie d'un gourmand qui avoue ne pas pouvoir résister à un éclair au chocolat, quand il passe devant la vitrine d'une pâtisserie. Je commençais à comprendre pour quelle raison Yves Dupin déguisait l'existence de son père, faisant croire à tout le monde qu'il était décédé, et le cachait dans cette maison isolée. Sa bavarde sénilité risquait d'étaler au grand jour la souillure sur le blason des Dupin, et de sonner ainsi le glas des ambitions politiques du prince héritier.

Ce vieillard répugnant ne me faisait plus peur du tout, et j'étais bien décidée à lui faire dire toutes ses noires vérités. Je regrettai de ne pas avoir sous la main le dictaphone de M. Delafontaine. Je savais que certains téléphones portables possédaient cette fonctionnalité, mais le temps que je la trouve, et que je comprenne comment la faire fonctionner, le centenaire serait mort et enterré. Tant pis ! J'allais lui faire cracher son venin, c'était déjà ça.

— Non, monsieur Dupin, je n'ai pas de fille et si j'en avais une, je ne vous la présenterais certainement pas. Vous savez, j'ai discuté aujourd'hui avec Blandine Cheney, son nom de jeune fille est Philippard. Vous avez bien connu, je crois, sa petite sœur, Violette Philippard…

— Oui Violette, douce fleurette.

Il ferma les yeux un instant, comme enivré par le parfum que ce nom, surgi du passé, revenait agiter sous ses narines.

— Timide et un peu rétive, mais délicieuse pourtant. Qu'est-elle devenue ? Une robuste mégère ? Elle doit être grand-mère à l'heure qu'il est.

— À vrai dire, elle est morte. À l'âge de dix ans. En 1949, on a retrouvé son cadavre calciné près de la ferme de Cadey.

— Ce terrible incendie, oui, ça me revient…

— Mais elle était morte avant même de brûler. Vous lui avez administré une surdose mortelle de datura, ça aussi, ça vous revient ?

— N'auriez-vous pas un léger penchant pour le mélodrame, ma chère ? Le datura est une plante extraordinaire. Vous le saviez ? Il pousse dans nos Landes désertes comme du chiendent, et le jardinier borné l'arrache férocement de son potager, sans savoir qu'il gâche là un trésor merveilleux, un présent de la Nature.

Une simple décoction, et vous calmez les nervosités, vous endormez les doutes, vous apaisez les fureurs, vous prévenez les refus... J'avais un oncle botaniste qui aimait à me citer Shakespeare : « Sous l'écorce, enfant, de cette petite fleur, la médecine a sa puissance et le poison a sa demeure ». Il avait un jardin magnifique, l'oncle Adolphe. Je me revois en culottes courtes, le suivant dans les allées, fasciné par la puissance qui se cache, sans qu'on puisse la deviner, sous un pistil délicat ou un calice immaculé.

Il n'avait pas clairement avoué. Peut-être était-il moins gâteux que ce que je pensais? Je poursuivis, obstinée :

— Et Violette, donc? Vous la droguiez avec ce datura? Et Solange, également?

— Solange était ma perle, mon âme sœur, je ne...

— Père, à partir de maintenant, il vaudrait mieux que vous ne disiez plus rien du tout.

*

Saisie de stupeur, je vis la silhouette d'Yves Dupin se découper dans l'encadrement de la porte. Sa voix était calme et grave et il braquait sur moi la glace de ses yeux couleur de verre.

— La jeune Élizabeth est la fille de ce commissaire, Dupuis, qui était venu vous trouver à propos de la mort de Solange, celui qui est décédé dans ce ...tragique accident. Sans doute égarée par la vénération envers ce père trop tôt disparu, a-t-elle cru de son devoir filial de reprendre elle-même les recherches? Dois-je toutefois vous rappeler, mademoiselle Dupuis, que vous vous trouvez sur une propriété privée dont vous avez forcé l'entrée? Ne niez pas. Sous ses dehors vétustes, le bâtiment est équipé d'alarmes, et de caméras de surveillance. C'est d'ailleurs ainsi que j'ai pu savoir que vous aviez décidé de venir rendre une petite visite à la maison du Houx. Vous auriez dû me téléphoner avant, je vous aurais fait faire le tour du propriétaire avec joie. Il souriait, d'un sourire machinal, mais je voyais ses mâchoires crispées comme celles d'un chien qui se retient de mordre. Maintenant il est temps de prendre congé, je vous raccompagne. Bonsoir, père, et à demain.

Le vieillard fit entendre des protestations, se plaignant de sa solitude, et de la perte d'une compagnie agréable, mais son fils n'en tint absolument pas compte et avança dans ma direction à grandes enjambées.

— Si vous vous approchez encore, je hurle, je vous assure que je hurlerai comme je n'ai jamais hurlé de ma vie.

Tout en parlant, je fouillais frénétiquement mon sac. Mais où étaient donc ces fichues tenailles !

—Vous pouvez hurler, je ne pense pas que quiconque vous entendra ici.

— Yves, je ne comprends plus rien, qui est cette fille ? Je pensais que c'était une nouvelle infirmière.

— Plus tard, Père, je vous expliquerai plus tard. Vous devriez retourner vous coucher.

— Votre voisin, lui, m'entendra.

Je tentai de mettre dans ces mots une assurance que j'étais loin de posséder. Yves Dupin éclata d'un rire sec.

— Ce pauvre diable ! Il est traumatisé par ce qu'il a vécu, s'il entend hurler, il restera terré chez lui, la tête entre deux oreillers.

Il avait certainement raison. Après tout, Albert Delafontaine n'avait pas levé le petit doigt quand il avait entendu le bruit de la dispute entre Anna et le notaire, il s'était contenté d'enregistrer sur son vieux dictaphone. Je pourrais crier plus fort qu'une *Banshee* sans qu'il osât intervenir. Et quand bien même il serait tenté de prévenir la gendarmerie, il n'avait pas le téléphone… J'étais seule au milieu des bois, coincée dans une maison inconnue, à la merci de ces deux monstres.

J'envisageai, pendant à peu près une demi-minute, de me laisser mourir de peur, solution qui avait le mérite de simplifier la situation pour tout le monde, quand je revis, en pensée, les yeux baissés de Solange, les petits souliers du dimanche de Violette, et surtout, surtout, j'entendais hurler dans mes oreilles la voix d'Anna. Je ne pouvais pas laisser ces salopards gagner ! Je réfléchissais à toute vitesse. Il me fallait trouver un moyen de sortir de là, mais la lourde silhouette du notaire me barrait la route. Je songeai un instant à utiliser le vieillard squelettique comme bélier humain, je ferais rouler son fauteuil sur les pieds d'Yves Dupin et je prendrais la fuite. Hélas, je dus abandonner cette option, car si je parvenais encore à tenir debout, il m'apparut que, sous l'effet de la terreur, mes jambes pesaient une demi-tonne chacune. J'étais fichée comme un plot dans ce parquet, incapable de bouger et prisonnière de la terreur que m'inspirait l'homme en face de moi. Car le danger venait de lui. Je sentais en lui une absence totale de scrupules ou de morale. Il serait fort capable de m'étrangler, puis de me balancer dans le puits du jardin. Sans doute, le vieux grillon desséché profanerait-il mon cadavre, et inspecterait-il, de ses petits yeux lubriques, mes sous-vêtements. Jésus, Marie, Joseph, dans quel pétrin m'étais-je fourrée ? Pourquoi, mais pourquoi, n'avais-je pas averti Pierre ? Pierre, Pierre et ses bras forts et rassurants. Je n'aurais peur de rien à ses côtés. Il était de taille à transformer l'imposant Yves Dupin en carpette de bain, rien qu'avec son petit doigt, et sans même sa fatiguer. Mon portable ! Mon portable était au fond de mon sac. Le dernier numéro que j'avais composé était celui de Pierre ! Si j'arrivais discrètement à taper sur la touche d'appel… Il fallait gagner du temps.

Je desserrai discrètement l'écharpe qui m'entourait

le cou de manière à ce que son drapé recouvrît mon bras droit. J'eus une petite pensée pour César qui au moment de sa mort avait songé à faire descendre le pli de sa toge sur ses jambes. Mais ce n'était pas le moment d'avoir des réminiscences de version latine ! Tout en parlant, je glissai la main dans la besace que je portais en bandoulière, mes doigts tâtonnant à l'aveugle dans les replis. Ah les sacs de femmes ! Il me semblait que le mien avait, soudain, mille recoins, et ce fichu téléphone ne se trouvait dans aucun d'entre eux !

— Et d'ailleurs pourquoi voudriez-vous crier, Élizabeth ? Nous ne sommes pas des sauvages.

À ces mots, le vieux faucheux éclata d'un rire étrange qui lui valut une quinte de toux. Dupin fils, lui, avait pris son ton d'indulgence amusée, manifestement propre à m'inspirer confiance. Mais je savais qu'il ne fallait pas m'y fier. Soudain, dans un éclair de lucidité, je sus que l'adjudant Tudieu ne m'avait pas menti. Oui cet homme avait certainement payé quelqu'un pour assassiner mes parents. Je lisais dans ses yeux de verre qu'il y avait peu de choses dont il n'était pas capable.

Enfin, mes doigts heurtèrent le rectangle de métal. J'appuyai sur la touche. Il me fallait maintenant parler suffisamment fort pour couvrir la sonnerie ainsi que la voix de Pierre, quand il répondrait. Pitié, mon dieu, il fallait absolument qu'il réponde !

— Parce que vous êtes un criminel et un assassin.

— Je vous demande pardon ?

J'entendis la voix de Pierre, lointaine, dire : « Allô ? Bront ? » Je serrai le téléphone pour étouffer au maximum le son, et priai pour que de là où il se trouvait, Yves Dupin n'entendît rien. Le vieillard, lui, était certainement sourd comme un pot. Du reste, il avait l'air de prendre un si vif plaisir au spectacle de ma terreur que toutes ses fonctions vitales devaient s'être concentrées dans ses yeux, ne laissant plus rien pour l'audition. Sale pervers !

— Je déclare solennellement, Yves Dupin, que vous êtes un criminel et un assassin, et que cette maison du Houx où nous nous trouvons présentement a été le théâtre de vos agissements ignobles.

Je hurlai presque cette tirade en articulant exagérément, telle Sarah Bernhardt déclamant un alexandrin, puis raccrochai précipitamment, priant pour que Pierre en ait entendu suffisamment. Combien de temps lui faudrait-il pour venir jusqu'ici ? Il allait rouler comme un fou et les rues de Dos seraient désertes. Cinq minutes ? Non, plutôt dix minutes. Oh, tant de choses pouvaient se passer en dix minutes ! Il fallait coûte que coûte que je reste vivante jusqu'à ce qu'il arrive. J'avais vu suffisamment de films à suspense pour savoir que le seul moyen pour permettre au gentil d'avoir le temps de venir sauver la fille, c'était de faire parler le méchant. Il me fallait jouer le tout pour le tout.

— J'ai trouvé les journaux d'Anna, je sais tout. Et je sais aussi pour votre père avec Violette, avec Solange, et d'autres aussi sans doute. Je sais également que mon père est venu vous voir une semaine avant l'accident, et je sais, de toutes les fibres de mon être, que vous êtes responsable de la mort de mes parents.

— Eh bien, eh bien, on m'avait toujours dit que les latinistes étaient des gens rigoureux et dépourvus de toute imagination, je constate que vous déjouez les statistiques, Élizabeth. C'est du mauvais Conan Doyle ce que vous me contez là.

Je poursuivis pourtant :

— Je sais aussi que vous avez fait taire le docteur Figeac.

Ce nom réveilla le vieillard que j'avais cru assoupi. Il sursauta dans son fauteuil.

— Figeac, ah quelle plaie celui-là, il nous menace encore, il faut qu'on s'en débarrasse pour de bon, Yves.

— Père, pour la dernière fois, je vous demanderais de bien vouloir aller vous coucher.

— Ah je vois, tu veux te la garder pour toi tout seul, la petite ? Je t'ai pourtant appris à partager avec ton vieux père.

Un nouveau rire gras et quinteux secoua sa frêle carcasse, et je crus que j'allais vomir de dégoût. Les révélations de l'ancêtre n'étaient manifestement pas du goût d'Yves Dupin qui s'avança résolument vers le fauteuil de son père, lui fit faire un demi-tour assez brusque, le poussa dans la chambre dont il verrouilla la porte, en dépit des protestations énergiques du vieillard.

Il se tourna alors vers moi, un froid sourire aux lèvres.

— Enfin seuls, ma chère. Si vous voulez poursuivre vos élucubrations, je préfère que ce ne soit pas devant un très vieil homme qui a bien mérité de vieillir en paix, sans qu'on vienne lui jeter à la figure des commérages ramassés dans le caniveau.

— Vous m'aviez fait croire que votre père était mort, ce soir-là, chez vous. Donc je pense plutôt que ce très vieil homme, vous l'avez sorti de sa maison de retraite et l'avez caché ici, de peur que ses bavardages séniles n'éclairent d'un jour un peu trop cru les horreurs dont vous vous êtes rendus coupables l'un et l'autre. Entre nous, Monsieur Dupin, au vingt et unième siècle, qui aurait envie de voter pour un pédophile ?

Il ne nia pas. Son regard reptilien ne cilla pas, mais je vis s'allumer dans leur bleu glacial une flamme de colère.

— Qui vous croira Élizabeth ? Quelle preuve avez-vous ? Les journaux d'une petite fille connue dans le village pour être une nymphomane, les déclarations d'un docteur mort et enterré, la certitude d'un flic à la retraite, toujours entre deux vins, et quoi d'autre ? Des ragots, du bruit, du vent. Voilà ce que vous avez entre les mains. Du vent ! Donc vous allez me faire le plaisir de débarrasser le plancher et de ne plus jamais venir foutre votre nez dans mes affaires, sinon…

On entendit alors un craquement formidable. La porte du vestibule venait de céder sous un magistral coup d'épaule et Pierre, hirsute, en sueur, les yeux fous, fit une entrée fracassante. Il était venu. Des larmes de soulagement me montèrent aux yeux. Il me balaya du regard comme pour vérifier que j'étais bien intacte, et je vis le soulagement se peindre sur ses traits défaits. Puis il traversa la pièce à grandes enjambées, c'était à croire qu'il était chaussé des bottes de sept lieux, et vint se coller tout contre le notaire qui sembla se rétrécir d'un coup, comme un soufflé qui refroidit.

— Sinon ?

— Ah bonsoir, Pierre, nous discutions avec Élizabeth et…

— Non, non, vous la menaciez, c'est très différent.

Face à ce taureau furieux qui le dépassait d'une bonne tête, et dont une seule gifle aurait été capable de l'envoyer *ad patres*, Yves Dupin ne me semblait plus du tout inquiétant. Il prit d'ailleurs un ton très conciliant pour répondre :

— Attendez Pierre, tout de même, Élizabeth s'est introduite par effraction dans cette demeure qui m'appartient et…

À ces paroles, Pierre tourna son regard en ma direction, levant les sourcils, de l'air de me demander ce qui avait bien pu me passer par la tête.

— Je proteste, la porte de derrière était ouverte donc techniquement, je n'ai commis aucune effraction.

Évidemment, ce genre d'argument était caduc aux yeux de la loi, mais j'avais ma fierté tout de même !

— Elle s'est tout de même introduite dans une propriété privée, a accusé mon vieux père de je ne sais quelles fadaises…

— Votre père est toujours en vie ?

Pierre semblait très étonné, mais le notaire poursuivit sur sa lancée :

— Elle m'a ensuite accusé de choses tout aussi insensées. Enfin, bref, oui, j'avoue avoir perdu le contrôle de mes nerfs, mais j'estime que j'avais tout de même quelques raisons…

Pierre se tourna vers moi :

— Lizzie ? Il dit vrai ?

— Je me suis en effet introduite dans cette vieille baraque sans invitation, mais, à ma décharge, je pensais la trouver vide étant donné que M. Dupin se garde bien d'informer les gens que son père est vivant. Et pour cause !

Alors dans un torrent furieux, entrecoupé de quelques sanglots, je déversai à Pierre tout ce que j'avais appris de nouveau : l'enregistrement que m'avait fait entendre M. Delafontaine, les révélations du vieux Dupin, tout.

Yves Dupin resta stoïque, même s'il avait légèrement pâli. Quand je me tus, il dit calmement en s'adressant à Pierre :

– Ainsi que je le faisais remarquer à mademoiselle Dupuis, toutes ces allégations reposent sur des on-dit et n'ont aucune base solide. Si votre amie souhaitait aller plus loin, je me permettrais de la mettre en garde : ce serait un jeu d'enfants pour un avocat, même inexpérimenté et incompétent, de réduire en miettes ce dossier, car il est vide.

Il n'y avait nulle ironie, nulle morgue dans ses paroles. L'impressionnante carrure de Pierre ainsi que son air menaçant lui en imposait suffisamment pour qu'il ne se permît pas de fanfaronner. Mais ces propos me mirent en rage, car je ne pouvais m'en empêcher d'en reconnaître la justesse. Je lui rétorquai donc en le regardant droit dans les yeux :

— Le dossier de Marie-Antoinette était vide, lui aussi, et l'a pourtant conduite à l'échafaud. Vous savez, monsieur Dupin, il y a plusieurs sortes de tribunaux, et celui devant lequel vous comparaîtrez n'aura peut-être pas besoin de preuves juridiques pour vous juger coupable. Viens, Pierre, quittons cette maison de malheur.

— J'arrive Lizzie, j'ai juste une dernière chose à faire.

Et sur ces mots, il balança un uppercut dans l'estomac de Yves Dupin qui le plia en deux.

— Ça, c'est pour toutes les saloperies que tu as pu faire.

Puis, quand le notaire, suffocant, parvint à se redresser pour reprendre son souffle, il lui plaça un crochet dans les mâchoires qui l'envoya s'affaler dans un vieux fauteuil club placé là comme à dessein.

— Et ça, c'est pour avoir menacé ma petite amie.

Il se tourna ensuite vers moi, me tendit sa main, je la saisis, et nous nous ruâmes vers la sortie. À l'abri dans sa voiture, je lui lançai, souriant béatement :

— Alors, comme ça je suis ta petite amie ?

Il se pencha pour cueillir mon sourire du bout de ses lèvres.

— Je n'ai pas osé lui dire que j'étais ton toy-boy !

Je le frappai à l'épaule et, en riant, il m'emmena loin de cette maison, vers la chaleur et la lumière.

Plus tard, ce soir-là, après que Pierre m'eut ramené à la maison, et m'eut servi un demi-verre de rhum qu'il me fit avaler cul sec, je m'effondrai en sanglots entre ses bras. C'était peut-être moins à cause de la peur rétrospective que m'avait causée cette soirée, qu'à cause de la tristesse que je ressentais. Ces hommes avaient détruit et ôté des vies parce qu'ils étaient convaincus que l'existence d'autrui ne valait pas le prix de leurs plaisirs sadiques. J'avais contemplé le Mal droit dans les yeux, et je n'étais pas sûre d'en être sortie indemne. Et, surtout, je m'en voulais de me sentir si impuissante face à eux, de ne pas avoir suffisamment de part sombre pour m'emparer d'un poignard et le leur enfoncer dans le cœur.

Le vieux Dupin avait violé, drogué jusqu'à l'overdose fatale des fillettes innocentes. Son fils avait abusé d'Anna, l'avait poussée au suicide, et avait sans doute commandité l'accident qui avait tué mes parents pour satisfaire ses ambitions politiques et étouffer un scandale. La mort d'Anna, la mort de mes parents appelaient cette juste vengeance, et pourtant je savais que je n'aurais jamais ce genre de courage. Cela me fit redoubler de sanglots. Pierre se contentait de me serrer fort en murmurant des « Chut, chut, c'est fini, maintenant je suis là » qui étaient bien réconfortants. Comme était réconfortants sa grande main qui caressait ma tête, son torse tapissé de muscles durs sous ma joue détrempée de larmes, et à l'intérieur duquel j'entendais battre son cœur à grands coups sourds et réguliers.

— Si tu continues d'être gentil comme ça, Lafitte, je ne vais jamais pouvoir m'arrêter de pleurer.

— Je te mettrai une fessée plus tard, Bront, pour l'instant pleure autant que tu veux.

Il finit par me prendre dans ses bras et me monter dans ma chambre. Il me déshabilla avec lenteur, embrassant chaque parcelle de chair qu'il dénudait. Mes joues furent rapidement sèches. D'autres parties de mon anatomie ne le furent soudain plus du tout !

Le lendemain, je me réveillai avant Pierre, et descendis nous préparer un petit déjeuner digne de ce nom. Quand Pierre descendit, la table était mise. J'avais fait griller du pain, rôtir du bacon, mis des œufs dans les jolis coquetiers du dimanche, j'avais même disposé une immense gerbe de lilas odorant dans le vase préféré de ma mère. Je me tenais assise, la gorge nouée d'appréhension. Je me sentais comme quelqu'un au bord d'un précipice, avec la certitude qu'il était maintenant temps de sauter.

Pierre, torse nu et en caleçon, les cheveux ébouriffés, l'œil endormi, mais diablement sexy tout de même, fixa la table et moi par la même occasion, d'un air appréciateur.

— En quel honneur tout ça, Bront ?

Je triturai nerveusement le nœud de mon pyjama.

— Pierre, je me demandais…

Je n'osais pas le regarder dans les yeux et m'absorbai dans la contemplation d'une mouche qui frottait des pattes sur le rebord du pot de confiture.

— Je me demandais si tu pensais que dans un avenir plus ou moins proche, ça serait à toi de juger, tu envisagerais de…

Bon sang ! Il fallait que j'arrête avec mes circonvolutions ou j'aurais terminé à Noël. Je pris une grande inspiration et achevai :

— Tu envisagerais de déposer ton *Walden* sur les étagères de ma bibliothèque.

Voilà, c'était dit ! Il n'y eut aucune réponse. Je gardai les yeux baissés, triturant de plus belle mon pyjama, effilochant entre mes doigts le ruban qui servait d'attache. Il allait dire non ! C'était évident, il allait dire non. Pourquoi un garçon comme lui s'embarrasserait-il d'une latiniste au chômage, mal fagotée, avec quelques kilos en trop, et une propension rare à se mettre dans les ennuis jusqu'au cou ? Quand le silence s'éternisa, je risquai un coup d'œil vers Pierre. Ses yeux luisaient d'une lueur étrange et ils me parurent anormalement brillants. Il déglutit, et sa voix était rauque quand il me demanda :

— Tu veux dire que tu accepterais que mon *Walden* serre d'un peu trop près ton édition *princeps* d'*Autant en emporte le vent* ?

Je sursautai. Mes parents m'avaient en effet offert cette édition rare de mon roman préféré pour mon dix-septième anniversaire. Ce livre ne me quittait jamais et je le lisais au moins une fois par an.

— Mais comment sais-tu que… ?

— L'été où tu révisais ton bac de français, je suis venue tailler la haie. Tu te rappelles ? Tes parents m'avaient embauché.

Je me souvenais en effet d'une version plus fine et plus juvénile de Pierre, à qui je n'avais pas accordé un intérêt particulier à l'époque. Il était encore au collège, moi au lycée, autant dire que deux océans et trois mers nous séparant n'auraient pas pu mettre plus de distance entre nous.

— Un après-midi, tu étais dans ta chaise longue, on avait discuté. Tu avais un peu craqué dans tes révisions, et tu avais décidé de faire une pause, je me souviens que c'était un texte des *Tragiques* Agrippa d'Aubigné qui t'avait mise dans tous tes états. Et pour te calmer tu lisais, l'édition *princeps* d'*Autant en emporte le vent*. Tu m'avais dit que c'était ton livre favori et que lorsque tu mourrais tu voudrais être enterrée avec.

J'avais les yeux écarquillés de stupeur.

— Waouh, quelle mémoire, Pierre !

Il eut un sourire timide, et c'était à son tour d'avoir l'air de quelqu'un qui se jette dans un précipice.

— Si je me rappelle bien tous ces détails, c'est parce que dès que je suis rentré chez moi, j'ai cherché qui était Agrippa d'Aubigné et ce qu'était une édition *princeps*, et si j'ai cherché tous ces détails insignifiants, c'est parce que je suis amoureux de toi depuis que j'ai huit ans.

La fin de cette conversation est perdue pour moi. Je suis incapable de dire si je répondis quelque chose, ce qui est possible, ou si je me contentai de sangloter pathétiquement de bonheur, ce qui est encore plus probable. Je me souviens en revanche, avec une acuité surprenante, que nous fîmes l'amour sur la table de la cuisine, et que le mystère des œufs à la coque, qui ne furent ni brisés, ni éclatés, ni même légèrement écalés dans l'opération n'est toujours pas résolu à cette heure.

Plus tard, ce même jour, j'appelai Will Will. Il était ravi de m'entendre, car il était confiné chez lui et se sentait seul en dépit du réconfort que lui apportait la relecture d'Homère. J'eus avec lui une très longue conversation pour lui raconter tout ce qui m'était arrivé : les révélations douloureuses qui m'avaient été faites, la colère sourde qui me rongeait à la pensée que j'allais laisser en paix deux salopards qui méritaient de rôtir en enfer. Tout. Will écouta sans m'interrompre, puis, quand mon récit fut achevé, avec sa sobriété et sa concision habituelle, il me demanda :

— Quelle est ton arme à toi, Lizzie ?

— Comment ça ? Je ne comprends pas ce que tu veux dire.

— Ces deux salopards, tu me dis donc que tu ne peux utiliser l'arme judiciaire contre eux, puisque soit les faits seront prescrits, soit tu n'as aucune preuve pour étayer tes dires, et tu me dis ensuite que tu ne peux pas non plus utiliser la violence à leur encontre : tu te sens incapable de leur trancher la carotide, de les éviscérer ou même de les émasculer ; ce dont je me réjouis, à titre personnel, car c'est la preuve que tu n'es pas une dangereuse psychopathe cachée sous des jupes à fleurs. En revanche, cette absence de violence est un handicap indéniable dans l'entreprise de revanche que tu forges en ton sein. Donc je réitère ma question : quelle est ton arme, Lizzie ? En quoi excelles-tu ?

Une idée germait lentement dans mon esprit.

— Je sais raconter de bonnes histoires.

— Exactement. Tu sais raconter de bonnes histoires,

Lizzie. Alors raconte ton histoire, et ce que tu vas lâcher sur eux sera bien pire que les quatre cavaliers de l'Apocalypse, que les sept plaies d'Égypte, ou que quatre pandémies de coronavirus.

— Ah bon ? Mais que vais-je lâcher exactement sur eux, Will ?

— L'opinion publique.

En raccrochant, j'avais le sourire.

Quand Pierre, après être allé travailler chez lui, revint le soir à la maison, il me trouva devant l'écran de mon ordinateur, tapant fiévreusement sur les touches. Il m'embrassa délicatement dans le cou, provoquant un doux frisson qui partit de mon petit orteil pour se répercuter jusqu'au sommet de mon crâne.

— Tu travailles sur ta thèse ?

— Ma quoi ? Ah non, j'écris un roman.

— Un roman ? Quel en sera le sujet ?

— Une fille, qui revient dans son village natal pour l'enterrement de son amie d'enfance.

Pierre m'adressa un grand sourire.

— Et elle croise un mec sexy qui pète deux ou trois mâchoires pour ses beaux yeux, non ?

— Un mec TRÈS sexy ! Mais efface tout de suite ce petit air satisfait, Lafitte, il n'aura rien à voir avec toi ! Pour commencer, il sera chevrier et non apiculteur !

Chapitre XII

Le virus qui avait confiné la planète durant de si longs mois entama sa lente décrue à l'été de cette année-là. Il refit de timides incursions à l'automne, mais, au printemps suivant, on en parlait déjà comme d'un vieux souvenir, évoquant, comme d'anciens combattants, ayant vécu l'Exode ou l'Occupation, le « Confinement ». En dépit de son absence totale de précautions, Marthe ne fut pas malade, et elle doute encore aujourd'hui de la létalité de la maladie.

Pierre vint s'installer dans la maison de mes parents dès la fin du confinement, apportant avec lui ses ruches, ses vieux crampons et son *Walden* qui trône désormais à côté de mon édition *princeps* d'*Autant en emporte le vent*. Il continue d'aller voir chaque jour son père ou bien parfois, c'est ce dernier qui vient nous rendre visite. Pierre a logé dans sa bergerie un couple de jeunes bordelais qui ont quitté leur start-up en pleine ascension pour retourner à la terre, et devenir décroissants. Quand je lui demandai s'il comptait leur faire payer un loyer, il acquiesça :

— Évidemment. Accès illimité au cerisier au printemps, et cinq pour cent de tout ce qu'il récolteront. Nous voici hissés au rang de seigneurs ayant des métayers. Viens donc embrasser le sieur Lafitte, femme !

Je l'embrassai de bon cœur, car la vie avec Pierre Lafitte est merveilleusement simple, ou simplement merveilleuse, je ne sais pas trop.

Je soutins enfin ma thèse, brillamment m'affirma

Will qui avait fait spécialement le voyage, accompagné de Tom et Debbie. Ils passèrent trois semaines en France et Will tint, chaque matin, à déjeuner d'une baguette, qu'il allait, en personne, acheter à la boulangerie, coiffé d'un vieux béret qui avait appartenu à mon père, sous les regards ébahis des badauds rassemblés sur la place devant le Cercle. À l'heure actuelle le département d'études classiques de l'Université du Vermont n'a toujours pas mis un genou à terre devant Betty Lange. Le vieux lion rugit encore.

En dépit de la sinistre prédiction de monsieur de Soucy, la vieille Yvonne Legrand ne succomba pas à l'épidémie, mais opta tout de même pour un allégement de son emploi du temps, libérant quelques heures à l'université. Je vais donc deux fois par semaine enseigner la littérature augustéenne et la version latine à des étudiants de première année qui rougissent comme des jouvencelles, quand je leur parle des orgies de Julia ou des petits poissons de Tibère.

Mon roman, intitulé *Le Grand incendie* a paru à l'automne. Grâce au soutien d'une petite maison d'édition landaise, j'eus bientôt la joie de le voir dans toutes les librairies du coin. Pierre m'avait un jour conseillé de surfer la vague *Me Too* jusqu'au bout, il n'avait pas cru si bien dire. Je reçus de nombreuses lettres émues de femmes qui avaient souffert dans leur chair la violence masculine, et me remerciaient de mes lignes qui leur avaient apporté une forme de réconfort. J'avais évidemment changé les noms de lieux et des protagonistes, mais il n'y eut personne à Dos pour penser qu'il s'agissait d'une fiction, d'autant plus que j'avais dédié l'ouvrage à mes parents, mais également à Anna, Solange et Violette. C'était un roman à clef, mais tout le village en possédait un double.

Le scandale ne fut pas long à s'abattre sur la dynastie Dupin. Cela commença par des petits faits à l'échelle locale : le beau manoir du bourg fut tagué en lettres sanglantes, on m'apprit aussi (*Marthe, mon informatrice, tenait cela de Gisèle qui faisait le ménage à la grande maison*) que les lettres de menace s'amoncelaient sur le bureau du notaire, mais que la peur et la honte l'empêchaient de s'en plaindre à la police. Puis les réseaux sociaux allumèrent l'étincelle ; et enfin ce fut au tour des journaux, d'abord locaux puis nationaux de s'embraser. Une information judiciaire fut ouverte et Yves Dupin ne se présenta pas aux élections municipales. Il ne fut plus question de briguer un siège à l'Assemblée. Aujourd'hui, il se terre chez lui, et Albert Delafontaine à qui je continue de rendre visite, bien que les conversations avec lui restent très limitées, m'a dernièrement prédit, laconique : « Je pense que d'ici peu, lui aussi se cherchera une branche de chêne assez solide. »

Je n'en éprouverai aucun chagrin.

Le vieux notaire ne vécut pas assez longtemps pour être rattrapé par ses crimes. Il mourut à l'été du coronavirus. Sa mort passa inaperçue, personne ne savait même qu'il était encore vivant, et il fut incinéré à Bordeaux dans le plus grand secret. Mais Marthe (*encore elle !*) m'apprit qu'une de ses infirmières, qui avait aussi Simone pour patiente, avait confié à cette dernière qu'il avait eu une terrible agonie, s'étouffant lentement. Elle avait eu cette phrase : « Il s'est vu mourir ». Quand Marthe me la répéta, j'en ressentis une joie sadique qui me fit presque peur. Puis je pensai au corps calciné de Violette, au regard baissé de Solange. Pas de rédemption pour les destructeurs de l'âme humaine, ils ne méritaient pas d'être rédimés.

Marianne Auclère ne fut finalement pas la plus belle mariée qu'ait connue l'église de Dos, puisqu'elle refusa d'épouser un homme éclaboussé par un scandale si énorme. Elle est aujourd'hui fiancée à Damien Marsan, et cette situation a l'air de les rendre aussi malheureux l'un que l'autre, ce qui me met en joie chaque fois que j'ai l'infortune de tomber sur l'une ou sur l'autre de leurs gueules d'enterrement. Je soupçonne d'ailleurs, et je m'en réjouis d'autant plus, Damien Marsan de m'en vouloir, car le succès de mon roman a totalement éclipsé son *Dictionnaire toponymique du village de Dos* qu'il a édité à grands frais à compte d'auteur, et qui a fini, chez Dubernet, en un tas poussiéreux, coincé entre des vers de pêche et des écrous en laiton.

Sarah ne retourna pas dans son studio minuscule à la fin du confinement. Julius résuma les choses ainsi : « Tu avais raison, il y avait une chambre de trop. » Il ne s'écoule guère un mois sans qu'ils viennent passer un week-end chez nous.

La maison de mes parents est de nouveau emplie de vie, de rire, d'amour et je sais avec certitude que, même si on oublie souvent d'ôter nos chaussures pour monter à l'étage, ma mère, d'où elle est, se penche, en souriant, sur ses parquets désormais si mal cirés.

Et il m'est doux, aujourd'hui, accoudée au bureau en bois, tandis que j'entends dans la cuisine chanter la radio de Pierre qui fait des confitures, de me rappeler ce qu'aimer aura voulu dire au temps du coronavirus.

FIN

Les nouveautés chez Terres de l'Ouest :

Hossegor, l'hôtel de la dune
De Bruno Duclau D'aubigné

« Disons les choses, cet hôtel est pour le moins atypique. Étrange, diront certains. Des choses terribles et fabuleuses s'y sont produites et s'y passent encore. C'est la raison pour laquelle je prends la plume pour vous les raconter. »

Si vous vous êtes déjà baladé dans Hossegor, alors vous êtes passé devant l'hôtel de la dune, probablement sans jamais l'avoir remarqué. Rien d'étonnant à cela, en partie dissimulé derrière une végétation luxuriante, il n'a pas vraiment la tête de l'emploi ! Fort heureusement, il se laisse parfois découvrir… Mais allez savoir qui, du client ou de l'hôtel, a bien pu repérer l'autre en premier ?

Dans ce récit très animé, Bruno Duclau D'Aubigné, partage avec le lecteur une année complète du quotidien et des anecdotes d'un hôtelier de la côte landaise au gré des saisons. Le tout dans une atmosphère de mystère et de secrets qui ne demandent qu'à être dévoilés…

440 pages
Format : 130×210 mm
Prix : 16 €
ISBN : 978-2-494231-21-4
Genre : Littérature contemporaine

La gosse du Gouf
De Martin Long

Journaliste déchu à Sud Ouest, Stéphane est relaxé dans une sordide affaire de meurtre pour laquelle il a toujours clamé son innocence.

À sa sortie de prison, il quitte Bordeaux pour rejoindre Capbreton, où il se met au taï-chi et tente de reprendre le cours normal de son existence.

En s'exilant sur la côte sauvage, Stéphane pensait bien échapper à l'individu retors qui, depuis longtemps, tente de lui imputer ses crimes. Mais c'était sans compter la ténacité et les contacts de ce manipulateur, qui le retrouve, et lui confie par lettre anonyme la liste de ses méfaits à venir. Une provocation qui n'a qu'un but : le piéger une fois encore…

Une question latente demeure cependant, tant chez les gendarmes que dans sa famille : Stéphane est-il réellement la victime, comme il le prétend… ou le bourreau ?

256 pages
Format : 120×205 mm
Prix : 14 €
ISBN : 978-2-494231-25-2
Collection polars du S.O
Genre : Thriller / policier

infos@terresdelouest-editions.fr

ISBN : 978-2-494231-38-2

Dépôt légal Octobre 2023
Achevé d'imprimer sur les presses de l'imprimerie
Présence Graphique en France en octobre 2023